KB003492

서점 탐정 유동인

서점 탐정 유동인

더 비기닝

김재희

장편소설

MONGSIL
BOOKS

* 본문 속 영화 제목과 노래 제목, 채널 이름은 < >로, 책 제목은
《 》로 표기 하였습니다.

차례

대도빌딩

1층

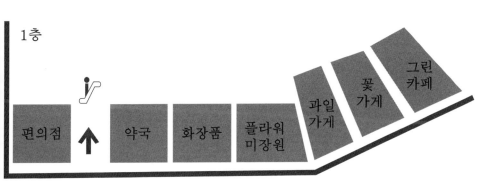

편의점 약국 화장품 플라워 미장원 과일 가게 꽃 가게 그린 카페

지하

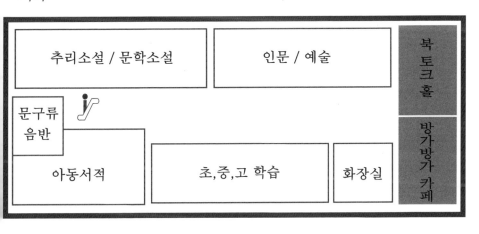

추리소설 / 문학소설　인문 / 예술　북 토크 홀

문구류 음반　아동서적　초,중,고 학습　화장실　방가방가 카페

봄, 사거리 교통사고 사건

사이키 조명이 어지러이 돌아가는 나이트클럽.

힙합 음악이 멈추고, 블루스 타임이 시작된다. 모두 마스크를 쓰고 있는 사람들.

몸에 딱 붙는 니트 원피스를 입은 여자가 컬이 들어간 머리를 흩날리며 흐느적거리는 몸짓으로 춤을 춘다. 웨이터는 여자에게 부킹 의사를 묻더니 손목을 잡고 룸이 있는 복도로 간다. 10번 룸의 문을 연 웨이터가 여자를 안쪽으로 들여보낸다. 웨이터는 여자를 붉은 장미 패치를 붙인 청재킷을 입은 남자 옆에 앉힌다.

자리에 앉아 마스크를 벗은 그녀는 눈을 한 번 치켜떠 남자와 시선을 마주치다 씩 미소를 짓는다. 선명한 이목구비에 세련된 화장으로 매력을 더했다. 마스카라와 스모키 화장으로 강조한 짙은 눈매, 반짝이는 선홍빛 입술, 나이가 들어 보이지만 굴곡진 몸매가 시선을 끈다. 어딘지 모르게 섬뜩하다.

"나 술 좀 줘요."

남자, 여자에게 양주를 조금 따라준다.

"좀 더."

여자는 남자가 준 양주를 단번에 입에 털고 귀에 속삭인다.

"더 힘 빼지 말고 메이드 돼서 같이 나가요. 아침에 낯선 천장 보고 싶지 않아요?"

한숨 쉬다 시계를 보고 일어나는 남자. 여자는 남자의 팔짱을 끼고 클럽을 나선다. 모텔들이 즐비한 거리로 들어가는 그들. 모텔 에이프릴 앞에서 멈춘다.

"여기 어때?"

대답 없이 고개만 끄덕인다. 방에 들어가 격정적으로 관계를 한 후, 팬티만 입은 채 침대에 걸터앉아 담배를 피우면서 묻는다.

"대체 몇 살이야?"

"마흔 셋."

남자는 깜짝 놀라면서 원피스를 들어 위에서부터 몸을 꿰어 넣고 있는 여자에게 소리 지른다.

"그 나이에 이런 델 나오면 어떡해? 나보다 훨 누난데? 나 참."

여자, 화장이 지워져 말간 얼굴로 뒤돌아본다.

"이렇게 안 살면 죽을 거 같으니까 어떻게 살든 참견 마."

남자의 발목에는 전갈 머리가, 종아리 안쪽에는 꼬리가 깊게 새겨져 있다. 여자가 남자 옆에 앉아 담배를 받아 피우며 문신을 쓰다듬는다.

"아팠어?"

전갈 꼬리 부분을 만지는데 남자가 고개를 끄덕인다.

"꽤 아팠지. 거기 말고 다른 데 문신한 거는 더 아팠어. 대체 고민이 뭐야? 클럽에서 이 남자, 저 남자 고르지도 않고 파트너만 바꿔가며 자던데?"

남자는 코로나바이러스로 남은 시간을 주체할 길이 없어서 클럽을 여러 번 다니다 이 여자를 몇 번 보았다. 여자가 매번 다른 남자와 팔짱 끼고 나간 것도 이미 알고 있었다.

"나보다 아플라고. 상처도 별 의미 없어. 고통을 잊으려면 그냥 잊어야 돼. 미쳐 버려야 돼."

'미친년.'

속으로 욕을 하면서 여자를 노려봤다. 콘돔을 찾는 다른 원나잇 상대와는 다르게 이 여자는 까다롭게 굴지도 않았다.

그게 더 찜찜해서 오히려 먼저 콘돔을 챙겼다.

남자는 진지하게 물었다.

"대체 고민이나 들어보자. 나도 지금은 아니지만, 어렸을 땐 꽤나 거칠게 살았거든. 내가 도울 일 있으면 돕고. 대신 페이는 지불해. 이번 기회에 나도 업종을 변경할까 하거든."

다음 날 아침 학교에서 성민규는 모니터를 앞에 두고 미소를 띠었다. 어제 만난 여자의 제안이 그럴 듯했다. 여자는 빚에 눌려 돈이 필요했고, 성민규는 다른 일을 부업으로 해보고 싶었다.

로그인 기록을 들여다보는데 한 학생이 일본어와 영어 수업 시간에 출석 체크를 하지 않았다. 성민규는 전화를 걸었다. 받지 않는다. 이번에는 학부모에게 걸었다.

"윤나리 학생 어머니 되시죠? 저는 담임 성민규입니다. 안녕하세요, 어머니. 나리가 전화를 안 받아서요. 바꿔주세요."

성민규는 일일이 학생들의 온라인 수업 출석 기록을 확인하면서 전화를 돌렸다. 코로나바이러스로 등교를 하지 못하고 온라인으로 수업을 한 지도 시간이 꽤 지났다. 성민규는 '이대로 영영 온라인 수업만 했으면' 하고 생각하며 씩 웃었다.

유동인은 대형 서점인 미림문고에서 일한다. 강동구 지점 MD로 책을 매입하거나 진열하고 마케팅 관련 업무를 담당하고 있다. 특히 북토크가 있는 날은 행사준비도 해야 하고 책 판매에 신경 쓰느라 바쁜데 최근에는 코로나바이러스 여파로 사회적 거리두기가 시행 중이고 그로 인해 조금은 한가해졌다.

대도빌딩 지하에 있는 미림문고는 디자인 서점을 표방하는 곳으로 색색의 아치형 조형물들이 여러 개 서 있다. 곳곳마다 개성 있는 아트 월에 외국 잡지를 배치해 두었고 서가 큐레이션을 독특하게 조합해 다양한 분야의 책들을 디스플레이했다.

비슷한 색감과 취향의 책들이 아름답게 전시돼 인플루언서들이 좋아하는 곳이다. 그들은 서점의 전시물들이나 신간들을 사진으로 찍어서 SNS에 올린다. 그런 간접홍보의 효과를 절대 무시할 수가 없다.

대도빌딩 지하에는 미림문고 옆에 방가방가 카페와 북토크 전용 행사장이 있고, 1층으로 올라가면 플라워 미장원과 과일가게가 보인다. 편의점이나 약국뿐 아니라 화장품 가게와 옷가게는 물론 다양한 식당과 카페도 있어서 사람들이 늘 붐

비는 곳이다. 1층의 편의점과 약국 사이에 있는 복도로 들어가면 미림문고로 바로 내려가는 에스컬레이터가 상시 운행 중이다.

오늘은 서점 홀에서 근무하는 마케터가 휴무라 동인이 홀 가운데의 안내데스크에 앉아서 업무를 보고 있다.

큰 키에 날씬한 몸의 유동인은 늘 곱게 접은 긴 팔 셔츠와 면바지를 입고 근무한다. 고객을 응대하는 직종이라 단정한 복장을 준수하는 편이다. 양복을 입을 필요까지는 없지만, 청바지는 지양하고 셔츠와 면바지를 주로 입어 캐주얼하면서도 깔끔한 이미지를 주려고 했다. 정돈된 따옴표 머리에 눈은 초롱초롱 빛나고 깊으며 코는 번듯하니 입매가 단정한 전형적인 훈남 스타일이다.

동인이 접은 셔츠 소매를 슬쩍 걷어 올리면서 책을 문의하는 할아버지에게 서가를 안내하고 사다리에 올라가서 할아버지가 찾던 책을 꺼내 드렸다. 그 때 강아람 형사가 성큼성큼 걸어서 다가왔다.

아람은 어깨를 넘는 긴 머리를 하나로 올려 묶은 포니테일 스타일에 무채색 계열의 바지 정장을 곧잘 입는다. 둥그런 이마에 곧게 탄 옆 가르마는 단 한 가닥의 머리카락이 삐져나오는 것도 허락하지 않았다. 원래 모양 그대로를 살려서 그린 자연스러운 눈썹과 동그란 눈, 봉긋한 코, 야무지게 다문 입술 등 색조화장을 거의 하지 않은 단아한 이미지지만 꽤나 강단 있어 보인다.

동인과 비교하면 아람의 키는 10센티미터 이상 차이 나지만, 그래도 여자 중에서는 꽤 큰 키로 매일 체력단련을 한다. 완력으로는 동인이 아람에게 밀리는 것처럼 느껴질 때도 있었다. 아람이 검은 바지 정장 차림에 단화를 신고 서점에 올 때면 그녀의 힘있고 에너제틱한 모습에 늘 주위 사람들이 쳐다본다.

서점 동료 직원들이 아람의 그런 모습이 마치 경호원이나 유단자로 보인다고 말했었는데, 나중에 '형사'라고 직업을 얘기해주자 역시, 하는 표정을 지었었다.

"안녕, 유동인."

"어? 강 형사."

"흐음~ 니네 서점의 시그니처인 이 나무 향은 언제나 좋구만."

"그래? 사실 나무가 책 재료니까 그런 향이 나지. 하지만 실제로는 책들마다 냄새들이 다 달라. 그것이 총체적으로 만들어내는 입체적 향이지."

"그렇군. 항상 박학다식한 유동인 대리님."

"그나저나 강아람 형사님, 갑자기 웬일?"

강아람이 우후후 웃었다. 책을 보던 할아버지가 '형사'라는 말에 놀란 얼굴을 하고 돌아서서는 서가 안쪽으로 들어갔다.

"업무 방해한 거 아냐?"

동인이 고개를 저었다.

"아니, 저분 책 안 사시고 나가실 거야."

"어떻게 알아? 경험으로? 눈빛만 보고?"

"범죄와 관련된 형사소송법하고 성범죄 수사매뉴얼 이런 책들 찾으시던데, 무슨 수로 그런 일을 혼자 해결하겠어. 결국 변호사 사무실 가시겠지."

"그럼 범죄사건 해결하려고 찾아보는 거야?"

"옷차림이나 외모로만 판단하기엔 좀 그렇지만 잘 다듬은 머리에 수염도 깎았고 옷도 양복을 조신하게 차려 입은 걸로 봐서 본인이 범죄를 저질렀다고 보기보다는 자녀가 연루된 게 아닐까 해. 저 연세에 로스쿨 가실 건 아니잖아."

아람이 웃었다.

"외모만 보고 범인 몰라. 저 어르신이 너처럼 추리소설가 지망생이라면? 단순히 호기심이 많은 거라면?"

"후후, 아람 형사님. 추리는 늘 틀리기도 해. 증거가 더 많아야 됩니다. 잘 알면서. 그나저나 오늘 왜 온 거야? 강동경찰서 여성청소년과 형사님이 바쁜 와중에."

"동인아. 나 커피 한 잔만 주라."

동인과 아람은 홀 안쪽으로 통하는 좁다란 복도로 들어갔다. 홀은 화려하고 아름답게 책과 문구류 소품들이 디스플레이 되어 있지만, 복도 안으로는 물류창고와 간이 사무실 등이 소박하게 있다. 일반 회사 물류창고나 사무실과 다르지 않다. 아람은 벽에 붙은 하얀 칠판과 아날로그 달력 등을 훑어보고 말했다.

"사무실과 매장이 정말 극과 극이라니까."

"피곤해. 사무실까지 디피 신경 쓰려면 죽는다. 그런데 대체 무슨 일이야?"

아람과 동인은 대학교 같은 과 동기이다. S대학 심리학과를 나온 아람은 미국 존 제이 대학교 범죄심리학과 석사를 이수하고, 경찰청 특채 프로파일러로 발탁되어 지금은 강동 경찰서 여성청소년과에서 일하고 있다.

동인은 서점에 입사해 6년째 일하고 있다. 남는 시간에는 책을 구매해서 읽는 게 유일한 취미이고, 최근에는 추리소설을 쓰기 위해 노력 중이었다. 추리작가가 되기 위해 대학 졸업 후 오랜만에 아람에게 전화해서 형사와 관련된 취재를 했었다. 그 인연으로 아람은 동인이 근무하는 서점에 자주 놀러 오게 됐다.

아람은 맡고 있는 사건에 대해 비공식적으로 동인에게 자주 자문을 구했다. 동인은 서점 MD로 근무하면서 수많은 책을 읽어 알고 있는 게 많아서 자료 조사나 추리 자문을 하기에는 적격이었다.

아람이 운을 뗐다.

"강동사거리 교통사고 사망 사건. 알아?"

"인터넷 기사에서 본 것 같기는 한데."

"사건과 관련된 자문을 좀 부탁할까 해서."

동인은 흥미롭다는 듯 아람의 말을 들었다. 아람은 이면지를 달라고 해서 볼펜으로 도로를 그렸다.

"그러니까 사망자를 갑, 상대방을 을이라고 해볼게. 갑의 차는 경량 밴인데, 갑이 새벽에 편의점에서 이것저것 물건을 사서 동쪽에서 서쪽으로 강동사거리를 지나가는데 남쪽에서 북쪽으로 가는 을의 차가 갑의 차 좌측 앞부분을 세게 가격했어. 새벽이라 차량도 거의 뜸하고 신호등도 고장 나 있어서 을도 백 퍼센트 과실이라고 볼 수 없어.

을의 차는 생수 배달 트럭인데 속도는 규정대로 50킬로를 위반하지는 않았어. 그런데도 갑이 사망했으니까 일단 가해자라고 보자고. 속도가 생각보다 더 빨랐다고 볼 수도 있고 생수 트럭이 경량 밴에 비해서 덩치도 더 크지."

아람은 설명을 계속했다.

"갑은 사망했으니 전적으로 을의 말대로 진술을 받았어.

지금 교통사고 관련 연구소에 사건 의뢰를 해놓은 상태인데 문제점을 말해볼게. 일단 갑의 차에는 블랙박스가 없고, 을의 차는 블랙박스 고장 나서 수리 맡겨놓은 상태."

"이거 여청 사건 맞아? 교통조사계 일이잖아."

"그 이유는 나중에 설명할게. 일단 마저 들어봐. 갑의 차가 A 지점에서 충돌하고 그 지점에서 40미터 떨어진 B 지점까지 밀려나서 길 밖으로 이탈하고 운전자는 즉시 사망. 을의 차인 생수 배달 트럭은 충돌한 A 지점에서 정지. 여기서 상식적으로 좀 이상한 게 갑의 차가 충돌 후 이렇게까지 밀려났는데, 을의 차가 정지한 것은 운동량 보존법칙에 따르면 좀 이상하지. 이게 운동에너지를 받았다면 당연히 을의 차도 도로 밖으로 밀려났어야 되는데 바로 정지. 좀 그렇지? 자, 봐봐. 현재 사고 상황 그림."

아람은 그리고 있던 사고가 난 도로 그림을 완성해 보여주었다. (그림1 참조)

동인이 반문했다.

"운동량 보존법칙대로라면 이 사고는 뭔가 이상하긴 이상하다?"

"그렇지, 교통사고 조사계 형사님 말이 자동차 위치가 물리학적으로 옳지 않대. 질량은 작지만, 갑의 차가 운동량이 있으니까 두 자동차가 합쳐져 대각선 방향으로 가야 한다는 거야. 그러니까 원래는 이런 그림이 맞다는 거야."

아람은 이번에는 실제 상황과 다른 이론에 맞는 상황을 그
려서 보여주었다. (그림2 참조)

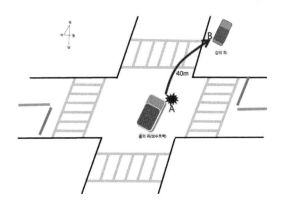

그림 1 실제 사고 차량 정지 위치

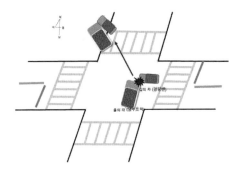

그림 2 운동량 보존법칙에 의한 예상 위치

동인이 그림 2개를 한참 보다 말했다.

"도로 흔적으로 파악할 수 있잖아?"

"스키드마크나 요마크 등으로 정지한 위치는 정밀 조사 중이야. 내 생각에는 차량 정차 위치 조작이 아닐까 의심스러워."

"그럼 네가 의심스럽게 여기는 건 누군가 사건 후에 차를 더 운전해서 조작했다는 거야?"

"비슷해."

"만약 네 생각대로 이 사건이 조작됐다면 동기는 뭘까?"

"살인사건의 동기는 주로 돈 아님 원한, 치정이야. 보통은 말이지. 동인아, 이 사건은 진짜 의심스러운 부분이 있어서 우리 경찰서에서 여러 팀이 매달렸어."

아람은 입맛을 다시며 이야기를 풀었다.

"갑의 차주, 사망자 이름은 성민규이고 나이는 37세. 강해중학교 교사이고 결혼은 했지만 별거 중. 자녀는 없고, 전 부인은 부산에서 살아서 떨어져 산 지 5년이 넘었어."

"아무리 의심이 간다고 해도 보통 교통사고면 CCTV를 뒤져보거나 현장에 남은 미세증거나 차 손상 정도를 정밀 조사하면 되잖아. 연구소 결과 기다리면서. 혹시 가해자가 도망쳤어?"

아람이 고개를 저었다.

"가해자는 신원 확실하고 현재 진술 받는 중."

"이상하다고 생각하는 문제점을 하나하나 짚어줘 봐."

"일단 아까 말했듯이 운동에너지 관점에서 봤을 때 가해 차량의 움직임은 충돌지점에서 멈췄는데 피해차량은 수십 미터 이동을 했다는 것. 거기에 도로를 비추는 CCTV는 사고 전 전날 고장. 누군가 파손했어. 게다가 차량이 하나는 블랙박스가 없고 하나는 수리를 맡겼다 하고. 그리고 마지막으로 더더욱 석연치 않은 게 학교 후배 교사가 사망자에 대해 특이한 말을 했지."

"자세히 말해봐."

"그러니까 사망자가 근무하던 학교를 찾아가서 인적 사항도 확인하고 후배 교사에게서 참고인 진술도 받았는데, 사망자 성민규가 죽기 한 달 전 즈음에 큰돈을 만질 기회를 얻었다고 말했었대. 나이트클럽에서 부킹으로 만난 여자가 큰 건을 제안했다는 소릴 했다나. 술 먹으면서 흘리듯이 말했다는데 후배 교사인 이해남은 선배가 워낙에 허풍이 좀 심하긴 했어도 이렇게 죽고 보니 그 소리가 걸린다고 진술했어."

"그 여자 연락처는 핸드폰 뒤져보면 나올 거 아냐."

아람이 고개를 저었다.

"아니, 연락처 안 나왔어. 톡도 없고. 텔레그램이나 위챗으로 연락할 수도 있고 그러면 펑 하고 날아가 버리잖아. 못 찾아냈어. 동료 교사나 가족, 학생들 연락처 외에는 통화기록이 없었어. 이렇게 넘기기에는 좀 걸리네. 그 여자 찾는 일을 내가 맡았어."

"어느 나이트클럽에서 만났는데?"

"길동역 스타트 나이트클럽에 자주 갔대. 내가 이해남에게 그 사실을 듣고, 클럽에 전화해 봤어. 성민규 사진 파일을 보내줬더니 단골이래."

아람은 동인이 건네는 따뜻한 커피를 한 모금 마시고 말을 이어나갔다.

"뭐야? 커피에 웬 기름이 둥둥 떠 있어."

"방탄 커피라고 버터 넣은 커피야."

"다이어트 커피? 식이조절 하는 거야?"

"아니, 아침에 배고프면 한 잔씩 마시는 거야. 난 원래 아주 춥지 않고는 아이스만 마시는데 이건 꼭 따스하게 마셔야 맛이 나. 너 마셔보라고 특별히 탔다."

"어쩐지 버터 향이 나더라. 참, 이 사건 보험회사에서도 조사 중인데, 성민규가 한 달 전에 생명보험을 세 건이나 들어서 상해만 입어도 장애진단에 따라서 2,3억 정도가 일시지급 되고, 사망보험금은 무려 7억 넘게 지급된대. 현재 부인과 별거 중이지만 아직 이혼을 하지 않아서 피해자 부모는 며느리에게 보험금이 가는 걸 상당히 불편해 하고 있지."

동인이 옆으로 탄 가르마를 단정하게 매만지면서 셔츠 소매를 한 단 곱게 접었다. 그가 이야기에 몰입하며 경청할 때의 버릇이었다. 대학교 때부터 그랬다. 아람은 추억이 생각나 살짝 웃었다.

"동인아. 나 좀 도와주라. 그 나이트클럽에서 만난 여자를 찾아서 캐보려는데 어떻게 접근할지 모르겠어."

"바이러스가 이렇게 도는데 누가 나이트를 가냐?"

아람이 낄낄댔다.

"저번에 코로나 한창 돌 때는 감염 온상이라 계속 영업 정지였지만, 지금은 생활방역으로 바뀌어서 마스크 쓰고 2미터 간격 두고 춤출 수 있게 한대. 무슨 일이 벌어져도 인간은 하고 싶은 건 해야 돼."

"오케이."

동인은 손으로 턱을 슬쩍 만지더니 일어났다. 긴 다리로 성큼성큼 걸어서 사무실을 나가 매장으로 가더니 제일 뒤 구석으로 빠르게 걸어갔다. 아람은 그를 뒤따랐다. 동인이 저렇게 걸을 때면 두루미가 물고기를 잡으러 빠르게 걷는 것처럼 느껴졌다.

전에 청계천에서 새가 물고기 잡는 걸 본 적이 있었는데, 그때 긴 시간 동안 집중하더니 물고기를 단번에 부리로 잡아 올렸다. 그때의 느낌이 지금 동인이가 하고 있는 행동과 흡사해 보였다.

"좀 도와줘."

동인은 맨 뒤쪽 심리학과 수리학 등 여러 종류의 과학서적이 있는 서가로 이동했다. 그는 서가 하나를 밀고 들어갔다. 아람이 서가 뒤 공간을 들여다보니 각종 책들이 가득했다. 간이 물류창고가 서가 뒤에 숨어 있었다. 동인은 안에서 책 무더기와 사다리를 매장으로 끄집어냈다.

"이거 서가에 정렬해서 올려놓는 걸 부탁받았는데 깜박했다. 내가 사다리에 올라갈 테니까 책 제목을 가나다 순서대로 올려줘."

아람이 고개를 끄덕였다.

"그거 《모스크바 수학 퍼즐》 주고, 그리고 《수의 신비와 마법》 주고, 응, 또….'"

"유동인, 너 이거 추리소설 공모전 낸다고 소재로 삼으면 안 된다. 뭔 말인지 알지?"

아람은 동인에게 하나하나 책들을 올려주고 그가 세심하게 꽂아 넣는 것을 보다가 말했다.

동인은 씩 웃었다.

"들켰나? 농담이야. 이거 말고도 내 오리지널 소재가 넘치는데 뭐. 걱정 마. 그럼 일단 길동 스타트 나이트클럽에서 잠복하자 이거지?"

아람이 고개를 끄덕였다.

"응. 여청 수사팀장님이 클럽 쪽은 나한테 완전 맡김."

동인이 마지막 책을 서가에 꽂으면서 고개를 끄덕였다. 동인은 사다리를 옮겨서 꼭대기 책들을 훑다가 하나를 집어들고 내려왔다. 그의 손에는 두툼한 책이 한 권 들려 있었다.

"유동인, 고맙다. 클럽이라고는 학생 때 몇 번 단체로 가 본 게 전부라 어떻게 해야 하는지 도무지 알 수가 있어야지. 다짜고짜 가서 형사라 그럼 다 도망갈 테고."

"걱정 마. 이 책 보면 감 올 거다."

아람이 무슨 책인가 제목을 보려 했지만 동인은 어허, 하면서 표지를 가리고 익살스럽게 물러났다.

"참, 근데 왜 여청과에서도 이 사건을 조사하는 거야? 다른 팀도 많을 텐데."

"그 생수 차량 운전자가 7년 전에 만 14세 미만 촉법소년이어서 교통사고 형사처분을 면제받았어. 미성년자가 무면허로 차량을 훔쳐서 몰다가 사망사고를 냈었지."

"알던 애야?"

"아니. 난 그때 여기 근무도 안 했는데? 그 가해자는 일단 추가 진술받기로 했어. 7년 전 사고를 내고, 촉법소년으로 형사 처벌이 면제된 가해자가 또 사고를 낸 것이 의심스러워서 일단 우리도 붙었어."

동인이 고개를 갸웃하며 미간에 주름을 지었다.

"좀 이상하다. 보험금 때문이라면 자식도 없는데 별거 중인 아내와 부모님께 남겨주려고 생명보험을 들어놓았다고?"

"보험금을 수령할 수 있는 사람은 직계가족이라고 했대. 아내가 1차, 부모님이 2차, 형제 등이 3차 수령 순번이겠지. 수령인을 특정하지 않고 법정상속순위로 했다나봐."

"오케이. 도울 테니까 책 좀 사가도록. 내가 골라놓은 거 있어. 재밌는 추리소설인데 수사에도 도움될 거야. 후후."

아람은 활짝 웃으면서 동인의 뒤를 따라 추리소설 평대로 이동해 그가 골라주는 책들을 살펴보았다.

이틀 후, 동인은 아람에게 톡으로 스타트 나이트클럽 근처 코인노래방에서 만나자고 했다. 아람이 코인노래방에서 입구를 서성이는데 톡이 왔다.

- *15번 방이야.*

아람은 QR코드를 스캔하고 노래방 안으로 들어갔다. 방에서는 동인이 마스크를 쓴 채 지코의 〈아무노래〉에 맞춰 막 춤을 추고 있었다.

"어서 와. 따라해 봐. 워밍업 해야지."

동인은 마이크를 아람에게 넘겼다. 아람은 처음에는 쑥스러워하다가 동인이 아이패드로 뮤직비디오를 보여주자 춤을 따라했다. 아람을 보고 있던 동인은 백팩에서 스타킹과 핑크색 미니 원피스를 꺼냈다.

"이걸로 갈아입어."

"무슨 소리야? 미쳤어?"

"내가 지난번 꺼낸 《어쨌든 나이트클럽 따라잡기》라는 책을 읽어봤는데 그 옷은 절대 아냐. 누가 봐도 코로나 관련 지침 지키나 안 지키나 단속하러 온 사복형사지. 너 그렇게 입은 채로 그대로 들어가면 사람들 다 도망간다."

"그딴 책도 있어?"

"없을 거 같아? 심지어 《배변을 원활하게 하는 100가지 방법》이란 책도 있는데. 얼마나 도움이 되는지 알아?"

동인은 눈을 동그랗게 뜨고 반문했다.

"그러는 넌 지금 서점에서 근무하는 복장 그대로잖아."

"무슨 소리야. 이래 보여도 구두는 구찌라고. 성차별이라 해도 할 수 없어. 남자는 회사에서 근무하다 달려온 복장이라도 상관없지만 여자는 부킹을 하려면 섹시한 의상은 기본이거든."

아람이 허탈하게 웃었다.

"헐. 부킹이라니? 야!"

"그럼 형사가 탐문 나왔다고 할까? 가뜩이나 코로나 관련해서 영업 정지 당할까봐 다들 예민한데."

아람은 한숨을 쉬며 옷을 들고 화장실로 갔지만 더러워서 그냥 왔다.

"야, 돌아서 있어 봐. 나 그냥 여기서 입으련다. 화장실 바닥에 휴지가 너무 많더라."

"알았어. 뒤돌아 있을 테니 어서 갈아입어. 누가 신경이나 쓴다고."

"야! 너가 뭘 잘 모르나 본데 내가 좀 글래머거든. 훔쳐보지나 마시지!"

동인은 대꾸도 하지 않고 말없이 벽만 보며 크러쉬의 〈우아해〉를 느끼하게 불렀다.

"다 입음."

노래를 부르던 동인이 마이크를 놓고 돌아서서 아람의 복장을 슥 한번 훑고는 질끈 묶은 검정 고무줄을 단숨에 쑥 뽑았다. 그리고는 손가락을 머리카락 사이에 넣고 마구 흩트렸다.

"야야, 아파, 뽑혀."

준비해 온 립스틱을 열어 아람에게 건넸다.

"바르고 가자. 이번에 새로 하나 샀다, 맥 립스틱. 니 수사 도우려고. 나중에 옷하고 화장품은 경비 청구한다. 그리고 밥도 사."

"흥, 생색은. 고맙다."

아람은 동인과 밀폐된 곳에서 노래를 부르고, 옷도 갈아입은 게 조금은 쑥스러웠다. 하지만 이내 고개를 저었다.

'그래봤자 우리 둘은 아무 사이도 아닌데. 아니지, 대학교 때부터 못 볼 꼴 다 본 진짜 찐친인데 이정도야 뭘.'

아람은 흥 칫 뿡 하며 앞장서는 동인의 뒤를 따라갔다.

스타트 나이트클럽 앞, 11시 가까운 시각에 사람들이 입구를 서성이거나 들어가면서 '참이슬', '금돼지', '현비니', '니오빠' 등의 웨이터를 찾았다. 아람은 동인의 팔짱을 끼고 턱으로 입구를 가리켰다. 동인이 입구에서 멈췄다.

"뭐해? 안 들어가?"

"연인끼리 누가 나이트를 가. 도시락 싸 오면 찬밥 취급이야."

"도시락? 그게 뭔데?"

"《어쨌든 나이트클럽 따라잡기》에서 봤는데 '도시락'은 이중 의미가 있어. 첫째, 밖에서 사 온 양주를 몰래 먹는 걸 뜻하고, 두 번째는 회사 회식으로 와서 부킹이 필요 없다는 뜻이야. 이성을 데리고 왔다는 의미로 봐야지."

"야, 그걸 미리 말해줬어야지. 그럼 어떡해. 여자 형사를 섭외했어야 하나?"

"클럽을 혼자 들어가기는 뭣하니까 '조각'이라는 걸

해. 나이트클럽 자주 가는 사람들이 모인 포털 카페에 글을 올려서 그날 같이 놀 동성 친구를 찾아. 그리고 N분의 1로 나눠서 돈을 내고 부킹은 각개 전투로 쌍쌍이 메이드 돼서 나가는 방식이더라고. 아주 정확하게 공식이 정해져 있어. 물론 변수는 있겠지만."

"메이드는 또 뭐야?"

"부킹해서 눈이 맞아 이차 가는 걸 의미. 저기 왔다, 내 조각 남사친. 흰 셔츠에 검은 스키니 블랙진, 프라다 어글리 슈즈 신고 온다고 했거든."

동인은 꽉 붙는 검은 블랙진을 입은 덩치남에게 갔다.

"야! 난 어떻게 들어가."

아람이 귓속말했다.

동인은 남자에게 다가가 아람을 소개했다.

"여기 아는 동생이 혼자 왔다는데 우연히 마주쳐서요. 같이 들어가요."

덩치남은 아람을 위아래로 보다가 인상을 찡그렸다.

"부킹 때는 떨어져 있어요. 여자들 접근 안 해요. 도시락 싸 온 팀에는."

아람은 고개를 푹 숙이고 '네, 죄송합니다'라고 작게 말했다.

코로나로 인해 입장하는데도 단계가 있었다. 먼저 클럽 입구에서 마스크를 썼는지를 확인하고 들어가자 클럽의 기도가 체온 측정을 했다. 마지막으로 QR코드를 스캔까지 하고서야 겨우 안으로 들어섰다.

듀스의 〈나를 돌아봐〉가 흘러나오는 클럽 안. 웨이터의 안내에 따라 무대 근처 부스에 동인과 아람 그리고 덩치남이 앉았다. 아람은 남자의 눈치를 보면서 떨어져 앉은 채, 동인이 건네는 맥주를 마시는 척만 했다. 아람이 주변을 돌아보는데 웨이터가 아람의 손목을 잡아끌었다.

"언니, 삼학년 넘었죠? 그냥 룸 부킹 가서 이말삼초라고 해요."

"뭐요?"

아람은 황당해하며 웨이터의 얼굴을 보았다. 갓 스물은 넘었으려나. 무척 선이 곱고 말갛고 여리게 생긴 얼굴이었다. 이름표에는 '애기야'라고 적혀 있었다. 아람이 뭐라 그러려다 머쓱해지는데 애기야 웨이터가 말했다.

"자, 얼른 가요. 이십 대라고 함 진짜 큰일 나요. 여기는 구라 안 통해요."

아람이 동인을 보자, 그는 눈을 둥그렇게 뜬 채 입모양으로만 '정보 캐와'라고 했다. 아람은 어이가 없었지만 애기야가 이끄는 대로 룸에 들어갔다. 원저 17년, 앱솔루트 보드카와 마른안주가 세팅된 테이블에 거만한 표정을 지으며 웃음을 참는 남자 두 명이 있었다.

나이는 둘 다 대략 삼십 대 정도. 별다른 특징 없는 평범한 남자들이었다. 한 명은 키가 크고 마른 반면 다른 한 명은 키가 작고 체격도 땅땅했다.

세팅된 음료수 중에서 아람이 딸기 우유를 집어 드는데 키 큰 남자가 양주를 권했다. 새 양주잔에 윈저를 따르는 남자. 수사차 온 거라 안 마시려다 하도 권하니 어색해질까 싶어서 받는데, 남자는 자로 잰 듯 아주 딱 0.2센티미터만 따르고 그녀에게 건넨다. 아람은 코웃음을 쳤다.

"혼자 오신 거 맞죠?"

아람이 고개를 저었다.

"아뇨."

"그럼 부스에 남자들 도시락 싸 온 거예요? 우린 부킹한 줄 알았는데?"

"여기 룸에서 어떻게 그리 잘 알아요?"

"매직미러 몰라요? 예전에는 무대에 직접 나가서 여자들 수량이나 물, 나잇대 파악했었는데 폼 안 나잖아, 직접 물색한다는 게. 매직미러 보여줄게요, 봐봐."

땅땅한 체격의 남자가 슬슬 반말을 하면서 테이블에 있는 버튼을 누르자, 거울이었던 화면이 유리로 바뀌면서 홀에서 춤추는 남녀들이 훤히 보였다.

"우와, 대박이네요. 아이디어 굿인데요. 진술실 베꼈나? 호호."

"술 좀 따라봐요. 손 뒀다 어따 써. 마인드가 싸가지면 우리 금방 퇴짜 놓는다."

슬슬 화가 나지만 그래도 일단은 술이라도 한잔 따라주고 나가려고 엉덩이를 들썩거리며 동인에게 톡을 하는데, 키 큰 남자가 일침을 박았다.

"어서 스프링해요. 우리도 다른 사람 보게."

"스프링?"

"외국서 살다 왔나, 참나. 앉자마자 뛰쳐나가는 거요. 오늘 여자가 수량이 적긴 하더라. 아주 지들이 김태희, 한예슬인 줄 알아. 얼굴은 개밥그릇인데 히히."

기분이 나빠진 아람은 룸을 나와 부스에 있는 동인에게 갔다.

"조각 남자는?"

"부킹한 사람이랑 무대에 나갔어. 난 일단은 관전 중."

"이런 식의 막무가내는 잠복은커녕 무릎만 나가겠어. 이건 뭐 형사가 모양 빠지고 폼도 안 살고. 얼굴 평가하는 것도 더럽더라."

"뭐냐. 형사가 체력에다가 품위 따지기야?"

"야 씨. 저번에 가출 청소년 뒤쫓다가 넘어져서 아직도 여기가 시끄럽거려. 그리고 밖에서는 형사란 말 좀 하지 마. 누가 좋아하겠냐? 특히나 여기서."

"자기가 먼저 형사라고 말해놓고는. 암튼 사진 보고 성민규가 단골이라고 확인해 준 웨이터가 누구야? 그 사람 찾아서 캐묻자."

"그게 클럽 대표 전화번호라 이름을 안 밝히더라고. 내가 경찰이라니까 골치 아프다고 여겼는지."

마침 댄스 음악에서 잔잔한 블루스 음악으로 바뀌었다.

"그럼 놀러온 사람으로 보이기 위해 블루스 타임이니 음악에 맞춰 춤이나 추자고."

동인은 아람을 가까이 안는 척 하면서 주변을 매서운 눈으로 훑었다.

"뭐냐? 남사스럽게."

"친구끼리 뭘. 원래 잠복근무는 이렇게 하는 거 아냐?"

동인은 춤을 추는 시늉을 하며 눈알을 좌우로 바쁘게 굴리는데, 아람은 이게 뭐라고 심장이 아주 조금 쿵 했다. 그것도 잠시 그들이 자리로 돌아올 때 동인이 갑자기 손가락을 딱 튕겼다.

"니 손목 잡은 애기야라도 잡아보자. 뭔가 나올 게 있을지 몰라."

큼직한 제스처로 동인이 애기야 웨이터를 불렀다. 그에게 귓속말로 뭐라 하자, 애기야는 빈 룸으로 그들을 들였다.

"저 미성년 아니라니까요."

"그건 저 강 형사가 조회해보면 금방 나오구요."

아람이 동인의 말에 위협을 가하듯이 눈을 크게 부리부리하게 떴다.

애기야가 고개를 숙였다.

"저기 혹시 이 남자 알아요?"

아람이 성민규의 사진을 보여줬다.

애기야가 자세히 보더니 사진 속의 구두와 바지를 클로즈업해 보고 고개를 끄덕였다.

"아, 알아요. 톰 브라운하고 구찌 매니아. 셔츠와 바지는 늘 톰 브라운, 재킷은 장미 무늬 청재킷에 신발은 뱀 들어간 구찌 신고 와요. 요새 안 왔는데."

"죽었어요. 교통사고로."

"예? 어이구야. 죽어야 끝난다더니. 유흥은. 전 다른 구장으로 옮겨서 노는 줄 알았죠. 이사 갔나 했어요. 팁도 곧 잘 줘서 부킹도 많이 해 드렸구요."

"사망자 분이 여기서 만났던 여자가 궁금한데. CCTV 확인 가능해요?"

애기야가 다급하게 절레절레 고개를 저었다.

"녹화된 거 일주일이면 다 갈아엎어요. 어느 고객이 화면

에 찍히는 거 좋아하겠어요. 우리도 하도 경찰서에서 성추행
이다 뭐다 해서 찍긴 하지만 조명도 어둡고 CCTV 대수도 별
로 없고 그래요."

아람이 배시시 웃으면서 테이블에 세팅된 음료수를 건넸
다.

"근데 나이 대비해서 말 진짜 정중하게 하시네요. 제가
여청과에서 일해서 젊은 친구들 많이 만나봤는데 말투 겁나
살벌해요. 진짜로."

애기야가 환하게 웃었다.

"여기 계시는 웨이터 형님들 예순 훌쩍 넘으신 분들도 계
세요. 게다가 제가 할머니 손에서 커서 말투가 원래 노숙해
요. 부킹 시켜줄 때만 여자들에게 장난치고 그러죠. 친근하
게 다가가려고요."

"힘들지 않아요?"

동인이 대화에 끼어들었다.

"힘들긴 해도 현찰을 당장 만지니까 모아서 나중에 대학
등록금 하려고요. 근데 칠순 넘으신 형님 보면 계속 이거 하
다가는 낮에 일하는 직업 평생 못 찾을 거 같기도 하고. 코
로나로 지금은 쉴 때도 많아 큰일 났어요. 돈 벌어야 하는
데."

동인이 명함을 내밀었다.

"우리 미림문고에서 마침 도서 진열할 알바 찾거든요. 일하는 거 판단해서 정규직으로 바꿔줄 거구요. 관심 있음 알바천국 사이트에 이력서 내봐요."

"형사님 아니세요?"

"전 강아람 형사 친구입니다."

아람은 명함을 슬그머니 내밀었다.

애기야가 고개를 끄덕이며 말했다.

"저어, 그 손님 단골 웨이터 형님 불러드려요? 근데 저 미짜인 거 들키면 큰일 나요. 사촌형 주민등록증으로 여기 일자리 얻었거든요."

아람이 고개를 끄덕이며 재차 부탁했다. 잠시 후, 머리카락을 검게 물들였지만 얼굴에 깊게 주름이 파인 단단한 체격을 가진 중간 키의 남자가 들어왔다. 환갑은 훌쩍 넘겼을 것 같았다. 명찰에는 '태진아'라고 박혀있었다.

"아니, 시방 막둥이가 부탁해서 왔지만서도 형사님들은 저희가 만나기가 쪼매 껄끄러운디⋯. 코로나 방역 지침은 철저히 준수하고 있습니다."

"앉아보세요."

아람은 태진아 웨이터를 가운데 앉히고 성민규 사진을 보여줬다.

"에헤! 이분이 시방 돌아갔다는겨?"

"네."

"아이구야. 나보다 먼저 가면 어떡한대. 어쩌다 그러케 됐는디요?"

"사거리에서 생수 트럭에 받혔는데 돌아가셨어요. 그런데 가기 한 달 전에 들어놓은 보험 액수가 꽤 되고, 뭣보다 여기서 만난 여자가 큰돈 벌게 해준댔다는 데 의문점이 있어서요. 중학교 선생님이신데 뭐 같이 오는 분 있었나요?"

"이 분은 저랑 친하니께 혼자서도 자주 왔죠. 선생님이셨구만요. 하기사 공무원이나 경찰도 심심치 않게 오는디요. 여자 부킹이야 하루에 많게는 스무 번도 넘게 하는데 우리야 일일이 다 모르죠. 둘이 나갈 때도 따로 나가고 밖에서 만나는 경우도 많으니께. 근디 교통사고면 별수 없는 거 아닌가 모르겠네."

"사고지만 의문점이 있어서 수사 중입니다."

"참, 친한 젊은 동생하고 조각해서 자주 오는 것 같은디. 나이 차는 솔찬케 있어 보이고."

그렇다면 이해남은 아니다. 아람이 물었다.

"그분 성함이나 연락처 아세요?"

"아뇨. 이분만 알쥬."

"혹시 그분 나이트 오시면 저한테 연락 좀 주세요."

아람은 명함을 건넸다.

"아이고, 알겠습니다."

아람과 동인은 클럽을 나왔다.

강동경찰서 여청과 사무실. 아람이 청소년 가출 사건 관련 조회를 KICS(형사사법포털서비스)에서 검색하는 중인데 폰이 울렸다.

"네, 강동경찰서 여청과 강아람 형사입니다."

"형사님, 지난번에 뵌 웨이터 태진아입니다."

"선생님, 안녕하세요. 어쩐 일이세요?"

아람은 조금 긴장했다.

"그때 같이 오던 사람 중에 친한 동생 있다고 했잖아요. 그 사람이 조각해서 왔기에 슬슬 인적사항을 조금 캤는데, 얼마 전부터 강동지역에서 배달 라이더 한다는디요. 앞으로 부킹 잘해주겠다고 제가 번호를 받았지라. 진짜인지는 모르 겠어요."

아람은 웨이터가 불러주는 정보를 받아 적고 감사인사를 했다. 일단 번호를 저장한 뒤 동인에게 전화했다.

"유동인! 너 오늘 서점 휴무지. 지금 나랑 현장 같이 가 보자."

동인은 보통 손님이 많은 주말에 근무하고 평일에 쉬는 편 이었다.

아람은 오후에 동인과 서점 주차장에서 만났다. 아람이 동인의 차에 올라탔다.

"하이, 동인!"

"안녕 아람, 참 어제 서점에 어머니 다녀가셨다."

"오영주 작가?"

"넌 남 얘기하듯 하냐?"

"왜 가셨대?"

"작가가 서점에 왜 오겠어?"

"야! 유동인. 나보고 그 말을 믿으라고? 내가 하도 전화 안 받으니까 너한테 내 동향 물으러 가신 거 아냐."

"겸사겸사. 엄마랑 냉전 좀 그만해."

"냉전 아니고, 귀찮아. 간섭이. 혼자 사는 형사를 다 걱정한다냐."

"흠, 난 부모님이 항상 외국에서 사업을 하셔서 그게 그렇게 그리웠는데. 대신 이모가 잘 길러주셨지만."

"아? 그 번역가 이모?"

"응."

아람은 가끔 동인의 얼굴이 쓸쓸해 보일 때는 어릴 때 무슨 일이 있었나 했었는데 오래도록 부모님과 떨어져 살았다는 말을 들은 적은 있었다.

차가 주차장 진입로를 나갔다. 강동사거리로 가는 지름길인 좁은 골목길에 들어서는데, 대형 이삿짐 트럭이 맞은 편에서 왔다. 골목길 중간에 선 동인은 운전대를 잡고 당황하기 시작했다.

"어떻게 해! 어떡해!"

"야! 어쩌긴. 오른쪽으로 빼."

오른쪽으로 향하던 동인은 주차금지 경계석이 있자 허둥거리는데 맞은편 이삿짐 트럭 운전자가 창으로 얼굴을 내밀고 소리쳤다.

"빼요! 빼요!"

아람이 내려서 경계석을 치우려 했지만 꿈쩍도 하지 않고, 동인은 핸들을 요리조리 돌려보지만 양옆으로 차를 뺄 공간이 없다. 트럭 운전자는 일방적으로 소리만 고래고래 질렀다.

"빼! 빼라구! 바빠!"

"아, 귀 따가워. 거 아저씨 참. 동인아, 내가 운전할까?"

"아, 아냐."

동인이 간신히 오른쪽으로 차를 빼서 트럭을 보냈다.

"야, 차를 왜 가지고 나와! 이럴 거면!"

지나가면서 던진 트럭 운전자의 말에 아람이 열 받아하며 기어이 한소리 했다.

"아, 진짜! 미친!"

동인이 낄낄대며 말을 덧붙였다.

"이러려고! 기사님과 골목길에서 부딪혀 괴롭히려고 갖고 나왔어요~."

"뭐어, 하하."

동인이 갑자기 뭔가 떠올랐다는 듯 손가락으로 딱 소리를 냈다.

"이러려고 가지고 나온다. 혹시 갑의 차와 을의 차가 서로 짜고서 부딪쳤을 수도 있을까?"

"보통은 자기가 보험금을 타려고 자작극을 하지만, 이번 사건의 성민규는 돈이 부모님이나 별거 중인 아내한테 가는데 동기가 너무 약하잖아. 자기가 죽어서 돈을 남긴다고?"

"만약에 부상만 입으려다 잘못해서 죽은 거라면? 사고만 나도 상해를 입었으니 본인에게 보험금이 나올 테고."

"성민규 중학교 교사야. 그런 무리수를 둘까?"

"아람아, 지금 트럭하고 실랑이 벌이니까 어때? 기분 더러워?"

"뭐 그냥."

"근데 나는 오히려 이런 상황에서 뭔가 터지더라. 평소에 직장에서는 혼자 컴퓨터 작업하고 홀에서는 고객들 안내하느라 늘 차분하고 조용조용 해야 해. 고객들은 서점 직원에게 고상한 모습을 원하시지. 그래서 가끔 운전할 때 욕도 하고 소리도 지르면 시원할 때가 있더라고."

"그말인 즉슨."

"성민규는 나이트클럽 단골이야. 게다가 큰돈을 만질 기회가 있다고 말을 흘리는 등 대범하고 스릴을 즐겨. 아드레 날린이 분출하는 성격이라면 범죄 모의를 했을 유추도 가능하지. 사고현장에 어여 가보자."

강동사거리 인근의 공영주차장에 주차하고 동인과 아람은 내려서 5분여를 걸어갔다. 바닥에 사고현장을 페인트로 표시한 것을 살피며 차들이 없을 때 빠르게 사진을 찍고 이동했다.

"그러니까 저 부분에서 을의 차는 꿈쩍도 안 하고 사고현장에 멈춘 게 특이하기는 하지. 흐음, 반면 갑의 차는 저기까지 밀려나갔고. 연구소 결과는 다다음주에나 나와."

동인이 고개를 끄덕였다.

그들이 현장을 살펴보는데 음식배달 라이더 한 명이 근처에 멈춰서 오토바이에 앉은 채 그들처럼 한참이나 현장을 지켜본다. 아람은 주변을 둘러보다 뭔가 이상하다는 듯 넣어둔 폰을 다시 꺼냈다. 라이더는 아예 오토바이를 세우고 내리더니 현장을 유심히 살폈다.

"야, 라이더들 원래 되게 바쁘지 않아? 저 사람 왜 여기서 이거 우리처럼 살펴보냐?"

아람은 폰을 들어서 태진아 웨이터가 알려준 전화번호를 눌렀다. 저장 이름은 '성민규 클럽 동반남'으로 해 놓았다. 신호가 가는 동시에 오토바이 라이더의 폰이 울렸다.

"맞네. 저 남자! 이봐요. 말 좀 물을 게 있어요."

"너 촉 하나는 진짜 형사다."

라이더가 갑자기 몸을 돌려서 오토바이에 재빨리 올라탔다.

"빨리 쫓아! 아, 니가 주차장에 차 대놔서 한참 걸어가야 하는데 어떡해!"

아람이 거세게 주차장 방향으로 달리려는데 동인이 잡아 말렸다.

"잠깐! 이거 타면 돼."

동인은 바닥에 쓰러져 있는 전동 퀵보드를 아람에게 붙들게 하고 앱을 켜서 QR코드를 스캔했다.

동인이 퀵보드에 올라타 달리려는데 아람이 동인을 확 밀쳤다. 동인은 넘어질 뻔하다가 간신히 균형을 잡았다.

"거치적거려. 좀 비켜봐!"

"조심해!"

아람은 퀵보드를 타고 빠르게 달려 나가며 오토바이를 쫓았다. 오토바이는 먹자골목 끝에서 좌회전하더니 사라졌다.

아람이 퀵보드를 움직이며 사람들과 자전거, 차를 요리조리 피했다.

"비켜주세요! 공무집행 중입니다. 죄송합니다!"

오토바이를 따라 좌회전해서 골목을 들어가니 막다른 골목이었다. 아람이 고개를 갸웃했다. 어디에도 빠져나갈 길이 없었는데 오토바이가 보이지 않았다. 아람이 숨을 돌리고 주위를 두리번거리는데 갑자기 부릉부릉 소리가 재활용 수거대 뒤편에서 나더니 그 뒤에 숨어 있던 오토바이가 튀어나왔다. 아람이 재빠르게 그 앞을 가로막으면서 외쳤다.

"경찰입니다! 멈춰!"

라이더가 아람의 제지에 일단 멈췄다가 다시 빠져나가려는데, 아람이 피하다 옆으로 넘어진다. 이 바람에 라이더도 앞으로 몸이 쏠려 급정거를 했다. 하마터면 대형 사고가 날 뻔했다.

넘어졌던 아람이 벌떡 일어나 라이더 앞을 두 팔 벌려서 가로막았다.

"뭐 좀 물어보려구요! 길동 스타트 나이트클럽 단골 성민규 알죠? 같이 다녔죠?"

"그게 뭐 어때서요?"

라이더가 놀란 얼굴을 했다.

"아는 거 확실하네! 뭐 좀 확인합시다."

라이더가 강하게 방어를 하며 목소리를 높였다.

"클럽 다니는 게 죄예요? 클럽에서는 학력이나 돈 따지지 않고 저스트 얼굴, 몸만 보고 만날 수 있잖아요. 그게 더 순수하잖아요."

"논점이 그게 아니라, 성민규 씨 물어보려구요."

"아이 씨! 시간 초과돼서 콜 취소됐어요! 픽업하러 가는 길이었는데 괜히 쫓아와서는. 우씨. 지금도 콜 받으면 되는데 계속 못 받고!"

저만치에서 동인이 학학대며 달려오는 게 보였다. 그는 아람의 옆에 멈춰 서서 두 무릎에 손을 대고 숨을 가쁘게 쉬었다. 그런 동인을 제쳐두고 투덜대는 라이더에게 아람은 반격했다.

"아니, 그러게 처음부터 도망을 왜 가요. 그냥 몇 가지만 물어보려고 했던 것뿐인데 도망을 가니까 쫓아가게 되잖아요."

"도망이 아니라 픽업 접수를 받아서 음식을 받으러 빨리 가야했다고요."

라이더의 대답에 아람이 머쓱한 얼굴로 말했다.

"죄송해요. 아까 급 추격해서 다칠 뻔한 거."

"그러니까 왜 그래요! 영장 있어요?"

"범인 쫓던 버릇이 있어서요. 정말 죄송합니다."

"참 나."

"성민규 씨 교통사고 사망 사건 관련해서 뭣 좀 물을게요. 양해바랍니다."

"뭐 아시죠? 바쁘다면서 왜 현장에서 한참 지켜봐요? 경찰서에 가서 말하면 시간 걸리니까 좀 흘려 봐요."

동인이 아람의 말을 받쳐주며 헬멧 속 라이더의 눈을 보면서 집요하게 캐물었다. 아람이 나직하게 덧붙였다.

"위증은 중죄인거 아시죠. 사실대로 말씀해주세요."

라이더가 한숨을 쉬고 입을 열었다.

"사, 사실 그날 그 시각에 나오라고 민규 형이 말했었는데 제가 일방적으로 안 간다 했어요. 무, 무서워서요. 집행유예 중인 건이 하나 있는데 보험사기 걸리면 좆 되거든요. 이 일도 못해요. 간신히 숨기면서 하는 건데."

"무슨 건 걸렸는데요?"

"차량 관련해서 사건 얽힌 게 있거든요. 그래서 약속했던 날 안 간다 했지만 정말 궁금해서 가봤거든요. 근데 이미 그렇게…."

라이더는 헬멧을 벗으면서 아람과 눈을 맞췄다. 생각보다 어렸다.

"쾅 부딪히는 장면은 못 봤어요. 가서 보니 이미 사건이 벌어졌더라고요. 트럭에서 내린 사람이 민규 형을 살피고는 폰으로 어딘가 전화를 걸었죠. 난 겁이 나서 얼른 오토바이로 돌아오려는데 그 때, 트럭이 민규 형 차를 한 번 더 들이받았어요. 민규 형 차가 많이 밀려 나갔죠."

"네? 교차로에서 충돌 후에 한 번 더 들이받았다고요?"

"네. 그렇다니까요. 그러니까 첨에는 두 차가 같이 몰려 있었는데, 다시 들이받고 나서는 민규 형 차만 완전 밀려 나갔어요. 난 엮일까 봐 얼른 튀었죠. 운전한 여자 누구예요? 대체."

"여자요?"

아람이 눈을 크게 떴다.

"네. 여자요."

"나이나 인상착의 기억나요?"

"나이는 삼십 대? 아님 사십 대? 저도 잘 모르겠어요. 얼핏 봐서요. 마스크 끼고 옷은 청바지에 티셔츠 정도 입었던 것 같던데."

라이더는 콜을 받고 얼른 가야된다며 일어났고 경찰서에 나가야 할 일 있으면 미리 알려달라고 했다.

아람은 천천히 주차장으로 걸음을 옮기며 고개를 갸우뚱했다.

"그래서 차가 충돌지점에서 더 밀려나 있었던 거였어. 을

의 차 운전자는 분명 생수 배달하던 남자인데 조작한 거
네."

동인이 앞서 가던 아람의 어깨를 잡았다.

"왜?"

"저 남자 집행유예 받았댔잖아. 분명히 이번 사건에 얽혀
있어. 성민규가 뭔가 부탁할 정도니."

"응. 오케이. 알아볼게. 폰 번호, 이름하고 주민등록번호
일단 받아놨으니까."

이틀 후, 아람은 미림문고로 동인을 다시 찾아왔다. 동인
은 홀에 없었다. 아람이 사무실로 쓱 들어가 보니 그곳에서
컴퓨터 작업을 하고 있었다.

"아람 형사, 알아왔어?"

"어, 니 말이 맞더라. 뭔가 있는 것 같아. 라이더 그 남
자 이름은 하남훈이고 나이는 25세. 집유 받은 건은 친척 형
들과 슈퍼카로 보험금 사기 친 사건 등으로 여러 건 가담자
야. 포르쉐나 람보르기니 같은 차를 불법으로 렌트해서 담보
로 돌리고 잠적해서 번호판을 위조하고 그랬어. 슈퍼카 지능
범죄사기가 성행인데 지들끼리 차를 부딪쳐서 사고를 내고
보험금도 과다 청구해. 하남훈도 보험사기 사건에 연루됐지
만 가담 정도가 적어서 집유 받음. 지금은 라이더 생활하

52

고 있고. 정말 이 사건이 보험사기와 연관 있을까?"

"잘은 모르지만, 나중에 따져보면 연관 없는 게 어디 있어. 그 라이더에게 뭔가 해 달라고 한 날짜에 사고가 난 것과 가해자는 생수 트럭 청년이 아닌 중년 여성이라는 것 모두 이 사건이 조작일 확률을 높여주잖아. 사거리 CCTV 고장은 누가 낸 거야, 확인됐어?"

"아니. 그 부근에 주차된 차들 블랙박스를 뒤지고 있어. 사건 전에 누군가 고의로 CCTV를 파손하는 거나 사건 현장을 잡은 영상이 있는지 이 잡듯이 살피는 중."

"가해자한테 이 상황 아직 안 말했지?"

"당연하지. 결정적 증거를 찾아서 체포영장을 들이밀어야지. 괜하게 떠보다가 잠적하면 골치 아파."

동인이 고개를 끄덕였다.

"아람 형사, 나이트에서 만난 여자가 설계자이고 성민규는 모집책이 돼서 하남훈을 끌어들이려다 불발됐다고 치자. 그럼, 그 여자는 다른 데서 실행할 사람을 구하지 않았을까? 하남훈에게 다시 만나자고 연락해 봐. 지정해서 하남훈이 배달음식을 가져올 수는 없나?"

아람이 픽 웃었다.

잠시 후, 미림문고 사무실에 연락받은 하남훈이 왔다.

"하아. 왜 또 불러요, 콜 여러 개 취소했네."

"그 왜 단톡방 같은 데서 친척 형들한테 사건 관련해서 좀 알아봐요. 분명히 성민규 씨가 하남훈 씨 끌어들이려다 실패했으니 다른 데서 가담할 사람을 알아봤다면 떠도는 얘기가 있을 거 아니에요."

"거 참 나."

"좀 도와줘요. 지금 운전자는 남자예요. 그 사람한테 결정적 증거를 찾아내서 들이밀고 공범도 싹 다 잡으려구요."

"어릴 때 탐정 같은 거 해 보고 싶긴 했는데. 후우, 어쩌다 슈퍼카 몰고 싶어서 범죄에 엮였지 저 원래 그렇게 나쁜 놈 아닙니다. 아시죠?"

아람이 하남훈의 두 손을 잡았다.

"더 잘됐다. 정의 구현를 위해 도와주세요."

"텔레그램 단체방이 있기는 한데. 에헤, 그런 눈으로 보지 말아요. 우리 거기서 차 얘기만 해요. 아시잖아요. 텔레그램이 서버에 안 남고 비밀글 가능해서 모사할 때 사용하는 거. 일단 올려볼게요."

30여 분 후 하남훈이 폰을 들어 아람에게 보여줬다.

"아는 형이 그러는데, 강동사거리에서 일 도와줄 분 찾은 사람이 있었대요. 물론 텔레그램 아이디라 계정 없애는 건 쉬워서 흔적은 없을걸요."

아람이 다급하게 물었다.

"대화방은요?"

"사라졌죠. 묻고 빠지잖아요. 상대방 대화방에서 자기가 쓴 글 지우는 것도 텔레그램에서는 가능해요. 근데 그 사람이 아는 형하고 대화를 제법 길게 했는데, 형이 머리가 지끈거리고 아프다니까 스웨디시 두피 마사지를 받아보라나 하면서, 유명한 유튜버 마사지사한테 배운 사람이 자기 머리를 마사지해 준다고 했다네요. 하여간 형이 재미 붙어가지고 몇 번 대꾸하다가 모르는 사람이라 찜찜해서 거절하고 연락 끊었대요."

"네? 스웨디시 두피 마사지요?"

"바로 이 사람요."

하남훈은 유튜브 링크를 찾아 아람에게 보내주었다.

<세심남의 스웨디시 마사지 채널>이라는 계정에 스웨디시 마사지 영상과 연락처 그리고 가격 등이 적혀 있었다.

"이제 됐죠? 저 그만 콜뛰기 해야 돼요."

하남훈이 나가고 아람은 동인에게 유튜브 영상을 보여주었다. 여성의 벗은 뒷모습이 보이고, 한 남자가 설명을 하면서 등과 두피 마사지 동작을 가르쳐주고 있었다.

"이거 아람 형사가 예약 좀 잡아야겠다."

"뭐어?"

"맨날 어깨 아프다며. 형사라 그럼 입 꾹 다문다니까."

"으이구, 니가 받아."

"여기 여성 전용이래. 스웨디시는 음양의 조화가 어쩌구 저쩌구 설명하는데? 난 안 되겠어. 밤 10시까지 영업이라니까 지금 연락해봐."

아람은 마사지사의 폰 번호로 문자를 보냈다.

– 스웨디시 마사지, 15만원 1시간 30분 코스 받고 싶어요. 오늘 9시에 예약 가능할까요.

10여 분 후 문자가 왔다.

– 가능합니다. 강남역 3번 출구 래더 오피스텔 702호로 오세옷~~. 계좌 드릴테니 선입금 해주세요.

동인이 운전을 해서 아람을 강남역에 태워다 주었다.

"그럼 잘 해봐. 건투를 빈다. 정보 캐와!"

아람은 동인의 등짝을 짝 때리고 내린 후 오피스텔 702호의 문 앞에서 벨을 눌렀다. 평소 침착한 편인데 지금은 괜하게 몸이 굳었다.

"안녕하세요."

눈썹이 짙고 중간키에 마른 남자가 문을 열어주었다. 삼십대 정도로 보였고 얼굴에 환한 미소를 띠고 아람을 맞았다.

아람은 소파에 앉아 녹차를 대접받고 그가 건네는 서류에 이름을 쓰고 나이를 적고 오게 된 경로에는 유튜브 항목에 동그라미를 쳤다.

"유튜브에서 보고 예약하셨다구요?"

"네."

"어디가 주로 불편하시죠?"

"늘 어깨와 목이죠. 컴퓨터로 서류 작업하는 편인데 뭉치는 거 같아요."

"그럼 통증 완화와 긴장 이완을 위해 라벤더 향과 페퍼민트 향 오일을 섞어서 쓸게요. 탈의하시고 속옷은 이걸 입고 나오세요. 가운을 그 위에 걸치시면 됩니다."

아람은 마사지사가 건네는 부직포 팬티를 보고 좀 망설였으나 탈의실에서 옷을 벗은 후 일회용 속옷을 입고 가운을 걸쳤다. 그는 마사지대에 누운 아람의 등에 오일을 뿌렸다. 마사지사는 팔꿈치와 팔을 이용해 부드러운 터치를 이어나갔다. 아람은 온몸이 이완되면서 편안함을 느꼈다.

한참을 이어나갔다. 마사지사가 엉덩이를 만질 때는 조금 민망했지만 그래도 전반적으로 마음이 안정되는 느낌이었다. 라벤더 향이 은은하게 깔리며 진정시켜 주었다면 상큼한 페퍼민트 향이 맑은 기운을 가져다주었다.

"돌아누우세요. 목과 어깨를 집중적으로 풀어주는 데콜테 아로마 마사지 들어갑니다."

마사지사가 가슴에 수건을 얹고 목을 집중적으로 눌러 마사지한 후에 수건을 치우고 가슴 마사지를 했다. 아람은 이제 민망함보다는 그냥 편안하게 마사지를 받고 일어났다. 가볍게 샤워를 한 후 옷을 입고 나왔다.

"허브티 드시고 릴렉스 하시면 오늘밤 숙면하실 겁니다."

마사지사는 티를 건넸다. 아람은 티를 마시면서, 은근슬쩍 지갑을 꺼내 공무원증을 보여주었다.

"이게 뭐예요? 뭐 단속하시는 거예요? 우리 그런 거 아닙니다."

"정말 죄송해요. 고객 리스트 물어본다고 형사가 찾아간다 그러면 연락이 두절되기도 하더라고요."

마사지사는 인상을 찡그리다 고개를 끄덕였다.

"고객 리스트라뇨? 어떻게 도우면 되죠?"

"마사지를 가르쳐 준 제자 중에 나이는 삼사십 대, 그리고 여성. 기억나는 분 있으신가요? 선생님한테 배웠대서 우리가 찾는 중이거든요. 사건 관계자입니다. 자세히 밝힐 수는 없지만요."

마사지사는 고개를 저었다.

"원래 제 주업은 교육이죠. 실전 감각을 안 잊으려고 예약 손님도 받긴 하지만. 교육비가 백만 원인데도 오시는 분 많아요. 지난달만 해도 열 명이나 가르쳤는데요."

"배우러 온 분들 명단과 사진이 있을까요?"

"여기가 정식 학원은 아니니까 굳이 신분증을 비교해서 실명확인은 안 해서요. 사진은 더더군다나 없죠. 교육비 입금도 타인 명의로 한 사람도 많아요. 남편이나 자녀 통장으로 할 수도 있고요."

아람이 손가락을 튕겼다.

"아, 맞다! 혹시 두피 마사지 위주로 받은 사람은요?"

"있기는 한데. 생각해보니 두피 마사지하는 걸 중점적으로 가르쳐 달래서 특이했죠. 두피케어센터를 차리려 한다고 했어요. 강동지역이라나. 넉 달은 된 거 같은데."

아람의 눈이 크게 떠졌다.

"그 사람 연락처나 이름 가지고 계시나요?"

"찾아볼게요."

마사지사는 핸드폰을 열고 연락처를 뒤졌다.

"이건데. 한 번 보세요."

아람은 그가 건네는 핸드폰을 받아 보았다.

가미영 씨 (두피 마사지 위주 교육) 010-5578-1XXX

아람이 번호를 보며 전화를 걸었지만 아무도 받지 않았다. 두 번째 다시 거니까 어떤 이십 대 남자가 받았다.

"여보세요? 가미영 씨 핸드폰인가요?"

"아, 저 이 번호 딴 지 2주 됐어요."

아람이 남자와 통화를 해보니 그는 이 번호를 통신사에서 받은 번호 중에 골랐다고 했다. 난감했다. 또 다른 벽에 부딪혔다.

마사지사는 아람이 건넨 핸드폰을 받고 고개를 저었다.

"더 이상 도울 수 있는 방법이 없네요. 이름만 알 뿐입니다. 본명인지도 모르구요."

"인상착의는 어땠나요?"

"키는 160보다는 작은 듯 하고, 탄탄한 체구요. 옷도 평범하고 단정하게 입는 스타일이었어요. 말은 거의 없구요. 좀 조용하고 내성적 성격 같아요. 얼굴도 평범해요. 나이가 들어 보이지는 않았어도 그래도 마흔 정도는 돼 보였어요. 제가 고객 상대하는 직업이라 인상착의는 잘 기억해요."

"교육비 입금자는 확인해 줄 수 있나요?"

"음, 돈도 입금한 게 아니라 직접 현금을 들고 왔어요, 그런 분이 별로 없어서 특이해서 기억하고 있어요. 한 일주일간 배웠는데 무척 열심히 했죠."

"하는 수 없네요. 나중에 사진 확인은 해주실 수 있죠?"

마사지사가 고개를 끄덕이다 질문했다.

"근데 대체 마사지는 왜 받은 겁니까? 그냥 첨부터 형사라고 솔직하게 밝히시지."

아람이 멋쩍게 웃었다.

"그렇게 하지 않고 처음부터 밝히면 다들 꺼리고 피하더라고요. 그리고 어깨는 진심으로 아파요."

마사지사는 한숨을 쉬었다.

"이 직업이 퇴폐라고 오해가 많아요. 실제로 그렇게 하는 사람들도 있죠. 그래서 저는 마사지사나 안마사보다는 마슈어(masseur:남자 마사지사)로 불러달라고 해요. 좀 풀리셨나요?"

"네, 충분히. 제 월급으로 자주 오기에는 버겁지만 실력에 감복했어요!"

아람이 오피스텔을 나와 전화를 거는데 패스트푸드점 유리창 안에서 동인이 햄버거를 입에 문 채 손을 흔드는 모습이 보였다.

"단서는?"

"가미영이라는 사람이 두피 마사지를 배웠다는데, 폰 번호로 전화를 걸어보니까 주인이 남자로 바뀌었어. 연결고리 끊어짐. 입금 계좌도 없고 직접 현금 들고 왔대."

"흠, 그렇군, 마사진 시원해?"

"그 스웨디시 마사지 너도 기회 되면 한번 받아봐. 정말 눈감고 천상에 있는 것처럼 묘한 감정을 느꼈다니까. 야, 돈만 많으면 매주 받고 싶다."

동인은 뭔가 생각하면서 햄버거를 입에 넣었다.

"너 혹시 얄딱구리 요상한 생각하는 거면 사양한다."

"어?"

아람은 두 손으로 가슴 부위를 가리면서 소리를 질렀다.

"내가 벌거벗고 마사지 받는 장면 같은 거 말이야!"

"네버 에버. 아람아, 우린 친구 사이야. 절대 안 그럴 테니 걱정 마셔."

"흥, 알았어."

아람은 철벽을 치면서 동인이 먹으려던 감자튀김을 마구마구 빼앗아 입에 넣었다.

다음날 저녁 7시, 아람은 미림문고로 동인을 찾아갔다.

"오늘 당직이지? 이거 네가 좋아하는 피자치즈 스틱."

"땡큐. 어떻게 됐어? 여자 찾아냈어? 실제 운전자. 전화번호 이력 정도는 어떻게든 알아낼 방법 있잖아."

"선불폰 사용자 알아내는 거 쉬운 거 아냐. 명의가 불분명한데. 신분증 확인 안 하는 대리점도 있고. 기지국 다 영장 받아서 조사하는데 시간 일주일도 훨씬 더 걸려. 살인사건도 아니라 영장 받는 것도 힘들다."

"흠, 그럼 거짓말하는 남자 쪽은? 트럭 운전했다는 을의 차 남자."

"강형수, 그 남자는 일단 직접 운전했냐고 슬쩍 떠봐도 입을 안 열어. 차주는 맞아. 여자가 운전하는 블랙박스 영상을 들이밀어야 입 열려나 봐."

"여자가 운전석에서 나오는 거 본 목격자가 있다고 해보지."

"아니, 그렇게 무작정 들이대면 잠적할지도 몰라. 용의자들은 최후의 막강한 증거를 잡고 코너로 몰아붙여야 확실하게 증언해. 그래야 진실을 토해낸다고. 그냥 떠봐서는 내 머리 위에서 내려다보면서 형사들을 얼마나 골려 먹는데."

동인이 고개를 끄덕였다.

"영화처럼 밀어붙이면 토해내는 건 판타지겠지. 두피 마사지 교육생이라…. 일을 배워서 어디 가게라도 차렸을까?"

"알 수 없지. 강동구 관내 두피케어센터를 곳곳마다 가보려고."

"내가 몇 개나 있는지 봤는데 이십 개 정도 되고 개인이 작게 하는 데는 포털에 다 등록돼 있지 않았을 확률이 높아. 지점을 차렸을까, 개인이 냈을까, 취직했을까."

동인이 패드를 보여주었다. 알바천국 사이트가 열려 있었다.

"근데 말이야, 우리 서점 건너편에 웰빙 두피케어센터가 꽤 큰데, 시급 2만 원으로 머리 감겨주고 마사지해 줄 전문 인력을 항상 찾더라. 듣자하니 여기 고객도 많대. 나도 숱이 적어 가볼까 했는데 말이지.”

“이 센터는 마사지사를 상시로 찾는구나.”

“응, 나도 우리 서점 알바생을 찾느라 늘 구인 글을 올리
는데, 여기도 우리만큼이나 알바를 찾더라. 여긴 내가 가볼
게.”

“좋았어. 나는 길동이랑 고덕동 쪽 센터를 가볼게. 넌 여
기부터 가봐.”

“오케이.”

동인은 그날 저녁 늦게 웰빙 두피케어센터에 예약을 잡고
방문했다. 센터는 직장인들을 위해 저녁 늦게까지 문을 열었
다.

콧수염을 기른 중년 남자가 하얀 가운을 입고 동인을 맞이
했다. 마사지하기 전에 먼저 평소에 머리를 어떻게 감는지,
센터를 어떤 경로로 접하고 왔는지 등 몇 가지 질문이 적힌
설문지를 주어 작성했다.

남자는 동인의 머리카락 속으로 깊숙이 내시경을 넣어서
두피를 확대해 컴퓨터 화면에 띄웠다.

“자, 보이시죠. 이렇게 하얗게 기름이 낀 거는 지방질이
두피에 딱 달라붙은 것입니다. 이게 땀구멍을 막고 노폐물이
끼게 해서 두피 건강을 해쳐 탈모가 오게 하는 거죠. 우리
케어센터에서는 이런 지방이나 노폐물을 싹 제거해서 모근을

건강하게 하는 앰풀을 일일이 발라드려요. 전문 두피 마사지 까지 해서 회당 5만원인데 10회권을 끊으시면 45만원에 해드 립니다."

동인은 주변을 둘러보며 질문했다.

"여성 마사지사는 없으세요?"

남자가 입가에 활짝 미소를 띠었다.

"아, 주말에 나오세요. 지금 평일 여성 마사지사는 구인 중이라서요 만약 10회권 하시면 배정해 드릴게요."

동인은 망설이다 용기를 냈다.

"저 사실, 친구 누나가 집이랑 연락이 안 되는데 두피 마 사지사거든요. 여기서 일했는지 알아볼 수 있을까요?"

"뭐라고요?"

동인은 명함을 건넸다.

"어? 맞은 편 서점서 일하시네? 유동인 대리님?"

"네, 맞아요. 10회권 오늘 할게요. 정말 시원할 거 같네 요."

"하셔야 돼요. 상태 보세요, 금방 탈모 와요. 누나 이름 이 뭔데요?"

"가미영인데, 혹시 가명 썼을 수도 있어요."

"우리는 채용할 때 신분증으로 본명을 확인하거든요. 가 미영 씨는 없는데. 참, 한 달 전에 정말 잘하시는 분이 관뒀는데, 그 이후로 구인이 잘 안 되네. 그분이 스웨덴 식으로 배웠다나 그래서 정말 감성 터치 끝내주게 하던 분인데."

"네? 그분 연락처 알 수 있을까요?"

동인은 연락처를 받고 얼른 센터를 나와 아람에게 전화를 걸었다.

"아람아 어디야. 어서 와! 유의미한 정보에 근접했어."

다음날, 아람은 생수 대리점 앞에서 소리를 내어 불렀다.

"강형수 씨."

생수를 트럭 짐칸에 옮기던 청년이 뒤를 돌아보았다. 큰 눈, 갸름한 턱선에 하얀 피부의 얼굴이었다. 키는 컸지만 턱선이나 콧등이 부드러워 여린 이미지였다.

"형, 형사님."

"서연희 씨 알죠? 경찰서로 가서 얘기 좀 하실까요?"

강형수가 생수통을 바닥에 내려놓고 잠시 떨리는 눈빛으로 동인, 아람과 시선을 교차했다.

"이번 교통사고 진실을 밝혀주셔야 합니다. 망자를 위해서라도 진실을 말해주시죠. 이번 사건 실제 운전자 아니시죠? 지금 교통사고 조사 전문 연구소에서 차량들 정밀 감식 중이라 금방 밝혀져요. 근처 차량에서 블랙박스 영상도 확보했고 목격자도 있습니다."

"죽어도 싼 놈이라구요. 경찰서는 내일 갈게요. 지금은 싫습니다."

아람은 잠시 미간을 찌푸렸다. 영장도 없고 임의동행 형식이라 강제로 할 수는 없었다.

동인이 대리점 옆 자판기에서 포도 주스 버튼을 눌렀다.

"힘든 일 하면 저는 항상 이거 마시는데, 당 보충하려고요. 좀 드세요."

강형수는 동인의 제의에 잠시 머뭇거리다 주스를 받아들었다.

잠시 후, 대리점 앞 벤치에 셋이 나란히 앉았다.

"어디까지 아시죠?"

"서연희 씨가 일했던 두피케어센터를 찾아냈어요. 그리고 사고 당일 트럭 운전자가 서연희 씨인 걸 본 목격자가 있어요. 어제 목격자에게 케어센터에서 얻은 사진을 보내서 확인했습니다. 우리 서에서 블랙박스 영상을 샅샅이 뒤지다 의미 있는 게 나왔어요. 이제 말씀해주시죠. 서연희 씨 지금 어디 있어요? 전화도 안 받던데, 금방 알아냅니다. 그냥 도와주세요. 더 큰 일 벌어지기 전에."

강형수가 큰 눈망울로 잠시 빈 주스 캔을 보다가 입을 열었다.

"도와주세요. 아줌마 선처 부탁드려요. 저도 죗값 다 치르고 싶어요. 7년 전의 일부터요."

"7년 전? 미성년자 처벌금지로 풀려난 사건요?"

"네. 맞아요. 사건에 대해서 하고 싶은 말이 있어요."

"녹취해도 될까요?"

"네. 하세요. 그동안 경찰에 다 말하고 싶었는데."

아람이 핸드폰 음성녹음 버튼을 눌렀다.

"2020년, 5월 22일, 15시 20분 00생수 대리점 앞, 녹취하는 사람은 강동경찰서 여청과 여청수사팀 강아람 형사입니다. 5월 9일 06시 35분 일어난 강동사거리 충돌사고 성민규 사망사건 관련해 강형수 차주 진술녹취 중입니다.

강형수 씨, 이 사건에 관해 진술함에 있어서 녹취에 대해 강제적인 압력이나 권유가 있었나요?"

"아닙니다."

강형수가 담담하게 말했다.

"그럼 동의를 받았으니 이제 녹취를 시작합니다. 강형수 씨 말씀해주세요."

강형수는 숨을 고르면서 점차 말을 이어나갔다.

동인과 아람은 조용히 경청했다.

아람은 녹취 파일을 확보하고 경찰서에 연락하기 전에 서연희를 먼저 만나서 물어보고 정확한 상황을 알아내고자 했다. 동인은 기꺼이 같이 가주었다. 풍납동의 낡은 원룸 건물 3층 301호를 노크했다.

"서연희 씨, 계시나요?"

10분 후 문이 열렸다. 오기 전 아람은 강형수에게 미리 사정을 설명할 것을 부탁했다. 그에게서 전화를 받았던 서연희는 망설이다 문을 열었다.

"형사님? 형수한테 전화 받았어요."

무연한 표정을 짓던 서연희는 시선을 내렸다. 동인과 아람은 원룸으로 들어가 서연희와 마주 앉았다. 아람이 신분증을 보이고, 서연희는 체념한 듯 천천히 입을 떼었다.

"필라테스 강사로 일하다가 6개월 전에 생수 배달 온 그 아이를 만났어요."

7년 전 자신의 아들을 교통사고로 죽게 만든 그 아이. 당시 강형수는 만 14세 미만이라서 처벌을 받지 않았다. 강형수가 먼저 서연희를 알아봤다. 강형수는 멈칫했다.

"저어, 아줌마⋯. 맞죠."

강형수는 청년이 되어 키도 커지고 체구도 커졌지만, 서연희는 목소리를 듣자마자 홀린 듯 그의 얼굴을 쳐다봤고 바로 알아차렸다. 강형수는 뒤로 한발 한발 물러나다 도망치듯 필라테스 스튜디오를 뛰어나갔다.

생수를 배달하는 사람은 바뀌었지만 강형수가 나중에 스튜디오로 찾아왔다. 강형수는 진심으로 미안하다고 했고 울면서 고백을 했다.

"아, 아줌마⋯. 미안해요⋯."

강형수는 7년 전 중학생 아이 모습 그대로 돌아가 있었다. 뒤늦게 사과하는 얼굴은 그때 그 모습이었다.

7년 전, 서연희는 자신의 아이를 무면허 운전으로 죽게 만든 소년 강형수를 처벌할 수 없는 법에 실망하고, 한동안 술과 담배에 찌들고 고립된 생활을 하다가 뒤늦게 필라테스 운동을 하고 강사 자격증을 땄다. 강사로 있던 스튜디오에서 그 소년을 청년이 된 모습으로 만난 것이다.

강형수는 다시 스튜디오로 생수를 배달하러 종종 들렀고, 나중에 중요한 말이 있다면서 서연희를 따로 만났다.

"그때 내게 운전대를 잡은 범인인 척하라고 시킨 사람이 있어요."

서연희는 커피숍에서 그대로 얼어붙었다.

"천, 천만 원 준댔어요. 할머니랑 살았는데, 월세가 밀려서 쫓겨날 정도였는데 할머니가 동네 사람한테서 부탁받은 일이라 해서⋯. 다, 다시 그때로 돌아가고 싶어요. 단 한 번도 아줌마 아들이 잊히지가 않아요. 제가 한 짓이 아니에요. 그때 뺑소니범으로 대신 자수 해주면, 돈 준다고 해서 그랬어요. 나는 나이가 어려서 교도소 안 간다고. 근데 천만 원 돌려주고 다시 진실을 되찾고 싶어요. 이제는."

강형수의 할머니가 천만 원을 현금으로 받아왔고 집을 옮겼다. 강형수는 9호 처분으로 단기소년원에 송치되었고 서연희는 모든 것을 잊고자 했다. 강형수도, 아들도. 하지만 아들은 잊히지 않았다. 아니, 잊을 수가 없었다.

"정훈이에요. 아들 이름. 죽어도 잊을 수가 없어요. 어떻게 아들을 잊겠어요. 죽었다 해도."

참고 참았던 눈물이 쿡 터져 나왔다. 자신이 차마 부를 수 없었던 그 이름. 그때 정훈이는 스물이었다. 열여섯에 낳아서 미혼모로 외롭고 힘들게 기른 아들. 못해 준 게 많아서 더욱 생각나고 사무치게 그리웠다.

서연희는 그때까지 중학생 아이가 호기심에 남의 차를 몰래 타고 벌인 일인 줄로만 알았다.

하지만 정작 가해자는 따로 있었고 범행을 사주한 것이다. 당시 키가 꽂혀 있던 차를 타고 벌인 일이었다고 강형수가 거짓 증언했다. 차주는 따로 있던 차였고, 빌려서 실제로 운전을 한 사람도 따로 있었다.

강형수의 자수로 모든 게 끝났지만 그를 사주한 사람이 차주인지, 아니면 그날 탔던 사람인지 명확하지 않았다. 서연희는 법원에 가서 사건과 관련된 서류를 찾아 훑었지만, 차에 관련된 사람만 세 명이었다.

차 한 대를 낮과 밤으로 두 명이 나눠 쓰고 있었다. 사건 서류에 연락처는 없었다. 담당 경찰서에 뒤늦게 찾아가 문의를 했지만, 당시 사건을 담당했던 형사는 지방으로 전근 갔다고 했고 다른 사람들은 잘 기억나지 않는다고 했다.

이미 재판도 종결됐다. 강형수는 자수하겠다고 했지만 서연희가 말렸다.

"네가 자수한대도 처벌받을 사람이 죽지 않으면 소용없어. 사건을 의뢰한 남자에 대해 할머니가 하신 말씀 더 없어?"

서연희는 다부지게 말했다. 강형수는 기억나는 걸 며칠 뒤 알려줬다.

"할머니는 그 남자가 머리숱이 적어서 이마에 두피 문신을 했다고, 그게 특이하다고 알려주셨어요. 그리고 제가 사는 천호동 사는 사람이래요. 동네 사람이 소개해줬다니까."

서연희는 그날부터 천호동 인근 두피케어센터 여러 곳을 알아보았다. 두피 마사지 경력이 있어야 정식으로 일할 수 있대서 스웨디시 마사지를 하는 남자 영상을 유튜브로 보고 찾아가서 두피 마사지를 속성으로 배웠다. 케어 관리사를 모집한다는 글을 찾았다. 천호동에서 가장 큰 두피케어센터에서 낸 구인광고를 보고는 바로 면접을 보고 취직을 했다.

3개월 동안 일하는 틈틈이 인근 미장원을 뒤져 알아보고 두피 문신을 잘한다는 홍대나 성수 인근의 숍도 찾아갔다. 하지만 7년 전 두피 문신을 한 남자를 알아낼 방법이 없었다. 케어센터에서도 고객들의 이름을 확인했지만 사건 서류에 적힌 이름은 없었다.

다시 필라테스 강사로 돌아가려고 마음먹은 날, 바로 그 남자를 케어센터에서 만났다.

이름이 낮에 차를 빌려 쓰던, 사건 서류에 적힌 남자와 같았고 이마에 두피 문신이 있었다. 탈모라 문신을 한 것이었다. 언뜻 보면 머리카락처럼 보였다. 남자를 마사지하는 양 손가락에 엄청난 힘이 들어갔다.

서연희는 기억에서 현실로 돌아와 아람과 동인을 보았다.

"남자 뒤를 밟았어요. 주소는 고객 카드에 나와 있으니까 알고 있었죠. 나이트클럽에 자주 가더군요. 작정하고 나이트클럽에 여러 번 방문해서 그 남자를 의식하고 있었죠. 드디어 부킹으로 마주하고 만났을 때 그는 내가 자기 두피를 관리해주던 직원인 줄 전혀 모르더군요."

서연희는 진한 화장과 옷차림으로 그를 속였다. 케어센터에서도 성민규와 마주치지 않는 시간으로 바꿔서 일하다가 그만두었다.

"성민규를 꼬드겨 보험 사기금을 타자고 했어요. 적당히 차를 파손하고 다친 척해서 보상금을 타자고요. 성민규는 여러 개의 보험에 가입했죠."

서연희는 성민규에게 범죄를 모의할 친구를 데려오라고 했다. 성민규가 사람을 데려오면 자신이 다른 사람으로 섭외했다고 하고 차만 빌려 직접 일을 꾸미려 했다. 하지만 성민규는 가담할 사람을 모집하는 일에 실패했다.

서연희가 사고를 꾸미는 것을 눈치 챈 강형수가 기꺼이 차를 빌려주었다. 강형수는 자신을 연계로 해서 서연희가 저지른 일이라는 걸 경찰이나 보험회사에서 절대 못 밝힐 것이라 확신했다. 사고처럼 위장하면 자신은 몇 개월 정도 살다 풀려나거나 자동차보험으로 합의하면 될 거라고 했다. 전봇대에 설치된 CCTV도 강형수가 돌로 미리 깼다.

아람이 한숨을 쉬었다.

"대체 왜 그런 거죠? 7년 전 사건을 재수사해달라고 했으면 결과가 달라지지 않았을까요?"

서연희는 고개를 저었다. 아람이 재차 물었다.

"강형수 씨가 다시 처벌받는 걸 두려워한 겁니까? 한 번 판결 받으면 재심이 결정 나기까지는 무척 어렵지만, 강형수 씨가 위증을 했어도 당시 촉법소년이라…."

"그딴 거 아니에요. 그 악랄한 놈을 눈에는 눈, 이에는 이 교통사고로 고통스럽게 보내고 싶었어요. 돈에 눈이 멀어 자기 꾀에 자기가 걸려들게 만들어서요. 그래서 그랬죠."

서연희는 거기서 입을 다물었다. 아람은 서에 전화해 선배 형사에게 피의자를 경찰서까지 데려가게 도와달라고 부탁했다.

잠시 후, 경광등 소리가 요란하게 울리면서 경찰 차량 2대가 골목으로 들어오는 게 창밖으로 보였다.

"고맙다, 동인아. 같이 와줘서."

"상대에게 압박을 가하려면 인원수로 선수 치고 들어가야지. 이제부터 네 일이다. 형사님들 올라오시면 난 갈게."

동인이 일어났다. 서연희가 동인을 똑바로 쳐다봤다.

"말하고 싶은 게 있어요."

"네?"

"언제나 상상으로라도 강형수, 그 아이가 성인이 되면 내 손으로 죽이려고 했어요. 내 아들이 성년식을 치른 지 얼마 안 돼 어처구니없게도 중학생 아이가 무면허로 운전하는 차에 죽었으니까요. 그 가해자 아이가 성년이 되면 죗값을 치를 나이니 내 손으로 직접 죽이고 싶었다구요. 그런 꿈을 밤마다 꾸었어요.

그런데, 그렇게 7년을 헤맸는데, 알고 보니 범인은 다른 중년 남자였죠. 그때의 허탈감 아시겠어요? 7년을 환영으로

라도 복수를 했던 사람은 오히려 또 다른 피해자였고 실제 가해자인 그 악마는 멀쩡히 아이들을 가르치면서 잘 살고 있었어요. 근데 어떻게 가만히 놔둬요!

7년 전 일을 다시 바로잡고자 해도 증거도 거의 없고 형수만 고생하다 그 자식은 재판을 잘 피해가면 무죄로 풀려날 수도 있어요. 증거가 있어서 교도소에 들어간다 해도 고작 1, 2년이면 나올 텐데 어떻게 그냥 보내요, 어떻게⋯. 우리 아이는 이제 한 줌 잡히는 것조차 없는데⋯. 이빨⋯, 교정해서 만든 고른 이가 사고로 흔적조차 없이 사라졌고 아이의 얼굴은 뭉개졌어요. 뭉개졌다고요⋯. 나도 똑같이 그렇게 만들어주고 싶었어요."

서연희가 말을 끝내자 벨소리가 들렸다. 아람은 문을 열었다. 형사들이 들어와 아람과 상의를 했다. 서연희는 조용히 침대에 앉아 고개를 숙였다. 동인은 밖으로 나왔다.

날은 맑았고, 나뭇가지 사이를 비집고 들어오는 바람이 동인의 앞머리를 시원하게 날려주었다. 동인은 미림문고로 돌아왔다. 카페에서 커피 한 잔을 사서 홀을 지나 사무실로 들어갔다. 아무 일 없었다는 듯이 그는 자리에 앉아 그날 들어온 책들을 주문표와 비교하며 일일이 확인했다.

한편 아람은 경찰서에서 선배들의 칭찬을 들으면서 동인이 가 보기와는 달리 무척 든든하게 곁을 지켜주었다는 생각을 했다. 아람은 은근히 그가 멋지다는 걸 새삼 느꼈다.

'유동인. 알고 보니 괜찮은 녀석이었어. 흠, 좀 더 가까이 다가가 볼까.'

선배들에게 둘러싸인 아람은 함박웃음을 지으면서 사건을 잘 해결했다는 칭찬에 감사하다고 고개를 숙여 일일이 인사를 했다.

여름, 풍산 오 씨 종부 실종사건

아람은 미림문고로 동인을 찾아갔다. 동인은 조명이 비치는 창가 아래에서 책을 펴들고 자세히 들여다보고 있었다. 아람은 순간, 동인이 영화 〈러브레터〉의 남자주인공처럼 보였다.

'뭐야, 저 녀석 저러고 보니 분위기도 꽤 괜찮은데.'

동인은 고개를 들어 아람을 보고는 손을 까닥거려 아는 척했다.

"하이."

"책 읽는 중?"

"아니. 이 책이 파본이 많다는 소문이 있어서 검품 중. 그런데 괜찮네."

'그럼 그렇지. 설정이었구만.'

"아람 형사는 웬일이야?"

"후후, 서점 탐정 유동인 대리에게 볼일이 있어 왔지."

"웬 서점 탐정? 앞으로 공짜 의뢰는 사절한다."

"그래? 그럼 책을 10권 사는 건 어떨까?"

"좋아. 거기에 점심도 같이 먹어 주라. 이 근처에 전주콩나물국밥 맛있는 데 있어. 30분만 책 보면서 기다려. 사무실 가서 주문데이터 확인하고 재고, 판매량 좀 점검하고, 출판사도 두 군데 연락해야 돼."

"천천히 하고 나와. 책 고르고 있을게."

잠시 후, 서점 근처에 있는 24시 전주콩나물국밥집에 들어가자마자 동인은 서둘러 물었다.

"무슨 일인데?"

"당연 여청과 사건 중 하나지. 여성 실종사건. 사십 대 아주머니이고 이름은 연미주. 남편 오경수 씨 의뢰이고. 한 달 전 전주 지역에서 실종신고를 했는데, 단순 가출로 파악하고 수사 진척이 없다가 최근에 강동구 관내 은행에서 카드 발급한 단서가 잡혔어.

전주 지역 경찰서에서 우리 서에 공조를 요청해 왔어. 남편이 지금 서울로 올라와서 강동구에 있는 모텔에서 숙박하며 애타게 찾는 중이고. 부부 사이에 23세인 대학생 딸이 서울 기숙사에 사는데 엄마랑은 연락 안 한다 그랬대. 내가 찾아가 탐문 해보려고."

"이야기 좀 더 하자. 시간 되지?"

"커피는 네가 사."

"오케이."

동인은 식사 후 카페로 자리를 옮겨 아이스 아메리카노를 건네며 물었다.

"짐작되는 이유는 없어?"

"그게 풍산 오 씨 종부라는데?"

"종부? 종갓집 며느리? 그럼 단순 가출? 너무 힘들어서 그런 거라면."

동인이 눈을 크게 뜨고 종이 빨대로 커피를 쭉 빨아들이면서 아람을 보았다.

"남편이 자꾸 강력사건과 연관성을 제시해서 수사를 안 할 수가 없어. 단순 가출이어도 조사를 해봐야지. 제사가 힘들었을까?"

"뭐 나중에 알겠지만. 야, 너 머리 커트할 때 안 됐어? 가자."

동인이 다급히 일어나더니 아람의 손목을 잡아끌었다.

"어디 가는데?"

"코난 도일에게 홈즈를 탄생케 한 조지프 벨 박사가 있다면 서점 탐정 동인에게는 꽃무늬 원장님이 있지."

"뭐어?"

동인은 미림서점 건물 1층 플라워 미장원으로 아람을 데리고 갔다.

문이 열리자 가슴이 푹 파인 꽃무늬 원피스를 입은 사십 대 여성이 이들을 맞았다. 투실투실한 몸매에 길게 늘어진 갈색 머리, 가슴이 커서 꽤나 육감적으로 보였다. 눈이 크고 짙으며 입술에는 필러를 맞았는지 제법 두툼해서 아재들에게 인기 있을 성싶었다.

"어머, 우리 대리님. 어서 오세요. 아직 커트하실 때는 안 됐는데? 지난번 볼륨 매직 펌은 어땠어요?"

"좋던데요. 비가 와도 머리카락 안 구불거리고 괜찮아요."

"오늘은 뭐 하시려구요?"

"저 말고, 제 여자친구요."

아람이 눈을 둥그렇게 뜨며 뭔가 말하려는데 동인이 그런 아람을 끌어당겨 가운데 의자에 앉혔다.

"좀만 기다려요. 여기 손님 중화 좀 해드리고요."

아람은 원장이 듣지 못하게 소리를 죽이고 입모양으로만 말했다.

'야, 유동인, 뭐야?'

동인도 그에 맞추듯이 소리 내지 않고 대답했다.

'기다려 봐.'

꽃무늬 원장이 하던 이야기를 마저 하는 듯 이어나갔다.

"그래서 말이지 내가 누구야? 아니, 사람을 끌고 가더니 버스에 태우고 케케묵은 한복을 입혀서 묵은지 국수 한 그릇 주고, 억지로 제사시키더니 떡하고 수박을 손에 들리더라고. 그래놓고는 30만 원 달래. 따졌지. 안 주고 와 버렸어. 그랬더니 이제는 집에까지 찾아와서 돈을 내놓으래. 내가 도망치고 없는 척하다가 맨날 오니까 기함하고 결국 깎아서 10만 원 주고 돌려보냈어. 그러니까 그제야 연락이 없더라고."

"어머, 중화기 조심해. 귀에 약 들어가."

"쏘리. 쏘리."

아람은 멍하니 대화를 들으며 코를 긁다 손짓으로 동인을 불러 귓가에 속삭였다.

"저 아주머니, 네 취향? 그렇지 않고서야 바버숍이나 홍대서 커트하지 이런 데를 굳이 오냐? 그리고 여친이라니!"

"네 어머니가 소개해주셨어. 소설 소재나 모티프 잘 얻어 가신다고. 나도 궁금해서 한번 와 봤다가 비달 사순에서 10년 닦은 실력이라기에 믿고 맡기고 있지."

"흠. 믿어도 돼? 나 이래 봬도 홍대나 이대, 명동 아니면 머리 안 맡겨. 동네 미장원도 안 간다고."

"내 머리 괜찮지 않아? 커트 스타일."

아람은 동인의 머리를 아래위로 훑었다.

"어떻게 해드릴까요?"

꽃무늬 원장이 다가와 아람의 머리를 쓰다듬었다.

"그냥 끝에만 조금 다듬어 주세요."

원장이 아람의 귓가에 속삭였다.

"여친 아니죠?"

"네?"

"여자 사람 친구. 여사친 같은데요? 내 촉은 장난 아니거든요. 직업은 뭐예요? 꼭 백화점 경호원처럼 양복 빼 입구, 안 더워요?"

아람은 기분이 좀 상해 말을 던졌다.

"그냥 쳐주세요."

"더운데 확 쳐드릴게요. 비달 사순 있을 때 지점장님이 개발한 특허 가위로 치면 길이는 같아도 숱은 많이 줄어 있죠. 숱 진짜 타고났다. 머리에 땀 차지 않아요?"

아람은 응대가 귀찮다는 듯 영혼 없이 무의식적으로 고개를 끄덕였다. 꽃무늬 원장이 포니테일로 묶은 머리의 고무줄을 꽉 잡아 끌어내리며 빼는데 동인이 다가와 조용히 물었다.

"원장님, 서점에 단골손님 부인이 갑자기 집을 나가셨다네요. 어디서 찾아야 하는지 물으시던데 어떻게 하죠? 사십 대고 대학생 따님이 한 분 있다는데 나온 지는 좀 지났대요."

"응? 또 내 경험이나 관록 뭐 그런 지식을 원하는 거예요? 호호. 이번에는 어느 추리소설 공모전? 네이버?"

"공모전 내는 거는 아니고 진짜 그런 일이 있어요."

"음, 그런 경우를 안 본 거는 아닌데 보통은 친척이나 친정에 가지만 정말 나온 지 꽤 됐으면 아예 동네를 완전히 벗어나는데. 이 언니 숱 진짜 장난 아니다. 이 머리가 어떻게 묶였대? 이렇게 큰 머리끈은 어디서 사요?"

원장은 톱니가 달린 가위를 아람의 머리카락 속으로 깊숙이 넣고 하나하나 쳐나갔다. 몸을 숙이니 꽃무늬 원장의 베이지색 브래지어가 슬쩍 보였다. 아람은 무표정하게 있었다.

"쏘리."

원장은 아람의 다리를 슬쩍 스치면서 반대편으로 건너갔다. 강한 향수 냄새가 나는 그녀의 머리카락이 아람의 목덜미를 스쳤다.

'뭐어? 조지프 벨 박사? 이러니 오는 거지. 야, 유동인 너도 남자다 이거지?'

"전주에 사시다 이곳에서 카드를 만든 흔적이 드러났대요."

동인이 말했다.

"어? 이상하다. 서점 단골이라면서요? 남편이?"

동인은 태연하게 답했다.

"예전에 제가 전주에서 근무했어요."

"그래요? 여자가 아주 연고가 없는 데로 들어가는 건 목숨이 간당거릴 때 빼고는 없을 건데. 그래도 서울이 직장도 많고 강동구에서 카드를 만든 흔적이 있다고 하니 딸 학교 근처에 있을 지도 모르고, 친정이나 친구네 근처에 월세방을 얻었을 수도 있고."

"찜질방이나 모텔은 어떨까요?"

"좀 됐다면서. 며칠 됐는데요?"

"한 달이요."

"그럼 못해도 달방은 얻었겠는데? 분명히 딸과 연락하거나 만날 확률이 높으니까 그쪽 족치면 나와. 아는데 수소문해야 돼요. 연락을 딱 끊는 사람은 드물어요. 뭣보다 사회생활을 안 하면 갈 데도 적어요. 딸, 친구, 아님 동창, 형제자매 등인데 이곳에서 한 번은 꼬리가 잡혔다니 여기 사는 누군가를 찾아보라고 해요. 근데, 남편한테 종적 감추고 떠났으면 그냥 두지."

"네? 남편이 애타게 찾고 있는데요?"

아람의 반문에 꽃무늬 원장이 뭔가 알겠다는 듯이 눈을 가늘게 떴다.

"혹시 손님 엄마예요? 가출하셨어요?"

아람이 화를 냈다.

"아니거든요."

"흠, 그럼 왜 둘이 관심을 기울이지? 하여간 내 말대로 해봐요. 샴푸해 드릴게요."

아람은 기분은 나빴지만, 원장의 두피 마사지에 몸은 노곤하게 풀어졌다.

동인과 아람이 플라워 미장원을 나오려는데 꽃무늬 원장이 말했다.

"나중에 또 책 사러갈게요. 추천해줘요. 대리니임~~."

원장은 뒤돌아서 손님들에게 웃으면서 말했다.

"완전 멋지지. 이 근방의 아이돌이셔."

가게를 나오자마자 아람은 은근히 기분이 안 좋아졌다.

"나 저 미장원 다신 안 가."

아람은 편의점에서 동인이 사주는 아이스크림을 먹으면서 툴툴거렸다.

"둘이 뭔 관계야? 저 아줌마 바람나고 싶어서 난리 난 거 아냐?"

"아줌마라니? 싱글이셔. 그리고 너 여친이라 소개했는데?"

"야, 나한테는 대놓고 여사친이라 그러시더라. 기분 나빠. 흥.”

“촉 좋아서 그래. 너보단 저 원장님이 책도 더 많이 사셔. 아는 것도 많으시고 플래티넘 고객인데다 추리소설 마니아여서 말도 얼마나 잘 통하는데. 우리 밀실 트릭 토론하다 밤새는 줄 알았다니까.”

“뭐어? 야, 유동인. 너 사실 연상 취향이었구나? 밤까지 새면서 만나?”

동인은 살짝 실눈을 뜨며 아람을 응시했다.

“아니! 볼륨 매직 펌 할 때 트릭 얘기하다가 밤새는 줄 알았다고. 어떻게 넌 비유법도 모르냐? 그리고 수사에다 왜 남녀상열지사를 엮냐? 요즘처럼 성 인지 감수성을 중시하는 시대에 ‘너는 저런 취향이었구나’ 하는 말은 좀 위험하지 않냐? 공직자가.”

“그래, 난 그런다. 미안하다. 고쳐볼게. 이번 사건은 나 혼자 탐문하러 다닐 테니 참견 마셔. 서점 탐정 유대리니임~. 그럼 이만.”

아람은 꽃무늬 원장 말투로 인사하고 팩하니 돌아섰다. 이상하게 양심이 든다기보다는 가슴이 쓰렸다. 동인이에게 1도 관심 없고 그냥 친구에 불과한데 말이다.

대학교 때는 과사무실에서 보고 수업도 같이 들어서 강의실에서도 보고 학식도 같이 먹고 도서관에서도 같이 있곤 해도 데면데면하거나 그저 그랬다. 그런데 한동안 못 보다 요즘 들어 일 때문에 자주 만나니 이상하게 멋져 보이기는 했다.

'아마도 이게 다 후광효과라는 거겠지.'

색색들이 책이 전시된 너른 서점에서 근무하고 뒤에는 조명들이 번쩍거려 그렇게 보일 뿐이다. 장소가 멋지고, 손에는 읽든 안 읽든 책이 들려 있으니 말이다. 진짜 오래된 친구인데 새삼 멋져 보이는 게 도무지 말이 안 된다.

아람이 풀이 죽은 채로 터벅터벅 걸어가는데, 어느새 동인이가 사뿐히 다가와 아람의 어깨를 툭 쳤다.

"강아람, 가출 수사 안 할 거야? 도와줄게. 실종자 따님 만날 수 있어?"

아람은 자기가 언제 토라졌냐는 듯이 반색했다. 그래도 자신이 주도권을 가지고 있다는 것을 강조하며 대답했다.

"그럼 수사에 끼워주지. 오경수 씨가 얘기하길 딸이 모르는 전화는 안 받고 그래서 만나기 힘들 거라는데. 서울 기숙사에 머물고는 있대. 대학교는 광진구에 있는 K대학교."

"그렇군. 일단 그 딸 이름 남편한테 알아내 봐. 인스타그램에서 찾아보게. 이메일 주소 등도. 그래야 찾지. 아이디, 이름 검색해봐서 계정 찾아보자."

"알았어. 너 수사에 끼워는 주는데 실제 사건은 함부로 소설 소재로 삼으면 안 된다. 저 원장님은 빼고 우리끼리 가는 거고. 참! 니 인스타그램에 사회적 거리두기 인증샷 하나만 올려줘. 너랑 나 마스크 쓰고 찍은 거로. 정부에서 거리두기 캠페인으로 해시태그 달고 인증샷 찍어서 제출해야 돼."

"어허, 아람 형사. 니 계정에 올려. 나 팔로워 많아서 안 돼."

"난 팔로워가 없어 안 된다. 계정 판 지 얼마 안 돼서."

"절대 안 돼. 내 팔로워들은 작가들이나 서점 업계 사람들인데 나랑 너랑 사진은 커플도 아니고 너무 뜬금없어."

"그럼 업계 분들도 보시게 방에서 책 읽으며 사회적 거리두기 하는 인증샷은 어떨까?"

"니 일은 니가 해. 난 팔로워가 3백 명 있어서 피드도 신경 써서 올려야 해. 당장 인스타그램 바다에 적극 뛰어들어서 인증샷은 알아서 올리고 수사를 진행시키도록! 딸 아이디나 이름, 혹은 대학교나 과를 서치해 보자."

며칠 후, 아람은 동인이 준 힌트대로 실종자 연미주 딸의 인스타그램 계정을 찾아 다이렉트 메시지를 보내서 약속을 잡았다.

"자, 봐봐 동인아. 오경수 씨가 알려준 딸 아이디로 여러 계정을 찾아서 메시지를 보냈는데 이 분이 엄마가 연미주 맞대. 이름은 오수정, 광진구 K대학교 학생."

아람은 오수정이 풍만한 가슴골을 노출하고, 레깅스를 입어서 힙을 강조한 사진으로 인스타그램을 도배한 계정을 보여주었다.

"언제?"

"전형적인 인스타그램 여신 풍이군. 내가 볼 땐, 사진마다 미묘하게 가슴과 엉덩이 라인이나 허리 사이즈가 다른 걸로 봐서 전문 앱이나 포토샵을 사용하고 있음. 그리고 여러 화장품이나 뷰티용품을 들어서 설명하는 사진이나 영상으로 보아 인플루언서 광고로 돈 버는 직업임. 저기 들어온다."

아닌 게 아니라, 동인의 말대로 체구도 작고 마른 여성이 캡모자를 눌러쓰고 들어와 그들 앞에 섰다. 골드로 염색한 구불구불한 머리가 모자 밖으로 흘러넘치고 있었다.

"혹시 강아람 형사님?"

"어떻게 바로 알았어요?"

"제 인스타그램 팔로우 하셨던데요. 경찰복 입은 사진도 있고. 아이디 katepolice! 맞죠?"

"네. 맞아요."

아람이 테이블에서 일어나 인사했다.

"딱 봐도 형사님 같은데요. 민트 초코 프라푸치노 마셔도 되죠?"

"드세요."

아람은 어깨를 으쓱하고는 음료를 주문하러 카운터로 갔다. 동인은 오수정과 웃으면서 뭔가 대화를 했다.

"무슨 얘기 했어?"

오수정이 화장실에 가자 음료를 가지고 돌아온 아람이 물었다.

"별로. 수정 씨 인스타그램에 나오는 고양이 사진 얘기들. 반려묘 얘기 나와서 고양이 기르는 방법 나오는 책도 알려주고."

"참 변죽도 좋다."

오수정이 테이블로 돌아와서 친근하게 물었다.

"인스타그램 팔로우 방금 하셨죠. 유동인, 미림문고 MD로 프로필 나오던데요."

동인이 씩 웃었다. 아람은 어처구니없다는 듯 그를 쳐다봤다.

"오수정 씨, 팔로워가 2만 명이나 되던데. 누가 새로 팔로우하는지 하나하나 신경 써요?"

오수정이 아람의 질문에 답했다.

"그럼요. 그거 다 광고비 따내려고 키우는 건데요. 가슴

노출 과감하게 할 때마다, 레깅스 샷 올릴 때마다 하루에 백 명 간신히 늘어요. 일일이 보고 뷰티풀, 프리티 외치는 외국인 계정들은 어차피 제품을 사지 않을 테니 신경도 안 쓰지만, 한국인 중에서 다이어트나 뷰티에 신경 쓰는 여성들은 일단 계정에 가보죠. 댓글도 달아야 친해져서 물건 권유도 하니까요."

"얘는 남자잖아요? 거기다 수정 씨보다 나이도 훨씬 많아요. 아재라고요. 서른 넘은."

아람이 집게손가락으로 동인을 가리켰다.

"뭐, 전 나이 안 따지는데요. 그냥 인스타그램 계정에 책 올려놨기에 화장실에서 잠깐 둘러봤는데 아까 준 명함하고 이름이 같아서요. 서점 MD님이 형사님하고 왜 같이 오셨어요?"

동인은 이마에 흘러내린 앞머리를 살포시 멋지게 쓸어 올리면서 목소리를 낮게 깔았다.

"음, 저는 강아람 형사가 흘리는 단서를 주워주곤 합니다. 전 그냥 추리소설가가 되고 싶은 사람이죠. 서점 MD는 주 캐릭터고요 지금은 부 캐릭터 유동인 추리작가입니다."

"야, 쓸데없이 길다, 됐고. 저기 오수정 씨, 어머니 연미주 씨 가출 신고가 들어와서 지금 강동경찰서 여청과에서 찾고 있어요. 강동구 관내에서 카드 발급하신 게 떠서요. 오경수 씨는 이 근방에서 숙소 잡으시고 연락 오기를 애타게 기다리고 계세요.”

오수정은 입매를 굳게 하고는 답했다.

“저 만났다는 말, 아빠한테 하지 마세요. 만나기 싫어요. 그렇지 않아도 계속 연락하고 톡 오는데 씹었어요.”

동인이 의미심장한 표정을 지었다.

“왜 그러시는 거죠? 가정 폭력으로 가출하신 거라면 저희가 주거지 알아내도 주소 안 알려드려요. 신고 이력은 없던데요.”

오수정은 화난 얼굴로 도리질을 쳤다.

“하여간에 전 몰라요. 폭력이 꼭 때려야 폭력인가요?”

오수정이 거기서 입을 꾹 다물자 아람은 화제를 돌렸다.

“연미주 씨 최근에 만나신 적 있어요? 연락한 적은요?”

“엄마요? 전혀요, 서울서 만난 적 없어요. 전주도 거의 안 내려가요. 아빠 보기 싫어서요.”

아람이 물어보았다.

“두 분 사이가 안 좋으신가요?”

“엄마보고는 입에 붙은 말이 ‘아이고, 당신이랑 차를 타고 가면 차가 안 굴러가. 무거워서’ 라던가 ‘샷 더 마우스, 입 닫어. 여자가 무식해서!’ 라고 하죠. 그런가하면 ‘동네 여편네들이 웬 난리지랄들이야’ 요렇게도 자주 말씀하시죠.

지난번에는 제 폰으로 몰래 인스타그램 계정 열어보셔서 난리난 적도 있어요."

오수정은 프라푸치노를 마시며 진정하고서 말을 이었다.

"저번에 유튜브 할 때도 엄청 반대하셔서 결국 계정 폭파했거든요. 다시 인스타그램 새로 만들어서 지금까지 팔로워 늘리는데 얼마나 힘들었는지 아세요? 절대 제 얘기, 그 남자한테 하지 마세요."

오수정은 열불이 타는지 남은 음료를 마저 마시고 나서 일어섰다.

오수정이 나가고, 동인과 아람은 잠시 이야기를 나눴다.

"딸이 아빠를 '그 남자'라고 말하는 걸 보니 왜 엄마가 가출했는지 알겠다. 동인아, 이 사건 어떻게 하지?"

"대충 수사하면 큰일 나잖아. 신고했는데."

"그렇긴 해. 남편은 자꾸 납치 같은 강력 범죄 의혹을 제시하는데 그냥 넘어갔다가 나중에 시사프로 같은데 나오면 진짜 우리 뭐 된다. 불성실한 수사관이라고 징계 먹어."

동인이 의아하다는 듯 고개를 갸우뚱거렸다.

"내가 사진 포렌식까진 아니지만 요새 하도 로맨스 스캠 사기꾼들이 가짜 외국인 계정으로 접근해서 유심히 지켜보는데 말이지."

"로맨스 스캠은 여자 타겟이 많던데. 수사백서에서 봤어."

"내가 책만 올리니까 한글 '유동인'은 못 읽고 여자인 줄 아나 봐. 내 얼굴 사진은 가뭄에 콩 나듯 있잖아. 하여간에 그런 가짜 계정은 남의 인스타그램이나 페이스북에서 사진을 도용하니까 거의 스크린샷 사진이라서 흐릿하거든. 아웃 라인이 둥그렇게 도려내 있는 경우도 많고 합성도 있어. 근데 있지, 오수정이 어제 올린 이 사진 조작한 거 같아."

동인이 보여준 사진은 노랑머리를 가슴께 드리우고 가슴골을 한껏 드러낸 사진이었다.

"왜?"

"보통 옷 입은 상태에서는 포토샵으로 사이즈를 키우는 게 자연스러운데 이건 좀 진짜 사진 같지 않아? 살결이 뭉개지지 않고 자연스러워. 게다가 왼쪽 겨드랑이 부분의 검은 점. 이거는 다른 수영복 사진이나 민소매 입은 사진에도 없잖아. 아무리 포토샵을 해도 점까지 일일이 지우진 않거든."

"그럼 머리카락을 이렇게 다른 사람 가슴께 드리우고 사진을 찍어 조작했다는 거? 재현해보자."

아람은 머리끈을 풀고 긴 머리를 동인의 어깨에 드리우고 고개를 뒤로 뺐다. 동인이 폰을 들고 셀카 모드로 사진을 찍었다. 찰칵. 그들은 사진을 보고 같이 고개를 끄덕였다.

"오, 유동인 눈썰미 대박!"

아람의 긴 머리카락이 동인의 셔츠 위로 늘어지고 얼굴은 잘려 언뜻 머리가 긴 여자가 셔츠를 입고 셀카를 찍은 듯했다.

"정말 그러네. 그럴듯하다. 그럼 이게 누군데?"

"모르지. 난 의문점만 제시한 거야."

"야, 시간 좀 되지? 또 만날 사람 있거든."

"응? 나 서점 들어가 봐야 되는데. 시간 내서 틈틈이 책 보거든. 사기꾼이 주인공인 추리소설 구상 중이다."

"디저트 사줄게. 아님 선배 형사 소개시켜 줄까. 지능범 죄팀의 선배님 취재할 수 있게 도와줄게."

"그럼 일단은 스콘하고 유기농 버터 세트로 사줘라."

"오케이. 여기로 그분 오시기로 했어."

"누구?"

"하마터면 부녀간에 만날 뻔했다. 얘기 길어져서. 저기 들어오신다."

오십 대 정도로 보이는 작은 체구의 중년 남자가 카페로 들어왔다. 딱 붙는 골프 티셔츠의 깃을 세우고 바지는 핏을 살려 허벅지에 붙게 입었다. 어떻게 보면 세련돼 보이지만 한편으로는 그냥 한껏 꽃중년 소리를 들어보려 멋을 낸 것 같기도 하다.

작지만 딴딴한 체격, 길게 뻗은 눈에는 매서운 눈빛, 꽉 다문 두툼한 입술과 양옆으로 퍼진 큰 코가 보통내기가 아닌 것처럼 보인다.

"안녕하십니까, 강아람 형사님. 또 뵙네요. 아, 오늘은 남자 형사님도 나오셨네."

아람이 설명하려 했지만, 동인이 손등을 살짝 꼬집으면서 시선을 마주쳤다. 아람은 알아차렸다는 듯이 그를 향해 씩 웃었다.

"앉으세요. 뭐 드실래요? 오경수 선생님."

"다이어트 중이라. 아메리카노 따뜻한 걸로 한잔 할까요? 덥다지만 전 곧 죽어도 핫입니다."

검게 탄 얼굴에 씩 웃던 그는 앉자마자 전자 담배를 꺼내 입에 물었다.

"여기 금연인데요."

"괜찮아요. 이거는 담배 아니라니까."

오경수는 전자 담배를 뻑뻑 피우더니 씩 웃었다. 팔목에서 판도라 팔찌의 장식들이 찰랑거리면서 금속성 소리를 냈다.

묘하게 오경수의 가느다란 손목이 팔찌와 어울렸다.

"거 봐요. 냄새나 연기 안 난다니까. 나 민폐 꼰대 아닙니다."

오경수는 조용히 커피를 마시며 담배를 피웠다. 그러다 직원이 다가오자 그때야 집어넣었다.

"선생님, 사모님이 왜 집을 나가셨는지 짐작 가는 이유는 없으세요? 아무거나 생각나는 거 말씀해주세요."

"아이고, 그 여자는 나 없이는 못 사는 바보예요. 핵폭탄을 갖다 줘도 못 쓰는 여자라니까. 바보 천치야. 완전히 날 괴롭히려고 태어났어. 생활비 따박따박 갖다 주지, 남들은 삼대를 공덕을 쌓아야 가능한 기러기 부부로 살아주지. 제가 평생을 외국으로 공사 현장만 다녀서 팔자 편하게 살아온 여편네입니다. 그깟 제사 1년에 몇 번 모시고 어머니 돌아가시기 전까지 병 수발 든 거로 그렇게 유세를 떨었다니깐요."

동인은 스콘에 버터를 발라서 천연덕스럽게 먹었다. 오경수가 조금 불쾌하다는 듯 그를 보았다.

"죄송해요, 배가 고파서요. 중요한 얘기 하시는데요."

"아니에요. 형사님들이 잠복근무에 식사도 제대로 못 챙기시겠죠. 참, 여기 사진 더 가져왔습니다."

오경수가 내민 연미주 사진은 하나같이 촌스러운 아줌마 펌에 펑퍼짐한 블라우스와 스커트를 입은 모습이었다. 반면 그 옆의 오수정은 화려한 원피스나 딱 붙는 청바지를 입었다.

"2년 전에 강릉으로 가족 여행을 다녀왔었죠. 그때부터

수정이는 유튜버를 한다고 엇나가는 말만 하고 이제는 아예 인스타그램에서 헐벗고 난리도 아니에요. 여편네는 제사를 모두 합쳐서 시제로 지내자고 하고 지랄 났죠. 어머니 보내 드리고 모처럼 간 가족 여행이 엉망으로 끝났습니다그려."

오경수와의 대화는 좀 더 이어졌지만 연미주의 행방을 알 수 있을만한 단서는 나오지 않았다.

이틀 후, 아람이 미림문고를 방문했다.

아람은 서점에 자주 와서 직원들을 거의 모두 알고 있었는데 새로운 남자 직원이 눈에 띄었다. 앳되어 보이는 얼굴에 마른 체구, 눈에 띄는 훈훈한 외모이다. 그냥 지나쳐 가려는데 갑자기 뭔가 번득했다. 코로나바이러스로 착용한 마스크 위로 보이는 눈매와 코가 낯익다.

아람은 고개를 갸웃하다 그 남자 앞으로 가 돌아서서 똑바로 보았다.

"우리 어디서 본 적 있죠."

"강 형사님 아니세요?"

"나 어떻게 알아요?"

"저 길동 스타트 나이트클럽 애기야 웨이터예요."

남자는 아람에게 다가가 귓가에 작게 말했다.

"과거 직업은 여기서 모른 척해주세요. 미성년자일 때니까요. 지금은 생일 지나서 성인 됐어요."

"아하. 이거 참, 형사의 촉이 한 번 본 사람은 잊지 못하게 하네요. 유니폼과 앞치마가 잘 어울립니다."

"그때 사거리 사건은 범인 잡았다면서요. 유 대리님한테 들었어요."

"클럽에서 동인이가 했던 말 때문에 여기 지원한 거예요?"

"네. 서점 직원으로 지원해보라는 말이 기억나서 알바 사이트 가봤죠."

이때 동인이 뒤쪽에 슬며시 나타나서 아람의 목에 장난스레 헤드락을 슬쩍 걸었다.

"야야! 강아람 왔어? 이해성 씨와 벌써 인사했어?"

"응. 내가 눈썰미가 좀 있잖아."

"그게 아니라 이해성 씨가 엄청 잘생긴 거라 기억하는 거겠지."

"그건 사실이지 뭐. 유동인 설마 그런 걸 질투하는 건 아니지? 니가 나이가 몇인데."

이해성이 수줍게 눈으로 웃었다.

"그럼, 여기 에세이와 시집들, 각 맞춰서 돌려 쌓는 방식으로 진열 부탁해요. 종류별로 나누어서요."

"네, 알겠습니다. 대리님."

아람은 동인과 서점 안쪽 사무실로 들어갔다.

"자, 유동인 표 달고나 라떼 한 잔 줄까?"

"직접 만들어? 그거 유튜브에서 보니까 일일이 손으로 젓던데?"

"아니, 편의점에 팔더라. 달달한 향이 매력적이야."

동인이 구석에 놓인 자그마한 냉장고에서 음료수를 꺼내 주었다.

"그래서 무슨 단서를 잡았다는 건데?"

아람이 물었다. 동인은 폰에서 인스타그램 앱을 열었다.

"오수정 씨가 팔로잉하는 계정은 30여 개 밖에 안 돼. 일일이 자세히 봤는데 일단 훈남 청년들이 여럿이고, 비슷한 풍의 인스타그램 여신들이 여럿. 나머지는 화장품이나 다이어트 제품 광고 계정들이거든. 그런데 유일하게 얼굴을 드러내지 않고 손이나 소품만 찍어 올리는 계정이 하나 있더라."

동인은 인스타그램 계정을 열어서 보여줬다. 아이디는 beautiful~~0302였다. 반지나 팔찌를 낀 손이나, 꽃이나 요리를 찍은 사진들이 많았다.

"뷰티풀 0302 계정은 시작한 지 한 달도 안 됐어. 그런데 이 손 봐봐."

동인이 가리키는 것은 BMW MINI 핸들에 통통한 손이 올려져 있는 사진이었다.

"아줌마 손 같은데? 중년 정도."

"계정 주인이 나이는 있어 보이지. 이거로 단서 하나는 잡은 것 같아. 손목도 봐봐."

"대체 뭔데. 뭐 아무것도 안 보이는데, 금팔찌 말고는."

"아람 형사, 이리 따라오도록."

동인은 사무실을 나가서 서점 홀로 향했다. 아람이 뒤따라갔다.

동인이 서점 홀에 전시된 독서 스탠드 전등에 자신의 핸드폰을 가져가 비추었다. 인스타그램 계정 사진에 빛이 비치자, 어두워서 보이지 않던 손목 부분의 상흔이 선명하게 드러났다.

"이거 말이야. 뭐 같아?"

"아! 고양이가 할퀸 자국 같은데. 내 친구도 고양이 집사라 손목이 이래."

"오수정이 '잠이'라는 고양이 기르잖아."

동인은 오수정 계정을 찾았다. 페르시안 고양이 사진이 여러 개 있었다.

"이거 연미주 씨 계정 확실한 거야?"

"아직은 모르겠고 의심이 가니까 뒤져는 봐야지. 인스타그램 사진들을 죽 보니까 강동구 곳곳인 것 같아. 여기는 강동구청 앞 잔디밭 같지 않아? 커피 들고 찍은 사진 배경 말이야."

"그런 것 같네. 이 꽃들 모두 구청 앞마당에 조경으로 심어놓은 건데."

동인이 손가락을 튕겼다.

"오수정과 만나는 사람. 연령대 있는 손 주인, 딸 사는데랑 가까운 강동구에 연고 있고. 누구겠어?"

"그런데 이런 분위기 아니잖아. 완전히 푹 퍼진 아주머니 같은 분인데."

동인이 아람을 똑바로 봤다.

"사람은 메이크업이나 옷차림, 사진 찍는 각도나 소품에 따라서 완전히 분위기가 바뀌어. 특히 여자는 더하지. 인스타그램 계정들 보면 정말 그렇다니까. 포토샵 앱으로 얼굴도 완전 달라져. 그나저나 연미주 씨 생년월일 알아? 저 아이디 뷰티풀 뒤에 붙은 0302 뭐 같아?"

아람이 폰을 뒤졌다.

"나 오경수 씨한테 제출받은 주민등록초본 찍어놓은 거 있어."

아람은 주민등록초본을 찍은 사진을 찾아냈다.

"대박! 유동인아, 싸랑한다! 생일 0302 딱 맞아. 근데 강력사건도 아니라서 인스타그램 본사에 신원확인 요청해도 금방 안 나올 건데.”

“걱정 마. 이 계정 요즘 사진 자주 올리던데, 방문 장소 금방 올라온다.”

“팔로우 할까?”

“노. 의심 살 거야. 이 계정 팔로워도 20여 명으로 거의 없어. 다 빈 계정들이 팔로우 하는 거고. 네 계정에 경찰 포돌이랑 찍은 사진들 있어서 안 돼. 오수정이 주의 줬을 수도 있어. 여자 형사가 뒤쫓고 있다고.”

“그럼 어떻게 하지?”

“일단 내가 계정 틈틈이 살피고 연락 줄게.”

“그나저나 만약 연미주 씨가 잘 살고 있어서 신변을 남편에게 안 알려주고 싶다 하면 이거 어떻게 하냐.”

“만나보고 그렇다면 오경수 씨한테 사실대로 말해야지, 뭐.”

“그건 그래. 상황을 알려는 드려야지.”

아람은 연미주 계정으로 의심되는 beautiful~~0302 계정을 팔로우는 하지 않고 24시간 지켜 보며 새로운 피드가 없나 살폈다.

그때 피드가 하나 떴다.

책 전시 서가가 나오고 오르골과 문구류를 찍은 사진들.

아람은 손가락을 탕 튕겼다. 미림문고였다.

아!

아람은 즉시 경찰서에서 나와 차를 몰고 미림문고로 순식간에 달려갔다.

서점에 들어가서 동인에게 페이스타임을 이용해서 화상통화를 걸었지만 받지 않았다. 아람은 사진에 나온 장소를 찾아보았다. 오르골이 전시된 유리 상자 앞에서 사진을 비교해보는데, 이해성이 트레이에 책을 가득 싣고 다가왔다.

"강 형사님, 안녕하세요. 어? 대리님은 오늘 본사에 회의 들어가셨어요."

"어쩐지 전화를 안 받더라니. 해성 씨. 이거 봐봐요. 이 사진 여기 오르골 사진 맞죠."

"저희 서점 맞기는 한데 사건 관련이에요?"

"네. 찾는 대상자가 여기서 사진을 찍은 거 같은데 이런 아주머니 본 적 있어요?"

아람은 오경수가 준 연미주 사진을 보여주었다.

"글쎄요. 지금 고객들 중에 계시나 확인 해볼게요."

이해성은 홀 안쪽의 음반과 문구류 진열대, 북토크 홀까지 아람과 같이 훑었다. 이삼십 대의 남녀, 할아버지와 어린이들, 연미주 나이 대의 중년 여성이 두 명 있었지만 그녀들은 아니었다. 이해성이 아람을 보고 말했다.

"보통 인스타 피드 사진은요 사실 어제 찍은 거 올리기도 하잖아요. 제가 일했던 클럽에서도 연예인 게스트 오는 날에 손님들 넘쳐나는 사진을 몇 달 동안 사골처럼 우려먹으면서 피드 올리거든요. 클럽이 매일 꽉꽉 찬다고 거짓말하는 거죠."

"하긴 나도 그러니까. 올릴 거 없을 때 괜히 며칠 전에 먹은 음식 사진 방금 먹은 것처럼 해서 올리죠."

"그것보다 형사님, 이 사진요."

"네?"

"여기 수건 기념품 상자 쌓아놓은 거 보이시죠. 이거 며칠 전에 화요일인가 북토크 하던 날, 작가님이 기념품으로 돌렸거든요."

오늘은 금요일이다.

"그럼 이 사진 화요일에 찍은 걸까요?"

"그럴걸요. 여사님한테 여쭤볼게요."

이해성은 빗자루와 쓰레받기를 들고 지나가던 환경미화원 여성을 붙잡고 물었다.

"여사님, 이 기념품 상자들요 분명히 화요일 날 사용하고 남은 거죠."

환경미화원이 사진을 보고 고개를 끄덕였다.

"그날 일찍 퇴근하느라 다 못 치워서 부탁했는데 임 씨가 수요일까지도 못 치워났던 거여. 싹 다 내가 오후에 치웠지."

이해성이 아람에게 말했다.

"이 사진은 화요일 북토크 저녁부터 수요일 오후 사이에 찍은 거예요. 언제인지 정확히는 모르겠어요. 아무튼 오늘 사진은 절대 아니에요."

"우와. 해성 씨 진짜 똑똑하시다."

"후후, 넷플릭스에서 방송하는 형사물 좋아해요. 이 계정 주인 피의자예요?"

"사건이라 자세히 말할 수는 없지만 피의자는 아니고 가출자여서 찾는 중이죠. 혹시 이 사진의 여성, 여기 방문하면 톡 줘요. 내가 준 명함 버렸죠?"

이해성이 빙그레 웃으면서 고개를 저었다.

"아뇨. 명함 있어요. 그리로 연락할게요."

아람은 해성에게 셀카를 찍자고 했다. 요즘 동인이가 오수정과 인스타그램에서 꽁냥꽁냥 댓글 주고받는 게 못마땅했었다. 아람도 계획이 있었다. 해성은 책들이 진열된 서가를 배경으로 아람과 같이 셀카를 찍었다.

"서점 홍보도 할 겸 같이 찍은 셀카 제 계정에 올려도 되죠?"

해성의 마스크 위로 보이는 눈이 환하게 웃고 있었다.

"네. 근데 유동인 대리님하고 두 분 사귀는 사이 맞죠?"

아람이 질색했다.

"네에에? 해성 씨! 아니에요. 절대 아닌걸요."

"그래요? 그럼 제가 형사님께 대시해도 돼요?"

"네? 해성 씨 저하고 열 살 넘게 차이 나는데요?"

"나이가 무슨 상관이에요?"

아람은 심각한 표정을 하며 손가락으로 이마를 짚었다. 그러다가 그 손을 내려 겸연쩍게 얼굴을 긁었다.

"나이는 그렇다 치고 제가 요즘 공무집행으로 동분서주 중이라서요. 동인이도 사귀는 게 아니라 그냥 남사친이고 수사 도와주는 거라 별 의미는 없어요."

그렇게 말은 했지만 아람은 내심 흐뭇한 미소를 지었다. 눈앞의 훈남, 아주 아주 어린 동생의 대시도 아람을 방방 뛰게 만들었지만 동인이와 같이 종횡무진 다니면서 수사하는 과정은 동료 형사와 다닐 때는 생각지도 못했던 찌릿한 떨림을 만들어 주었다.

늘 고백하면 차이거나, 사귀다가도 사건이 터지고 공무집행으로 바빠져서 연락이 드문드문해지면 그것으로 끝이었다. 앞으로 쓸쓸한 가을과 연말연시도 올 텐데 지금 상황으로 봐서는 음, 이번 크리스마스에는 혼자 눈물 흘리면서 <나 홀로 집에> 따위 영화는 안 봐도 될성싶었다.

"지금 당장은 말구요 나중에라도 조금 더 친해지면 그렇다는 거죠. 형사님, 너무 심각하게 생각 마세요. 그렇다고 내치지는 마시고요 혹시, 유 대리님 하고 썸 타는데 저 이용하시고 싶으면 마구마구 이용하셔도 돼요."

"네에?"

아람은 겉으로 말은 못하고 속으로만 '오 마이 갓'을 외쳤다. 아무리 봐도 아이돌 비주얼에 앞치마를 두르고 손에는 진열하다 만 책을 든 이 아이는 너무도 아름답다. 아람은 고개를 얼른 절레절레 흔들며 정신을 차렸다.

해성이 환하게 웃다 뭔가 생각났다는 듯 아람이 든 핸드폰을 가리켰다.

"참, 이거 차 사진이요."

아람은 인스타그램 계정의 BMW MINI 핸들에 올린 통통한 손 사진을 가리키며 되물었다.

"이거요?"

"네. 이 차 중고예요."

"중고? 어떻게 알아요?"

"제가 차에 관심이 많아서요. 집에 월급 쪼개서 보내 드리면 남는 건 별로 없지만 언젠가는 좋은 차를 사고 싶어서 저축하거든요. 이 차, 제가 종종 가는 수입차 중고매장에서 팔던 거 같아요."

"어떻게 알아요?"

"여기, 차 핸들에 방향제 달려 있잖아요. 황금색 사람 모양으로."

"그러네?"

"이거 달린 중고차 운전석에 앉아 봤거든요. 물론 다를 수도 있지만, 차종하고 이 방향제 붙은 자리가 너무 똑같아서요."

"거기 매장 어디에요?"

"예? 여기 해시태그 달려 있잖아요. 장한평역. 거기 이 BMW MINI 전용 중고차 매장은 한 군데에요. 가보세요."

이해성은 톡으로 매장 전화번호를 주었다.

"고마워요. 해성 씨. 동인이 오면 나 다녀갔다고 하고 특이사항 있었냐고 물어보면 지금 있었던 일들 그대로 복기해 줘요. 부탁~."

"네. 알겠습니다. 강 형사님."

아람은 당장 중고차 매장으로 달려갔다. 마침 양복을 입은 남자가 문으로 마중을 나오면서 아람의 차를 쓱 보고는 인사를 했다.

"미니 해치백 새로 들어온 거 한번 타보시죠, 사모님."

"저 사모님 아닌데요."

훤칠한 키에 그야말로 인상 좋게 생긴 직원이 웃으면서 안

내했다.

"젊은 분한테 선생님이라 불러드릴 순 없죠. 사랑합니다, 고객님 이러기는 싫고요. 그나저나 어떤 차를 보러오셨죠?"

아람은 방향제 달린 BMW MINI 사진을 보여주었다.

"아, 이 모델은 팔렸어요. 비슷한 차량으로 보실래요? 색상이나 디자인은 조금 다른데 더 최신 기종입니다."

"아, 아뇨. 저 이런 사람입니다."

아람은 그제야 신분증을 보였다.

"형, 사님?"

"네. 이 사진 찍으신 분이 분명히 여기 매장에서 찍고 인스타그램에 올린 것 같은데 혹시 알아볼 수 있을까요. 차는 누가 샀죠?"

"젊은 남자분이 사셨어요. 좀 앉으세요."

직원은 아람에게 커피를 권하면서 아이패드를 가져와서 고객 리스트 파일을 열었다.

"솔직히 요즘은 코로나 때문에 방문 고객들이 줄었어요. 이 차는 다른 임대 주차장에 보관하다가 여름 한정 세일해서 팔아보려고 매장에 가져왔는데요. 있던 기간이 가만 있자, 지지난 주에 5일 동안이었는데…. 관심 보였던 고객들이 몇몇 있으셨죠."

아람이 오수정의 사진을 보였다.

"관심 보였던 고객들 중에 혹시 이분 기억나시나요?"

"아, 이분, 어머니하고 같이 오셨어요. 기억나요."

"흠. 혹시 전화번호 적어두셨나요?"

직원은 전화번호를 불러주었다. 오수정의 번호였다. 연미주의 현재 전화번호를 알아낼 수 없었지만 그래도 딸하고 만났다는 증거는 확보했다. 오수정이 엄마를 감춰주고 있었다.

"차에 관심이 많으셨는데 아직은 여유가 없으니까 나중에 꼭 사러 온다고 어머니가 그러셨어요. 참, 어머니가 스포츠 마사지 자격증을 따놔서 나중에 자리 잡으면 받으러 오라고 그러고 가셨는데."

"네? 정말요? 가게가 어딘데요?"

"명함 나오면 나중에 매장 와서 준다고 하셨지 어딘지는 저도 몰라요."

아람은 중요한 단서를 확보했다. 연미주는 자립할 준비를 오늘내일 한 게 아니라 일찍부터 준비하고 있었던 것이다. 스포츠마사지 자격증을 주는 협회를 포털에서 검색하니 몇 군데가 나왔다.

아람은 즉시 경찰서 사무실로 돌아가 하나하나 전화를 걸었다. 차근차근 설명을 하고 자격증을 획득한 사람 중에 연미주라는 이름이 있는지 문의를 했다.

"네. 연미주 씨요. 주민번호는 720302-205XXXX, 네. 확인해보시고 전화주세요. 부탁드립니다."

한 시간 후 00스포츠마사지협회 전주지부에서 전화가 왔다.

"강아람 형사님이신가요? 협회 전화 받고 확인해서 연락드리는 건데요. 연미주 회원님 저희 전주지부에 등록돼 있으세요."

아람이 전화번호와 주소지를 물으니 개인정보라 알려드리기 곤란하다며 강아람의 전화번호를 주면 그녀에게 전해준다고 했다. 아람은 전화가 오기만을 기다렸다. 연미주의 전화는 끝내 걸려오지 않았다.

아람은 해성과 서점에서 찍은 사진을 카톡 프로필 사진으로 등록했다. 뽀샤시한 해성의 얼굴을 올려놓자, 갑자기 친구들의 개인 톡들이 이어졌다.

- 뭐야. 너 연하와 연애하는 거야? 아니면 새로 들어온 형사님이야? 어서 이 언니한테 소개해라.

- 누구야, 아람 선배. 정말 잘 생겼다. 방탄소년단 정국이하고 눈매가 비슷하다. 대체 이 잘생긴 훈남 누구야? 아무리 봐도 선배보다 나이 어려 보이는데?

116

아람은 톡에 그냥 수사하다 알게 된 서점 청년이라고만 남겼다. 내심 동인이가 보지 않았을까 하는 마음도 있었다.

그러나 아람이 그러거나 말거나 동인은 여전히 오수정과 인스타에서 '헤헤, 이 사진 멋지다.' '멋지네요, ㅋㅋ.' '칭찬 고마워요' 이 따위 댓글들과 이모티콘을 주고받았다. 아람은 괜히 속이 부글부글했다.

다음날 점심시간, 아람은 미림문고에서 동인을 불러내 콩나물국밥을 먹었다.

"야 유동인. 너 아무리 내 수사를 도와준다지만 그 핑계로 오수정 씨와 인스타그램에서 너무 달달구리 꽁냥꽁냥 거리더라. 수사 빙자 연애극 찍냐?"

"그게 다 수사와 추리 과정의 일환이니 신경 쓰지 말아."

"그래? 내 일 돕는 거라면 알겠다만. 그나저나 내 프로필 사진 말이야. 해성 씨하고 찍은 거 말이지."

동인은 아무 말 없이 콩나물국밥에 코를 박고 먹었다. 아람은 그만 재미가 없어져 이야기를 돌렸다.

"좀 천천히 먹어. 새우젓은 왜 안 넣어? 풍미가 좋아져, 첨가하면."

"아니. 난 국밥의 그 담백한 맛을 즐겨서. 그나저나 너한

117

테 연미주 씨의 전화는 안 왔단 말이지?"

"응. 식겁했을 거야. 서울 와서 꼬리가 밟혀서. 남편한테 돌아가는 건 정말 싫고. 나라도 그랬을걸. 오경수 씨한테 사실대로 말하고 여기서 종결하자 할까."

동인이 눈을 둥그렇게 뜨고 고개를 저었다.

"안 돼. 남편 성격으로 봐서는 강동구 인근 스포츠마사지 업체 다 찾아가서 뒤집어엎을 수도 있어. 절대 안 돼."

"그럼 그런 남편이 걱정돼서라도 나한테 전화하겠는데. 제발 스포츠마사지 자격증 취득한 걸 알리지 말아 달라고."

"아람아. 수정 씨는 네가 다시 물어봐도 입을 다물겠지? 내가 한번 수정 씨한테 진지하게 물어볼까?"

아람이 동인을 노려봤다.

"그 이후에 계속 연락하고 만나는 거야?"

"아니, 별로. 그냥 인스타그램에 하트 누르고 댓글만 서로 달아주는 사이. 다이렉트 메시지 주고받거나."

"뭐어? 그것도 엄청 친한 거 아냐? 넌 나한테는 달아주지도 않으면서."

"그야, 형사님은 워낙 바빠서 인스타그램에 아무것도 안 올리니 달 것도 없잖아요. 깍두기 더 자를까요?"

"아니, 입맛 급 사그라진다. 됐다 됐어. 유동인 대리님. 어서 서점으로 들어가 보세요."

"그러지 말고 방법이 있긴 한데."

"뭔데?"

"후후, 커피 한 잔 사면 알려주지."

아람은 식당에서 나와 근처 공원에서 캔커피를 건네면서 물었다.

"말해봐."

"하남훈 씨 기억 나? 사거리 교통사고 관련 참고인. 그 라이더에게 부탁해서 오수정에게 음식을 보내자고. 하남훈이 오수정에게 전화를 걸어서 음식 배달할 주소를 묻는 거지."

"왜 그렇게 하는데?"

"들어봐. 일단 음식을 많이 많이 주문해. 오수정이 엄마와 나눠 먹으려 한다면, 어쩌면 엄마의 주소지를 알아낼 수도 있어."

"아니 그전에 뭣보다 누가 보낸 건지도 모르는 음식을 받을까?"

"그러니까 꾀를 내야지. 오수정이 요즘 인스타그램에 선크림 광고하던데 그 회사에서 보냈다고 뻥 칠까?"

"야, 유동인 말 똑바로 해라. 거짓말하면 큰일 나. 그러지 말고 너랑 댓글 다는 사이라니까 니가 선물로 보내. 오수정한테 친하게 굴면서. 메시지 보내라."

"너랑 같이 붙어 다니는 내가 보내는 건데 엄마 주소를 라이더에게 알려줄까?"

"모를 일이야. 사람은 금방금방 까먹기도 해. 또 친밀해지면 경계심이 풀려. 거짓말보다는 나아. 허탕을 쳐도."

"오케이."

동인은 오수정의 계정을 면밀히 살폈다. 해산물 찜을 여러 번 올린 거로 보아서 메뉴를 아구찜으로 정했다.

퇴근 후 동인은 아구찜 가게에서 하남훈을 만나 주문한 아구찜 대짜를 건넸다. 아람도 와 있었다.

하남훈이 못마땅한 얼굴로 보았다.

"따따블로 받기로 해서 오긴 했는데요. 형사님, 이상한 거면 저 중간에 그냥 안 할랍니다."

"이상한 거 아니고 단순 가출인 주거지 알아보는 겁니다. 수사는 마쳐야 하니까요. 늘 그렇듯이요."

"아, 알았어요. 그러니까 유동인 대리님 선물로 이 아구찜을 오수정이란 분께 전달하면 되는 거죠?"

"네. 그리고 저 혹시 강동구와 하남시 경계에서 일어난 ㄷㅋ 사건 뭐 아는 거 있으세요? 교통조사계 선배들이 힘들어하셔서요."

하남훈이 놀란 얼굴로 아람의 손을 다급히 잡았다.

"그런 거 진짜 아는 거 없고 제 연락처 함부로 말해주지도 마세요. 귀찮아져요. 저 라이더 성실히 하는 거 보시면 알잖아요. 그쪽 형들 이제 안 만나요. 요즘 라이더 일 정식으로 하려면 얼마나 체계적이고 확실하게 신원조사 하는데요. 그런 데 관련되면 큰일 나요!"

하남훈이 전화 통화하는 사이에 동인이 아람의 귀에 대고 조용히 물었다.

"ㄷㅋ 사건이 뭐야?"

"보험사기로 뒤에서 접촉사고로 들이받는다는 것을 지칭하는 은어인데 뒤쿵 사건 초성 딴 거야. 요번에 외제차끼리 뒤를 박아서 억대 보험금 수령 과정이 진행 중인데 교통조사계 선배들이 사기 같아 의심스럽대."

동인은 설핏 웃었다가 진지한 얼굴로 하남훈에게 물었다.

"오수정 씨 뭐래요?"

"주소 준대요, 문자로."

동인의 폰에 톡이 왔다.

- 오빠, 고마워요. 아구찜 잘 먹을게요~~~.

동인이 이모티콘을 보내려는데 아람이 폰을 휙 뺏더니 대신 입력했다.

- 별말씀을요.

아람은 집게손가락으로 톡창을 내리면서 훑었다.

"아이구, 인스타그램 댓글만 달아주는 사이치고는 너무 자주 이모티콘하고 기프티콘이 오갔네."

"그게 다 나의 수사 계획이었지. 오늘 아구찜 보낸다고 갑자기 받겠냐? 아무런 사이도 아닌데? 친해지려 노력한 거야. 오해 마."

"야, 유동인. 거짓부렁 치지 말고. 너 이름으로 보내자는 건 나의 의견이었어. 그러니 둘이 톡 오간 것은 이번 수사하고 아무 상관없다. 알았어?"

동인과 아람이 티격태격하는 걸 보고 있던 하남훈이 쿡쿡대다가 급 인상을 쓰며 폰을 확인했다.

"저기요, 두 분 저 출발해도 돼요? 문자 왔어요. 이 근처인데?"

아람은 하남훈이 내미는 주소를 보고 놀랐다.

"대박! 여기 더 풋트숍인데? 니네 서점 길 건너야. 진짜 등잔 밑이 어둡다."

"아, 알아. 여기 발 마사지나 스포츠마사지 주종으로 하는데 네가 받은 스웨디시 보다는 쌀걸?"

하남훈이 뭔가 싶어 아람을 봤다. 아람은 동인의 등을 탁 쳤다.

"이게 그냥. 하남훈 씨 먼저 출발하시지 마시고 지금부터 5분 후 가세요. 우리가 먼저 가서 그 가게 앞에서 기다릴게요. 같이 들어가요."

"알겠어요."

아람과 동인은 다다다다 상가를 빠져나와서 지하철 입구로 들어가 길을 건너고 3번 출구로 나가서 더 풋트숍 가게가 있는 건물로 냅다 달렸다.

"아휴 숨차. 강아람…. 넌 무슨 운동을 하길래 그리 쌩쌩해? 학학…."

"내가 왕년에 크로스컨트리 10킬로씩 하던 사람이야. 지금은 너랑 노닥거리고 책 보느라 시간이 안 나긴 하지만 학학… 캑캑. 나도 죽겠다, 어? 하남훈 씨?"

하남훈이 가게 앞에서 기다렸다.

"5분이든 10분이든 오토바이한테는 못 당해요. 차나 사람이나. 아무리 달려보라지, 당하나. 히히."

"네. 허헉, 먼저 들어가요. 따라 들어갈게요."

더 풋트숍 가게 문을 열고 들어가자, 문 위에 달린 종이 땡땡 소리를 냈다.

"어서 오세요. 어? 형사님! 대리님?"

오수정이 프런트에서 전화를 받고 있다 놀라면서 그들을 번갈아 쳐다봤다.

"설, 설마."

"미안해요, 수정 씨. 방법이 없었어요."

동인은 엄청 미안한 얼굴로 고개를 90도로 숙여 한참을 사과했다.

"어머니 여기 계시죠. 자격증 따신 거 확인했어요."

오수정이 내선 전화를 걸자, 잠시 후 한 여자가 개인 마사지실 미닫이문을 열고 나왔다. 연미주였다. 그녀는 대기실에 사정을 말하고 대타 마사지사를 들여보내고 아람과 동인을 가게 안의 탕비실로 불러 마주 앉았다.

"강아람 형사님? 딸한테 말은 들었어요. 협회에서도 연락은 받았고요."

"남편분이 너무 찾으시고, 범죄에 연루된 것이 아닌가 의심하셔서 어쩔 수 없이 이렇게까지 했습니다. 불편하셨다면 죄송합니다."

"아뇨. 협회지부에서 전화 왔을 때 연락을 했어야 하는데 제가 죄송해요."

"여기 직원으로 근무하시는 거예요?"

"가게를 임대했어요. 인터넷에 세놓은 거 보구요."

"인수하신 거예요?"

"네. 아직 어떻게 하는지 잘 모르지만 전임 사장님이 많이 도와주시고 직원들이 잘해요. 저 2년 전부터 준비했어요…. 졸혼요."

연미주는 오경수와 전혀 맞지 않는다는 걸 절절하게 깨달고 스포츠마사지 자격증을 전주에서 땄다. 처음에는 취직하려고 했지만 나이도 많으니 차라리 가게를 하는 게 낫겠다 생각했다. 딸이 다니는 대학 근처에 가게를 열고 딸과는 자주 만나려고 계획했다.

남편에게는 모든 것을 비밀로 했다.

자신이 떠나려는 걸 알면 막을 게 뻔했다. 세탁, 요리, 제사, 명절 차례, 벌초나 성묘, 시어머니 봉양, 장례까지 모두 자기에게 맡긴 남편이다. 남편은 평생을 공사 현장을 다니며 집을 떠나 있던 사람이었다. 그러더니 퇴직 후에는 연미주를 달달 볶으면서 삼시 세끼를 차리라 성화였다.

그는 시어머니보다 그녀를 더 힘들게 했다. 연미주는 떠나기 전에 통장을 챙겨 들었다. 시어머니가 돌아가시기 2년 전즈음에 준 돈이었다. 시집와서 고생만 한 걸 알기에 자신이 죽으면 제사 모시지 말고 어떻게든 하고 싶은 거 하고 살라고 건넨 돈이었다. 연미주는 그 돈을 가게 임대 계약금으로 넣었다.

"오경수 씨가 걱정하시는데, 잘 계시니까 걱정 말라고 저희가 말씀드릴게요."

아람의 말에 연미주가 어두운 얼굴로 고개를 저었다.

"절대로 제가 있는 곳 말하시면 안 돼요. 부, 부탁드려요. 더는 그 남자와 살기 싫어요."

"알겠습니다. 요즘은 주민센터에서도 거주자가 주소를 밝히기 원치 않으면 가족에게도 감춰드리니 걱정하지 마세요. 가정폭력상담소도 원하시면 알려드리겠습니다."

그녀는 고맙다면서 고개를 끄덕였다.

"제가 나중에 형사님 뵙고 다 말씀드릴게요. 왜 집을 나왔는지."

연미주는 다음에 만날 약속을 잡았다.

동인과 아람이 탕비실을 나가다 보니 마사지사 대기실에서 오수정과 하남훈, 마사지사 등 직원들이 둘러앉아서 동인이 주문했던 아구찜을 먹고 있었다.

"형사님도 들어오세요. 콜 취소 음식을 혼자서는 먹어봤는데 처음으로 이렇게 다 같이 먹으니 맛도 있고 재미도 있네요."

오수정이 하남훈한테 물었다.

"편의점서 이즈백 하나 사올까요?"

"아구, 오토바이 타는데 술 마시면 큰일 나요. 나 이제 또 콜 잡고 나갈 건데요."

하남훈은 동인, 아람과 나가면서 말했다.

"형사님, 대리님. 앞으로 이렇게 계속 일 주실 거면 저도 아예 그 탐정 사무소에 취직하면 안돼요?"

아람이 풋 웃었다.

"유동인 청년 탐정 사무소라. 근데 탐정법이 합법화되었지만 동인이가 아직 스킬이 없어요. 뭐 자격증을 딴 것도 아니고."

동인이 진지하게 말했다.

"앞으로 언젠가는 해보고 싶은데 지금은 북토크 기획도 재미나고 괜찮은 책들을 선별해서 디스플레이하는 일도 꽤 재밌어요. 추리작가로 데뷔도 시급합니다."

"좋습니다. 그럼 당장은 돈 안 되어도 도울 테니 콜 뛰는 것보다는 몇 배 더 쳐주셔야 됩니다. 알았죠?"

"네. 적법한 테두리 안에서 부탁드리겠습니다. 참, 그거 ㄷㅋ 사건 정말 모르시나요?"

하남훈이 아람에게 버럭 화냈다.

"나 진짜 그 형님들하고 연락 안 한다니까 그러네. 나도 몰라요. 근데 혹시 모르니 좀 있다 톡으로 좀 의심 가는 오픈 채팅방 몇 개는 알려줄게요. 보통 채팅방 검색할 때 '수비 구합니다' 'ㄷㅋ 공격하실 분 급구' '목숨 걸고 큰돈 한방에 큐!' 이런 식으로 잡히게끔 검색어 올리거든요.

그리고 송파면 송파, 강남이면 강남 이렇게 지역을 한정하죠. '빨리 달려와서 치고 빠질 수 있는 거리 운전자 찾아요' 이렇게 내용에 쓰기도 하고 차종도 벤츠, 아우디, 벤틀리 등등 정해주고요. 저도 찾아보고 연락드릴게요."

아람이 오토바이를 타는 하남훈 뒤로 꾸벅 인사했다.

"감사합니다."

"뭐 그렇게까지."

"야, 저거 다 지능범죄수사팀 막내 노릇 1, 2년은 해야 경험으로 아는 건데 알려준 거라고. 직접 겪어본 양반이라 다르군. 고마운 일이지."

"그럼 다음에 보자. 나도 휴가 시즌 독서 이벤트 기획으로 당분간 바쁘다."

"어련히 알아서 모시죠. 다음번에 뵙겠습니다. 대리님."

일주일 후, 아람과 동인은 연미주와 오수정을 카페에서 만났다. 연미주는 긴 얘기를 시작했다. 커피잔을 꼭 잡은 두 손이 부들부들 떨리다 진정하면서 마음속 깊이 꾹꾹 눌러 왔던 이야기를 꺼냈다.

"남, 남편이 정말 징글징글 미웠어요. 어머니 병 수발에 고조부 제사까지 모셨어요. 자기는 베트남 같은 해외에서 돈만 부치고 연락도 안 해요. 남들은 전생에 나라를 구했냐고 어떻게 남편하고 떨어져 편히 지내느냐고 하지만 저는 혼자서 힘들었어요. 뭐든 나 혼자 결정해야 했고 어머님 한탄도 딸처럼 들어줘야 하고요. 종가에 시집와서 아들 못 낳은 죄로 제사도 다 어떻게든 했지만 결국 죄인이잖아요. 사촌형님

네 아들로 종가를 이었어요. 제 맘은 어떻겠어요…."

아람은 이야기를 차분히 들었다. 명절날 고생하던 엄마 생각도 났다. 오수정이 목이 메는 연미주의 어깨를 토닥이며 달랬다.

"그이는 한국 오면 항상 손가락 하나 까딱 안 하고 일부러 제사도 피해서 귀국해요. 종가의 제사란 제사는 항상 저 혼자 다 했죠. 그런 건 어떻게든 참았어요. 근데 하루는 라면을 끓여오라는데 그만 가리를 넣고 싶어지더라고요."

"가리요? 그게 뭐예요?"

아람이 물었다.

"청산가리요. 그 남자가 제가 따로 쓰는 길쭉한 나무젓가락으로 라면을 먹더라구요. 이걸로 먹으면 면발이 안 미끄러진다면서요. 전 결혼 후부터 계속 제 젓가락을 따로 썼거든요. 시어머니도 그 나무젓가락은 안 건드렸어요. 그런데 그걸로 먹는 걸 본 순간 그만 죽…이고 싶었어요."

아람이 작게 한숨을 쉬었다. 범인을 잡아놓고 캐보면 죽이고 싶은 이유는 제각각이다. 어떤 때는 듣다 보면 안타까웠다.

"만약 있었다면…. 청산가리 진짜 넣었을 거예요. 그러다 '이렇게 하루 종일 이 남자랑 같이 지내다 보면 숨 막혀 죽겠구나' 하는 생각이 들었어요. 저 외출도 허락받고 했거든

요. 일단 제사를 지낸 다음 날 집을 탈출해서 서울로 올라왔
죠. 숨는다고 숨었는데 카드를 발급했다가 이렇게 꼬리가 잡
힐 줄은…. 평생 남편한테서 들은 별명이 돼지였어요. 햄프
셔 돼지부인. 그런데 협회 사람들이나 지금 숍 고객님들은
저보고 절대 돼지라고, 뚱뚱하다고 안 해요. 사람대접을 해
줘요.”

오수정이 따지듯이 말했다.

“세상에, 아빠는 저보고도 살 빼래요. 레깅스 입고 다니
려면 엉덩이 지방 좀 어떻게 정리하라는데 제가 그렇게 뚱뚱
해 보여요?”

“아니요. 전혀.”

동인이 눈에 힘을 주고 답했다.

“인스타그램 광고 따내려면 오히려 더 볼륨감 있게 사진
을 보정해서 올리는 판인데요, 치이. 아빠는 맨날 골프로 몸
가꾸고 액세서리나 옷도 신경 써요. 페북에서는 총각행세까
지 했던데요. 외국 언니들이 댓글을 서로 달더라니까요. 나
보고는 맨날 못된 거만 배워서 못된 년이라면서 늘씬한 베트
남 언니들한테는 여신이래. 뷰티풀에 프리티 남발하고. 치사
해.”

“수정아. 그런 말 마. 그런데 어떻게 우리가 같이 있었다
는 거 눈치 채셨어요?”

"오수정 씨 인스타그램 사진 중에서 엄마 가슴에 머리 늘 어뜨리고 찍은 사진으로 단서를 잡았어요. 팔로잉 계정 중에서 어머니 것으로 추정되는 계정을 유 대리가 찾아냈고요. 올려놓은 사진 중에 중고차 나온 것을 찾아서 매장을 알아냈죠. 거기 직원한테서 스포츠마사지 단서를 잡았고요."

"대단하세요. 정말 형사님들은 똑똑하세요. 저도 한때는 디자이너가 되고 싶었었죠."

연미주가 담담하게 말했다.

"그런데 결혼하고 아이 낳고 아무것도 못 했어요. 제 나이 오십 가까이 되어서야 이제야 행복을 알았어요."

연미주는 기억을 더듬는 듯 허공을 보았다.

"대학생 때 게스 옷이 무척 입고 싶었어요. 하지만 가격이 너무 비싸더라고요. 왜, 목 드러나는 스퀘어 라인에 주름 자잘하게 있는 블라우스 아세요?"

아람이 말했다.

"아, 스모킹 블라우스요."

"언젠가 남편하고 싸우고 백화점 게스 매장에 혼자 가서 붉은색의 꽃무늬 스모킹 블라우스를 보았어요. 12만 원 정도인데 턱 하니 샀죠. 그걸 입은 거울 속 내 모습이 너무 예쁜 거예요. 사고 나서는 아이고, 이 돈이면 제수 과일이 얼만데 걱정하는 내가 한심했지만. 근데 막상 그 옷을 감추려니 한숨이 나왔죠."

"남편분이 옷을 못 사게 하나요?"

"그런 옷을 기웃거리면 '야, 그 몸매에 그게 들어 가냐. 맞는 거 있나 들어가서 물어봐라. 그럼 내가 카드 내 줄게' 항상 그래요. 생활비도 내역을 말해 돈을 받아서 썼어요. 외출도, 여행도 다 미리 허락받고요. 수정이도 아빠한테 지쳐서 이제는 지가 인스타그램으로 광고해서 돈 벌어요.

저 야반도주하듯이 서울 왔지만 내 손으로 가게 차리고 돈 벌어서 수정이 용돈도 주고 게스 옷도, 자라 옷도 눈치 보지 않고 사 보고 얼마나 좋은데요. 더운데 맘껏 반바지 입을 수도 있고요.

후우, 내려가선 전혀 못해요. 남편 눈도 있고 종가어른들 마주칠까 두렵기도 해서요. 필라테스도 수정이 따라 다니면서 하니 라인도 잡혀서 너무 좋아요. 저 안 가요. 부탁입니다. 숨겨주세요."

아람은 고개를 끄덕였다.

"이런 경우 실종자 주거지를 알아내도 가르쳐 드리지 않아요. 성인이고 하니 가족끼리 합의가 된 분만 알려드리죠."

연미주는 눈물을 글썽거렸다.

"이렇게 형사님들께 폐만 끼치니 그 남자 한 번은 만날게요. 지금 수정이하고 형사님들을 엄청 괴롭히니까 제 마음을 전할게요. 그 자리에 같이 만나주세요."

사실 요 며칠간 오경수는 강동경찰서에까지 와서 아내를 찾아내라 난리였다.

아람은 그러겠다고 했다.

며칠 후 강동경찰서 사무실에서 오경수와 연미주가 만났다. 오수정은 근처에서 기다린다고 했다.

오경수는 연미주를 보자마자 눈에 불을 켜고 소리부터 질렀다. 주먹을 내뻗으려는 걸 동인과 아람이 뜯어말렸다.

"이 여편네야! 돼지부인아! 지금 형사님들 힘들게 한 거 안 보여? 아주 전주 바닥을 쑥대밭으로 만들어 놨어. 종부가 도망쳐서 마사지숍에서 일한다면 누가 좋아하겠냐?"

동인과 아람은 두 손을 들어 자기들이 말한 게 아니라는 듯 내저었다.

연미주가 말했다.

"제 입으로 말했어요. 하도 뭐 해 먹고 사냐고 물어봐서 스포츠마사지 가게 인수했다고 실토했어요. 하지만 거 뭐냐, 앞으로 계속 괴롭히면 이혼소송 들어가고 접근금지 받아낼 거, 겁니다."

연미주는 강하게 말은 했지만 차마 눈을 오경수와 마주치지는 못했다.

"뭐어? 접근금지? 미쳤구만, 이 여자가. 가! 어서 전주로 가자. 내려가서 다시 종부로 돌아가."

"싫, 싫어! 어머님도 돌아가시기 전에 가게 차릴 돈 주시면서 제사 안 지내도 된다고 하셨어."

"뭐어? 그 돈이 왜 당신 가게에 들어가? 울 어머니 돈인데! 내놔!"

오경수가 연미주의 멱살을 잡고 드잡이질을 했다.

아람이 말리며 강하게 말했다.

"선생님, 돈은 주는 사람이 주고 싶은 사람에게 줍니다. 폭력 행사하시면 저는 형사로서 가만있지 않습니다."

"이 여자 꼭 데리고 가서 아예 가둬둘 겁니다. 나 잡을 테면 잡으쇼. 강동경찰서 강아람 형사님을 청와대에 국민청원 넣을 테니까요. 가정을 깨게 하는 형사로요!"

"이 코로나 같은 남자야!"

연미주가 갑자기 크게 소리를 질렀다. 늘 조곤조곤 말했던 그녀의 고성에 모두들 놀라 쳐다봤다. 거의 온몸에서 절규하는 사자후였다!

"한번만 더 형사님 들먹거리면 그때는 너 죽고 나 죽고야! 알았어? 제삿날에는 내려가 지낼 테니 이만 내려가. 안 그러면 그것도 없다. 나 수정이랑 완전히 종적 감출 거야. 여기서 또 도망간다고!"

갑자기 오경수의 기세가 훅 꺾였다.

"아, 알았어."

아람은 부부를 중재하면서 일단 오경수는 전주로 내려가고, 연미주가 원하는 대로 하도록 서로 간에 합의서를 주고받으라고 일러주었다.

사건이 해결되고 며칠 후, 아람은 동인을 찾아왔다.

"정말로 인증샷 도와줄 거지?"

"오케이."

아람은 서점 근처의 공원에서 동인과 마스크를 단단히 쓰고 2미터 거리를 두고 마주 보았다. 두 손으로 저리 가란 제스처를 취하고 삼각대로 고정해 셀카를 찍은 후, 바로 인스타그램에 올렸다.

"요번에 인스타그램으로 수사했던 거 계장님께 보고해서 수사 자료로 공유할 거야."

동인이 깔깔 웃었다.

"하하, 아람 형사님. 이미 다들 페북이나 인스타그램으로 수사 잘들 하고 있으니 다른 형사님들은 걱정을 마십시오."

"야! 죽을래!"

아람이 동인의 팔을 툭 쳤다.

"엥, 이럼 거리두기 캠페인 인증샷 안 도와준다. 앞으로 수사 조언도."

"알았어, 좀 있다 다른 장소에서 또 인증샷 찍자. 그전에 뭐 좀 시원한 거 먹으러 가자. 빙수 어때?"

"좋았어, 이 근처에 맛집 있거든. 거기에 아이스 아메리카노도 추가."

아람과 동인은 장난을 치며 걸어갔다.

갑자기 비가 한두 방울 내리자, 아람이 먼저 뛰고 동인이 뒤따랐다. 3초 후 비가 싸아아아 시원하게 쏟아졌다.

아람과 동인은 빙수를 먹으면서 전면 유리창 밖으로 소나기가 나뭇잎을 때리고 도로를 요란하게 강타하는 걸 감상했다. 땅땅. 세상을 때리는 빗소리가 무척이나 시원하게 들렸다.

"아람아, 폰 줘봐. 인스타그램 열려 있지? 거리두기 캠페인 사진 찍은 거 예쁘게 편집해 줄게. 색 보정도 하고. 내가 너 인플루언서 만들어준다."

"야 유동인, 처음에는 안 해주더니만 아예 재미 붙였구나. 나 팔로워 별로 없어 인플루언서 되는 건 기대도 마라."

동인은 아람의 핸드폰을 받아서 무언가 조작했다. 아람이 이상하게 싸한 느낌에 얼른 폰을 잡아채니 프로필 사진으로 있던 해성과 찍은 셀카가 동인과 찍은 거리두기 캠페인 사진으로 바꿔치기 되어 있었다.

"어이, 유동인 뭐야? 사진 편집한다더니 왜 남의 프사를 건드려? 에에. 설마 나랑 해성 씨 시샘하는 거야?"

"큼큼, 그게 아니라, 서점 진열 디자인이 외부에 공개되면 안 될까 봐서. 업계 비밀이니까."

"웃기고 있네. 미림문고 검색하면 얼마나 많이 디스플레이 사진이 나오는데. 그럼 안 된다고? 푸하하. 솔직히 말해 봐봐. 샘났지. 맞지?"

"그, 그런 거 아냐. 우리가 뭐 사귀냐? 아무 사이도 아닌데 뭘."

동인이 고개를 절레절레했다. 빙수를 떠먹으며 모른척했다. 아람은 그게 또 조금 서운했다.

다음날 아람은 플라워 미장원의 꽃무늬 원장에게 가서 두피 스케일링을 받았다. 홍보 문자가 자주 와서 제대로 낚였다.

"이건 민트향 스케일링 제품. 자, 시원하죠?"

"이 샴푸가 얼마라구요?"

"2만5천 원이요, 이건 정말 올리브 화장품가게 댓글 부대들이 찐으로 인정한 거라구요. 노 실리콘, 환경 공해 제로. 사람들이 버린 플라스틱 빨대에 목이 뚫린 거북이가 얼마나 불쌍해요. 나도 이제 지구 사랑 회원입니다. 절대로 제품 PPL 아니어요.”

“네. 잘 알겠습니다.”

“형사님이니까 더 조심스러워요. 호호.”

원장은 아람의 머리를 감기고 헤어 에센스를 두피에 발랐다.

“내가 이 구역에서는 의사라니까요. 완전 두피 전문 의사. 비듬이나 각질에 이 제품이 직방이거든요. 이건 페북서 난리 난 제품 라인. 다들 머리카락 끊어지고 두피에 각질 일어나서 따갑고 가려워서 오는데 이 제품으로 치료가 들어가요. 이것도 강매는 절대로 아닙니다.”

아람은 웃음을 작게 터뜨렸다.

“그건 또 얼만데요? 하하.”

“참, 유 대리님과 잘해봐요.”

“네에? 유 대리? 동인이요?”

“그럼요.”

“에에, 걔는 그냥 친구인데요. 대학교 동기. MT 가서 소주 먹고 토한 거 걔가 다 치워 줬는데. 등 두드리고.”

“정말? 어머 다정다감해라! 역시 저 성품이 어제오늘 완성된 게 아니었어. 클래식만 듣고 자란 애기라니까.”

“클래식만 듣고 자라요?”

"그런 것처럼 우아하잖아요. 서점 홀에서 클래식음악 배경으로 책과 같이 살고."

"그런가?"

"하여간 요즘은 남친은 있냐, 결혼은 했냐고 물어도 오지라퍼잖아요. 그러니 함부로 말 안 하는 게 매너지만 그래도 잘 해봐요. 둘이 잘 어울려~."

"푸하하하."

아람은 큰 소리로 웃었다.

"정말 아니라니까요. 히히."

아람은 웃으면서 갑자기 기분이 살짝 좋아지려고 했다.

"근데 우리 대리니임 몸매 좋더라. 길쭉허니 배도 없고. 이런 얘기 우리끼리예요. 직접 몸매 평가하면 성추행이잖아. 안 그래요? 뭐 운동하나?"

"동인이가 잘생겼어요?"

"어머, 몰랐어요? 아이돌 얼굴에 스타일이 죽이잖아요. 어때요? 두피 시원하죠? 이제."

"흠, 시원해요. 동인이 스타일이 아니라 여기 서비스가 죽이는데요."

"호홍, 형사님들한테 우리 미장원 홍보 좀 해줘요. 지압 들어가요."

"아, 아프다~."

아람은 시원한 기분에 서비스가 그만이라는 생각이 들면서 비실비실 웃음이 터져 나왔다. 꽃무늬 원장이 예쁘게 컬을 말아서 드라이도 정성스레 해주었다.

"오늘은 포니테일 금지. 찰랑찰랑 풀고 다니기. 아무리 여름 더위도 미인은 못 이겨요. 미장원 홍보 꼭 부탁해요."

"진짜 홍보해 드려요? 그럼 사진 찍어요. 인스타그램 올리게요. 팔로워 늘었어요. 요즘."

꽃무늬 원장이 손가락 하트 포즈를 취하고 같이 거울 셀카를 찍었다. 셀카 배경의 장미가 무척 예쁘게 나왔다. 아람이 몸을 돌려서 꽃병의 장미를 만져보았다.

"그거 생화예요. 예쁘죠. 향기 맡아봐요."

아람이 한 번 맡자 원장은 두 번 더 맡게 했다.

"몇 번은 더 맡아봐야 그 향기를 알죠. 1년에 딱 한 번 여름에 장미가 피면 그게 그렇게 러블리하고 향이 진해요. 요즘은 온실에서 장미를 사계절 모두 꽃 피우지만 여름 제철 장미만 못해요."

"그런가요? 히히. 이렇게 예쁘게 해주고 감사해요."

"강아람 님, 형사 딱지 떼고 오늘을 즐겨요. 오늘이 1년 중 가장 러블리하고 화창하고 예쁜 날로 만들려면 지금 즐겨요. 여름 장미도 가을, 겨울을 대차게 넘기고 이렇게 화려하게 핀 거랍니다. 오늘을 또 만들려면 1년을 기다려야 한다구

요. 이렇게 예쁘게 해줬으니 보고 싶은 사람 만나기. 꼭 약
속."

"네. 이히히."

아람은 친구들 몇에게 전화해서 같이 밥을 먹자 했지만 다
들 야근에 혹은 애 보느라 바빴다. 형사 선배들은 길에서라
도 우연히 볼까 두려웠다. 일과 사생활 분리. 철저한 워라밸
을 실천하기도 어려운데 사석에서 그분들을 모시고 해장국을
먹는 건 절대 노우였다.

동인이라도 불러서 같이 저녁을 먹어야 하나 싶었지만 오
늘따라 톡을 해도, 문자를 해도 아무 답이 없었다.

하는 수 없이 아무 약속도 못 잡은 채 미장원을 나온 아람
이 인스타그램을 열어 사진을 올리려는데 오수정의 피드가
떴다. 연미주와 같이 얼굴을 맞대고 찍은 사진에 해시태그를
붙여서 숍을 홍보했다.

#엄마숍홍보절대아님
#더풋트숍강동
#어깨등뭉치는싸장님들오셔요
#우리엄마참예쁘죠
@beautiful~~0302
아람은 환한 연미주의 얼굴을 보면서 꽃무늬 원장과 찍은

셀카를 인스타그램에 올렸다. 그리고 오수정 피드에 댓글을
달았다.

katepolice! 가장 예쁜 오늘을 모녀가 진심으로 즐기길. ♥
연미주의 답글이 달렸다.

*beautiful~~0302 고마워요 형사님, 언제 마사지 받으러 오
세요?*
아람은 미소를 지으며 주차장으로 걸어갔다.

한편, 동인은 오늘도 발레핏을 배우기 위해 지하철역 근처
의 바디 필라테스 학원 야간반에 갔다. 근처에서 유일하게
여성 전용 학원이 아니어서 다닐 수 있었다. 그래도 수강생
은 거의 여자들이었다.

동인은 검은색 레깅스에 운동 팬츠를 입고 토슈즈를 신고
스튜디오에 들어섰다. 다섯 명의 여성 회원과 강사가 반갑게
맞이했다. 다들 마스크를 쓴 채 간격을 두고 떨어져서 발레
바를 잡고 운동을 했다.

시작한 지 3개월 됐다. 은은한 클래식이 흘러나오는 가운
데 모두 바를 잡고 턱을 치켜들고 자세를 잡았다.

"드미 플리에. 그랑 플리에. 아라베스크."
동인은 강사가 지시하는 대로 한 치의 오차도 없이 동작을

따라했다.

"아주 좋습니다. 역시 모범생이네요. 자아, 동인 회원님처럼 복부 코어 근육에 힘을 주고 다리 내장근을 딱 잡아주세요. 다시, 드미 플리에."

동인은 거울에 비친 자신을 보면서 배에 힘을 주고 발레 자세를 잡았다. 마지막에 턱을 쳐들고 시선을 도도하게 내리면서 까치발을 하고 두 손을 천장으로 한껏 들어 균형을 잡았다.

10여 초간 균형을 잡으면서 집중하는데 이상하게 왼쪽 귀가 간지러웠다.

누가 내 얘기를 하나, 동인은 잠깐 생각하고는 수업을 마치고 남자 탈의실로 향했다.

가을, 미림문고 북토크 사건

"아람아, 서점에 지금 빨리 와 줄 수 있어?"

아람은 경찰서에서 배달음식을 먹다가 동인의 전화를 받고 놀랐다.

"무슨 일인데?"

"북토크를 하던 중에 독자 한 분이 일어나다가 갑자기 어지럽다면서 쓰러졌어."

"119는?"

"오는 중, 나도 너무 놀라서 일단 전화한 거야."

"어, 갈게."

아람은 먹던 음식을 그대로 둔 채 얼른 미림문고로 향했다.

평일 저녁 서점은 코로나바이러스로 인해 거리두기 시행중이라서 사람이 그렇게 많지 않았다. 북토크 홀에는 벌써 119

구급대원이 와서 쓰러진 사람을 살펴보고 이송 준비를 하고 있었다. 청록색의 니트 원피스를 입은 이십 대 여성이었다.

동인은 사람들을 북토크 홀에서 나가지 못하게 입구에서 막고 있었다.

"동인아!"

"아람 형사!"

주변 사람들이 아람을 보고 놀란 얼굴을 했다. '형사라니!' 하는 얼굴이었다.

"병원에 가봐야 알겠지만 음독하신 거 같아요. 경찰서에 협조 요청해주세요."

구급대원이 동인에게 다가와 말을 했다. 아람이 공무원증을 내밀었다.

"강동서 여청과 강아람 형사입니다. 환자분 상태가 어떻게 됩니까?"

"병원에서 정확한 검사를 해야 알겠지만, 입에 거품이 맺히는 걸로 봐서는 독극물도 무시할 수 없습니다. 경찰이면어서 저분이 드셨던 음료 수거하세요."

아람은 동인에게서 비닐장갑과 지퍼백을 얻어서 쓰러진 여자가 마시던 아이스커피 컵을 수거했다.

"동인아, CCTV 자료 줄 수 있지?"

동인은 소곤거렸다.

"아람아, 여기 북토크 홀은 리뉴얼 인테리어가 며칠 전에 끝나서 아직 CCTV는 설치 못 했어. 어떡하지?"

"하는 수 없지 뭐."

구급대원에 의해 여자가 이송되고 동인이 아람과 마주 앉아 의논하고 있는데 세련된 카디건을 입은 중간 정도의 키에 활달해 보이는 얼굴의 남자가 다가왔다. 그는 아람에게 명함을 내밀었다.

"영맨 출판사, 이선호라고 합니다."

동인이 이어서 소개했다.

"여기서 청년 시인들 북토크를 여러 번 진행하셨고 오늘도 진행하셨어. 그리고 저기 오시는 분이 신간《꽃과 통통 튀는 너의 자태》시집을 내시고 북토크 하시던 작가님."

하늘색과 분홍색이 섞인 체크무늬 셔츠를 입은 희고 맑은 얼굴의 호리호리한 남자가 다가왔다.

"시인 지정민이라고 합니다."

아람은 해맑고 청량하게 생긴 지정민의 얼굴에 살짝 설렜다. 하지만 곧 진지한 눈빛으로 그를 직시했다.

"쓰러진 분과 아시는 사이세요?"

"네. 독자로서 참석한다고 했는데, 사실은 제 전 여친입니다. 이름은 구가인입니다."

"그럼 지금은⋯."

지금은 여자친구가 없다는 것으로 짐작했는데 지정민의 팔짱을 살짝 끼면서 다가서는 여자가 있었다. 짧은 숏 커트 머리에 청바지와 하얀색 니트를 입은 글래머 스타일의 여자였다.

"정민아. 어떻게 된 거야."

"괜찮아."

지정민이 그녀를 안심시켰다.

곧이어 강동경찰서에서 형사들이 두 명 나왔고 아람은 수거한 컵을 건넸다.

아람은 상황을 정리한 후에 동인이 안내한 서점 안쪽 사무실에서 지정민 시인과 이선호 대표 그리고 지정민의 현재 여자친구인 인영미와 자리를 만들어 앉았다.

동인이 커피를 타주었지만, 선뜻 손을 내미는 사람은 없었다.

아람은 폰을 꺼내 메모할 준비를 하며 질문했다.

"행사를 진행하면서 다른 때와 다른 점은 없었나요?"

이선호가 먼저 목소리를 높였다.

"지정민 시인님을 스토킹하는 사람이 있어요. 인스타그램 팔로워인 유선영 씨인데요, 처음에는 저한테 먼저 귀찮게 했어요. 봄부터 말을 걸기 시작했는데 시시콜콜 대화를 걸었죠. 저한테 자질구레한 선물을 보내면서 지정민 시인을 소개해 달라고 계속 졸랐습니다. 물론 제가 안 된다 했죠. 그 사람이 이미 시인님께 여러 번 메시지를 보내 귀찮게 한 것도 알고 있고요."

아람은 주의 깊게 들었다. 동인이 물었다.

"그분 오늘 오셨어요?"

"네. 응급실 간 구가인 씨 뒷줄에 앉아 있었어요. 물론 코로나로 2미터 간격을 두긴 했지만 바로 뒤였어요."

"지정민 씨, 그분이 어떻게 괴롭혔나요?"

아람의 물음에 지정민이 말을 아꼈다.

"그게 저 말하기 곤란한데….."

"괜찮아요. 조사하는 데 도움이 되니까 말해주세요. 피해자가 생겼잖아요. 더 조사해봐야 알겠지만."

"사실 메시지를 보낸 초기에는 엄청 멋지다, 나도 시인이 되고 싶다, 팬이라며 이모티콘도 보내고 살가웠거든요. 그런데 매일 여러 번 메시지를 보내고 자작시도 보내서 나중에 표절 시비가 생길까 걱정이 돼서 자제를 부탁했어요. 그때부터 엉터리 시 나부랭이나 쓴다고 비난하는 메시지를 보내더군요.

일주일 전 즈음 도저히 못 견디고 그만 좀 하라 했는데 오늘 오셨더라구요. 이틀 전에도 유선영 씨가 본인 인스타그램에 모 시인이 성질이 장난 아니고 시도 더럽게 못 쓰는데 잘

난 척한다는 피드를 올려서 충격을 받았죠."

말을 마친 지정민의 얼굴이 굳었다.

"그분 여기 서점에 남아 계시는지 빨리 연락 좀 해보세요."

이선호가 아람의 부탁에 걱정스러운 얼굴로 폰을 들었다.

"안 받아요. 이런 데서 본인 이름이 거론된 걸 뭐라 하는 건 아닌지."

"사안이 다급하니까요."

"어? 받았어요!"

이선호가 여보세요, 하면서 대화를 이끌었다. 잠시 후, 유선영이 사무실로 들어서는데 웬걸, 키가 작고 귀엽게 생긴 남자였다.

아람이 놀라는데 이선호가 아람의 귀에 대고 작게 말을 건넸다.

"스토킹에 남자, 여자 없어요. 인스타그램 감성인지 몰라도 그냥 남자가 남자 스토킹도 해요."

"흠."

"좀 앉으세요."

동인이 유선영에게 커피를 줄까 물었지만 고개를 저었다.

테이블에 동인과 아람을 중심으로 출판사 대표 이선호, 북토크 시인 지정민, 그의 현재 여자친구 인영미와 지정민의 광적인 팬 유선영이 앉았다. 아람은 응급실에서 걸려온 전화를 받았다. 다행히 구가인의 목숨에는 지장이 없지만 아직 의식불명 상태이고 토사물을 수거해 독극물 반응검사와 혈액 및 소변 검사를 한다고 했다.

"저를 왜 부르신 거죠? 서점에서 책 좀 보고 있었는데."

"최근에 지정민 씨와 사이가 안 좋았다고 들었는데 굳이 오늘 북토크에 왜 왔는지 물어보고 싶어서 불렀습니다."

아람의 말에 지정민과 이선호가 고개를 숙이자, 유선영이 화를 버럭 냈다.

"참 나, 그냥 북토크 좀 듣다 가려고 했어요. 여기 미림 문고에서 책을 보다가 우연히 들어온 것도 죄입니까?"

"우연히라, 인스타그램 팔로우하면 자연스레 언제 북토크 하는지 정확하게 알지 않나요?"

동인이 끼어들자 유선영이 흥, 하며 대답했다.

"지 시인님, 최근 며칠간은 제가 귀찮게 한 적 없지 않아요?"

"맞, 맞습니다. 죄송해요."

"알겠습니다. 그럼 인영미 씨, 오늘 구가인 씨 처음 보나요?"

인영미가 고개를 저었다.

"아뇨. 우린 원래 친구였어요."

"그렇군요. 그럼 구가인 씨가 지정민 씨의 전 여친인 걸 알면서도 사귄 거예요?"

이선호가 싱글거리며 웃었다.

"형사님, 요즘 누가 그런 거 따지고 그럴까요? 어차피 인스타그램으로 서로 팔로우하면 다 알아서 누가 누구와 사귀고 그런 게 별 이슈도 아닐 수 있어요."

유선영이 코웃음 치면서 답했다.

"왜 관련이 없어요? 지정민 시집의 뮤즈는 늘 여자친구이고 현 여친은 인영미 씨인데요. 왜 젊은 여자들이 피카소 할아버지와 바람이 났겠어요. 모두 자신이 피카소의 뮤즈가 되고 싶어서죠. 피카소의 모델이 되면 작품에 영원히 남으니까. 지 시인의 여친이 되면 시집에 베아트리체처럼 묘사된다는 소문 짜해요."

유선영은 그 말을 하고 갑자기 약속이 있다면서 일어났다. 아람은 유선영의 연락처를 받아 적고 보내줬다. 이선호가 지정민에게 너무 신경쓰지 말라고 다독였다.

아람이 이선호에게 물었다.

"오늘 북토크 자리 지정은 어떻게 한 거죠?"

"늘 그렇듯이 자유석이죠. 제가 행사 중에 사진을 찍었어요. 보세요. 거리두기 하니까 이렇게 앉았어요."

동인이 덧붙였다.

"우리 서점에서는 거리두기 지침을 철저히 지키고 있지."

아람이 사진을 보니 자리 배치는 이렇게 돼 있었다.

무대 / 지정민 시인

0　0　0　0　0

0　**0**　0　0　0
인영미

0　0　**0**　0　0
구가인

0　0　**0**　0　0
유선영

0　0　0　0　0

지정민은 무대에 있어서 구가인에게 다가가기 어렵지만 인영미나 유선영은 구가인에게 근거리였다. 북적이는 행사장이지만 누군가 나쁜 맘을 먹으면 커피에 무언가 타는 것은 가능할 것 같았다. CCTV만 있으면 바로 확인이 가능한데 하필 설치 전이라니 안타까웠다.

아람은 이선호와 지정민, 인영미에게 몇 가지 질문을 더 하고 나서 각각 명함을 받아 챙겼다. 나중에 경찰서에서 연락하면 꼭 나와 달라고 부탁하며 그들을 보냈다.

아람은 뭔가 생각났다는 듯 폰을 들어서 통화를 하고 동인에게 말했다.

"있잖아, 아까는 경황이 없어서 커피 홀더를 못 봤는데 선배가 'BANGABANGA'라고 홀더에 인쇄돼 있대. 이거 북토크 홀과 서점 사이에 있는 카페 맞지? 나도 몇 번 사 먹었는데."

"맞아, 가보자. 방가방가 사장님한테."

아람이 카페로 이동하면서 물었다.

"근데 예전부터 궁금했는데 왜 카페 이름이 '방가방가'야?"

"글쎄 '하이루'로 하려다 그렇게 짓지 않았을까? 사장님이 PC 통신 세대거든."

"아하. 그럼 '라떼는 말이야' 시절 용어라고? 넌 별걸 다 안다."

"그 시절 용어만 정리한 책도 있단다."

"안 궁금해."

서점 문을 나오자마자 바로 옆에 있는 방가방가 카페로 갔다.

머리숱 적은 키 큰 오십 대 남자가 프런트에서 인사했다.

"대리님, 언제나처럼 아아? 아이스 아메리카노?"

"것보다 사장님, 이 사진 좀 봐주세요."

동인은 이선호에게 받은 북토크 사진 중에서 구가인의 얼굴을 확대해서 보여주었다.

"누군데요? 작가?"

"아뇨. 독자인데 왜 아까 행사장에서 어지럽다면서 일어나려다 쓰러지신 분이요."

"나도 자리 지키느라 듣기만 했는데 무슨 일이래? 젊은 사람이라던데."

"이분 커피 여기서 사간 것 같아요. 컵홀더에 방가방가라고 쓰여 있어요."

"뭐? 아니지. 그래도 이상할 거 없잖아요. 커피 음료인데 상했을 리도 없고."

사장은 고개를 갸우뚱거리다 갑자기 소리 질렀다.

"대박 사건! 누가 독극물 탄 거 아냐?"

아람은 진지한 얼굴로 신분증을 보여주고 물었다.

"강동서 여청과 강아람입니다. 유 대리하고는 대학교 동기고요. 이분이 커피를 직접 사갔는지 CCTV 확인 좀 해도 될까요."

사장이 빙그레 미소 지으면서 동인의 귀에 뭐라고 속삭였다. 동인은 인사를 꾸벅하고 물러났다.

"뭐야, 왜 귓속말을?"

"저거 작동 안 된대. 어차피 서점에 복도마다 카메라 있으니까 여기는 안 달았대. 예전 사업장에 있던 고장난 거 붙여 놓았댄다."

"뭐어? 하긴 수사하다 보면 그런 카메라 태반이니까. 어쩌지? 일단 난 경찰서로 돌아가서 보고할게. 동인아, 이상한 점 발견되면 연락 줘. 나도 추후 경과 알려줄게."

다음날, 아람은 구가인의 커피에서 고용량의 카페인이 검출됐다는 보고서를 과학수사팀에게서 받았다. 보통 카페인 치사량이 10그램인데 자그마치 5그램 이상이나 나왔다는 것이다. 이는 콜드브루 커피 약 30잔에서 나올 정도의 고용량이라고 했다.

응급실 의사와 통화해보니 구가인은 원래 기립성저혈압이 있었고, 생리 중이라서 탈수 증세가 심했는데 고용량의 카페인 섭취로 인해 증세가 심각해져서 혈압이 급격하게 떨어진 것이 원인이라고 했다.

아람은 곰곰이 생각해 보았다.

구가인이 상태가 좋지 않아 아직 진술을 구체적으로 못했지만 정황상 누군가 무언가를 탔을 가능성을 전혀 배제하지는 못했다.

아람은 서점에 가서 동인을 불러냈다.

"분명히 구가인 커피에 카페인을 타서 뭔가 음해하려던 정황은 있는데."

"사장님, 아이스 아메리카노 두 잔요."

동인은 커피를 사서 북토크 홀로 아람과 같이 들어갔다.

"재현해보자. 형사님들 범행현장 재현하듯이. 너 선배들 따라다니면서 많이 해봤지?"

"오케이."

동인은 이선호에게 받은 사진을 열어 구가인의 자리를 찾아 아람을 앉혔다.

"이 의자에 앉아 봐. 구가인 씨 앉았던 자리."

"응."

"우리 행사장은 의자만 있어서 커피를 마시다 내려놓으려면 바닥에 두지."

동인은 커피를 의자 다리 옆에 놓았다.

"누군가 주변에서 물건을 떨어뜨리고 줍는 척하면서 이물질을 탈 수 있겠네."

동인이 아람의 말대로 폰을 살짝 바닥에 놓고는 다시 줍는 척하면서 커피 컵에 무언가 넣는 시늉을 했다.

"이렇게 말이지."

아람은 구가인 자리에 계속 앉아 있고 동인이 인영미와 유선영 자리를 왔다 갔다 하면서 바닥에 놓인 커피에 무언가를 타는 시늉을 했다. 아람이 주변을 유심히 살폈다.

"그렇지만 전혀 눈에 안 띄게 하는 건 어렵지 않았을까? 사람들이 스무 명 넘게 있었잖아."

아람의 말에 동인이 고개를 끄덕였다.

"아람아, 멕시코 요리 집 가자. 이 건물 1층에 있어. 곧 퇴근이다. 정리하고 올게."

그들은 자리를 옮겼다.

멕시코에서 20년 넘게 살다 온 중년 아재가 사장이자 주방장인 '귀염귀염' 타코 가게는 바삭바삭한 나초가 일품이었다. 오늘도 동인은 요리를 시키면서 사장님과 농담을 주고받았다.

"어때, 유동인 작가. 추리소설 구상은 잘 돼가?"

"그럭저럭요."

"내가 정말 추리작가들 싫어하는 거 알지. 책상머리에 앉아서 개뿔이나 범죄를 알아? 나 때는 말이야, 멕시코에서 하루가 멀다고 마약 갱들이 붙어서 살인이 일어나. 장례? 언감생심. 그냥 콘크리트 속에 파묻어 버리는데? 바다에 갖다 버리거나. 아님 경찰서 정문에 떡하니 전시하지. 거기서 살아남아 멕시코 요리를 배워 온 사람이 나야. 소설 줄거리 풀다 막히면 나한테 부탁해."

"네. 시그니처 귀염귀염 나초 주세요. 생맥주 두 개도요. 참 아람아, 차 가져왔지? 우리 맥주 말고 콜라로 할게요."

"오, 유동인, 웬일로 쏘는 거야?"

"우리 서점에서 일어난 북토크 사건 빨리 진상을 알아내자고 쏘는 거야."

"구가인 씨 아직 의식불명 상태라 진술 불가. 지금 강력팀에서 달라붙었어."

"이제 말하는 건데 사실 그날 북토크 안 하려고 했거든. 코로나바이러스로 어수선해서. 그런데 신간 홍보하려고 이선호 대표가 잡은 거야. 혹시나 감염자 나오면 안 되니까 그날 참석자들 명단 작성하고 온도계로 체온 재고, 띄엄띄엄 앉히고 마스크 검사하고 그랬는데 의외로 그런 일이 일어날 줄이야. 지침 지키는 건 완벽했거든."

"고용량 카페인 검출로 누군가 독극물을 탄 거라는 정황이 잡혔어. 그래서 강력팀이 붙은 거고. 대체 지정민 시인은 어떤 사람이야?"

"인스타그램 팔로워만 7만 넘고 고정 독자 팬들도 수천 명 되지. 책만 나오면 적극 홍보하고 사주시는 분들. 근데 소문이 있어."

"소문이라니?"

"지정민 시인이 1년에 네 번 계절마다 시집을 내는데 그

때마다 여친이 바뀐대. 그리고 그 여친 이미지대로 시상 모티프를 얻어서 작품이 매번 분위기가 다르다는데?"

"그럼 그날 유선영이 한 말이 다 사실이었어? 현재 여친 인영미가 그날 시집 뮤즈야?"

동인이 나초가 나오자 치즈를 찍어 베어 물면서 고개를 저었다.

"아닐걸. 책이 나오는 데 보통 석 달은 걸리니까 다음번 시집 뮤즈겠지. 말하자면 그날은 구가인이 자기가 뮤즈였던 시집 발표회에 온 거야. 그랬다가 독극물이 들어간 커피를 마신 거고."

"동인아, 구가인은 그날 기분이 어땠을까?"

"글쎄다. 하지만 충분히 화날 만도 하지. 시집은 자신과 사귀면서 다 써냈는데 그날 다른 여친과 나타나서 시를 낭송하고 그러니까 말이야."

"얼굴값 한다. 완전히 훈남에 순둥순둥하게 생겼는데 웬일. 1년에 네 번이나 여친을 갈아치우다니."

"그것도 작품을 위해서라니 할 말은 있지. 예술을 위해서."

"흠, 그 시인과 엮인 여자들이 바보로군. 너도 그렇게 소설 쓰냐?"

"난 백퍼 뻥을 쓰는데? 소설은 판타지라고. 그렇지만 가끔 여성 형사를 묘사할 땐 너를 생각하면서 비슷하게 써봐. 예를 들어 지금 신은 골든 구스 스니커즈를 신었다고 한다든가."

"그래? 이왕이면 정말 예쁘게 묘사해라. 읽을 맛 나게."

"얼굴은 이상한 구석이 있다,라고 이미 썼는데."

"뭐어? 야 유동인. 사람 얼굴 보고 이상하다 하면 안 돼. 이상한 매력으로 사로잡는 여성 형사로 다시 고쳐 써! 후후."

아람은 나초를 아작아작 씹어 먹었다.

"난 그 시인 별로더라. 매력은커녕 그냥 그렇던데."

"그날 너도 지정민 시인 보는 눈이 완전히 하트 뿅뿅이었어. 나한텐 한 번도 그런 시선 준 적 없으면서."

"야! 너는 오래 전부터 친구잖아. 대학교 때 우리가 MT 가서 못 볼 꼴, 안 볼 꼴 다 봤는데 말이야."

"하기야 강아람, 심리학과에서 쥐 잡듯이 후배 잡던 선배였지. 근데 과거에 그럼 형사 생활 못 하는 거 아냐? 군기 잡는 거 완전히 태움이잖아."

"야, 그거 순전히 위에 학번들이 시켜서 그런 거야. 지금 방가방가 시절 옛날 애기할래?"

"아람 형사, 일단 이 사건은 밀도 깊게 조사해 볼 필요가 있어. 전 여친이 한을 품고 북토크 자리에 앉아 있다가 독극

물 공격을 받았다? 수거한 컵에서 뭐 다른 미세증거 나온 거
있어? 자세하게 말해봐."

"지문은 구가인 씨 것만 나왔고 DNA 감식을 위해 국과수
보내놨어. 몇 주는 걸려. 남은 커피 뿐 아니라 토사물에서도
고용량의 카페인이 검출됐고 탈수로 인한 저혈압으로 기절한
게 팩트지."

"방가방가 카페는 사케라토 커피 같은 고용량 카페인 음
료는 안 파는데. 나름대로 올디스 벗 구디스 정신이거든. 신
상 커피 종류는 취급 안 하심."

"만약 범인이 장갑을 꼈다고 가정하면 지문이나 DNA는 검
출 안 되겠지."

"콜드부르 원액을 누군가 들이부은 것 아냐?"

"그 정도가 아니라 용량을 보면 거의 콜드부르 30잔을 들
이부은 거라던데. 가족들을 탐문해 봤는데 구가인이 그렇게
커피나 에너지 드링크 중독은 아니래."

"그렇다면 범인이 따로 있다는 가정 하에 고농도 카페인
원액을 어디서 구했는지가 관건이네."

"그럼 한번 정리해보자. 구가인이 원래 기립성저혈압이
있고 그날따라 무척 더운 날이어서 이미 땀을 많이 흘렸을
거야. 게다가 응급실 의사 말로는 구가인이 그날 생리였대.
아주 기진맥진한 상태로 갔는데 누군가 카페인 원액을 커피

164

에 탔으니 그걸 마시다 결국 토하면서 기절한 거야."

동인은 조용히 고개를 끄덕였다.

아람이 콜라를 빨대로 마시면서 물었다.

"북토크 행사는 보통 조용하지 않아? 낭독 중에는 가만히 들 앉아 있을 거고. 커피에 뭘 타 넣을 환경이 되려나."

동인이 고개를 저었다.

"노우, 전혀 조용하지 않아. 내가 거기서 시집을 계산하니까 사람들이 줄 서 있고 화장실이나 서점 홀에 있는 책 보러 또는 커피 사러 왔다 갔다 하지. 그리고 그날 행사장에 있던 사람이 23명인데 판매가 23권이야. 나와 대표 그리고 지정민은 안 샀어."

"그럼 어? 누가 여러 권 산 거네?"

"미리 사서 읽고 오는 사람도 있어."

"흠, 그래? 그럼 별 의미 없는 정보인데?"

"하여간에 북토크 전에는 아는 사람들끼리 이야기를 하거나 해서 어수선한 편이야. 독자들도 인스타그램으로 서로 아니까 이야기하고 시인도 독자들과 대화하고 그래. 보통 행사 전에는 시끌벅적해. 도중에도 들락날락하고."

"그럼 거기 온 사람들은 아는 사람들이 많았다, 그리고 인스타그램으로 연결된 독자들과 시인이다 그거지? 어수선하고."

"응. 하여간 아람 형사, 이 사건 엄청 신경 좀 써줘. 잘 해결돼야 회사에 보고도 깔끔하게 하지. 절대 미제사건이 일어났다는 오명을 덮어쓸 순 없어. 부탁한다."

"알았다고. 노력해볼게."

아람은 다음날 동인이 가르쳐준 인스타그램 아이디로 지정민 시인 계정을 찾았다. 인스타그램에 검색만 해도 그의 책이나 사진이 많이 나왔다. 꽤 유명하고 유튜버들 방송에도 자주 나왔고 TV 토크쇼에도 몇 번 나왔다.

아람은 지정민의 피드에서 시구를 몇 개 읽어봤다. 파스텔톤 배경에 시구를 써서 인스타그램에 날마다 연재하는데 사건이 일어난 날부터는 피드가 없었다. 아마도 충격이 큰 모양이었다. 이 외에 바다나 모닥불을 배경으로 시를 올리기도 했고 연인이 손을 잡은 사진 등도 있었다.

그대, 내게 와서 패랭이꽃이 된 그대여
모래땅에서 피어난 선명한 자주빛 홍색이여
꽃이 여름 내내 피어 그대는 내게 여름이리라
짙은 색색 안에 갈라진 꽃잎으로 사랑의 아픔이 스며온다

아람은 시를 읽고는 눈을 살포시 내리뜨면서 미소 지었다.

"시가 이런 거구나. 참 예쁘고도 아련하네."

"강아람 형사!"

이때 여청계장님이 사무실 문가에서 큰소리로 불렀다. 작달막한 키, 굵은 허리에 아주 짙은 송충이 눈썹의 중년 남자인 여청계장님의 목소리는 귀 따가울 정도로 크고 굵다.

"네. 계장님!"

아람이 벌떡 일어났다.

"미림문고 사건 때 처음 피해자 발견했던 정황과 자세한 상황 진술 보고서 얼른 강력팀으로 넘겨. 참고인도 만났다면서. 사건 완전히 넘겨버리게. 우리 소관 아냐."

"네. 알겠습니다."

"오늘 중에 하도록."

"넵!"

말을 마친 여청계장이 아람에게로 번개 치듯이 재빨리 다가왔다. 아람은 최고 속도로 얼른 보고 있던 화면을 KICS로 돌렸다.

"다른 거 보던 거 같은데 혹시 인터넷 쇼핑이나 유튜브나 보고 있음 곤란하다. 다 검색 기록에 남는 거 알지? 그런 거는 시간 날 때 본인 폰으로 해."

"압니다, 계장님. 그렇더라도 지금 하는 것은 모두 수사 관련이라는 걸 알아주십시오."

아람은 계장이 자리로 돌아가자마자 폰으로 인터넷 서점에서 지정민의 시집을 검색해 3권을 샀다. 최근에 나온 것과 지난번 북토크 때 나온 신간들이었다.

"아차차. 동인이가 지네 서점서 안 샀다고 뭐라 할 건데. 히히."

아람은 입가에 미소를 띠고 컴퓨터 화면을 보면서 업무 모드로 돌변해 키보드를 다다다다 두드렸다.

며칠 후, 아람은 지정민과 만날 약속을 정했다. 장소는 미림문고 휴게실이었다.

아람은 지정민에게 시집을 읽은 감상을 말했다. 동인은 아람을 슬며시 지켜보고 있다가 쿡 아람의 옆구리를 찔렀다. 지정민이 잠시 커피를 사러 간 사이였다.

"뭐야? 너 시집 안 읽잖아."

"수사 차원에서 읽었다. 됐냐?"

지정민이 돌아오고 아람은 몇 가지 질문을 했다.

그러다가 직접적인 질문을 바로 던졌다.

"지난번 유선영 씨가 말하기를 여자친구를 사귀어서 뮤즈로 삼아 시집을 낸다고 했는데 진실인가요?"

지정민이 따뜻한 커피를 마시고 잠시 조용히 있다가 입을 뗐다.

"저어…, 우리 완전히 비즈니스 커플이었어요."

"비즈니스 커플이요?"

"네, 비즈 커플. 첨에는 구가인 씨가 저한테 인스타그램 메시지로 팬이라고 했지만 몇 번 말을 해보니 자기는 내 시집의 뮤즈가 돼서 유명해지고 싶대요. 구가인 씨 계정을 보니 시도 쓰고 감성 사진도 많고 저와 심정적으로 통하는 부분이 있었어요. 저도 생각해보다가 오케이 하고 이번 가을 시집 뮤즈로 삼기로 말을 마쳤어요. 한 장짜리 계약서도 같이 쓰고요. 비밀로 하자는."

동인과 아람은 놀라서 눈을 크게 뜨고 집중하면서 들었다.

"후우, 마침 여친도 공백이었구요. 시가 안 써지면 죽을 것 같아서 일단 구가인 씨 제안을 받은 거죠. 그렇게 비즈니스로 시작했어요. 인스타그램 사진도 연출해서 만든 겁니다. 바다나 예쁜 노천카페에서 감성 사진 여러 장 남기고, 모닥불에서 맞잡은 손 클로즈업한 것도 시집 분위기에 맞춰서 연출한 거죠. 그렇게 땡. 끝났어요. 그런데 자기가 뮤즈인 시집 북토크에 온다더니 이렇게 사달이 난 겁니다. 되게 짜증이 나요."

아람이 고개를 갸우뚱했다.

"북토크 망쳐서요?"

"그건 아니고…."

169

동인이 담담히 말했다.

"베스트셀러 순위에 안 올라서죠? 인터넷 서점 포인트도 낮고."

지정민이 침묵했다.

"설마 조작입니까? 구가인 씨 쓰러진 이 사건도요. 판매율 높이려고 말입니다!"

동인이 큰 소리로 다그쳤다.

"아뇨! 조작이라뇨? 제가 꾸민 거 아닙니다! 저, 솔직히 한 번도 가인이라고 이름으로 부른 적도 없고 애칭도 아닌 구가인 씨라고 불렀어요. 그런 만큼 감정 1도 없는 비즈니스 커플이고 이 사건은 저와 전혀 무관해요. 그러니 더 이상 저에게 연락하지 마세요."

"혹시 인영미 씨도 비즈 커플입니까?"

동인이 물었다.

"아뇨. 결혼하려고 생각 중입니다. 진지해요."

"둘이 비즈 커플이었던 거 인영미 씨가 알아요?"

"노우, 전혀요. 정말 철저히 숨겨야 하는데 하도 형사님이 다그치니 말하는 겁니다. 이거 어디 발설하면 시인 생명 끝나요. 요즘 유튜브 뒷광고니 뭐니 조작하면 어떻게 되는지 아시잖아요. 계정 통째로 날리고 활동 못 해요. 저 밥 먹여 살리실 거 아니면 조용히 해주세요."

"마지막으로 인영미 씨가 구가인 씨와 어떤 친구였는지 정보 더 없어요? 둘이 따로 만나서 언쟁이 있었다던지요. 생각나는 것 좀 말해주세요."

"처음에 둘이 같은 오피스텔에 살아서 친구 됐대요. 그리고 유선영 씨도 그 오피스텔 상가 편의점에서 아르바이트한 댔어요."

아람과 동인이 눈을 크게 뜨고 서로 마주 보았다.

이런 우연이! 뭔가 냄새가 났다.

아람과 동인은 며칠 후 저녁 브라운 오피스텔 앞에서 만났다. 아람이 건물을 올려다봤다.

"언제 인영미가 올 줄 알고. 여기 카페에서 기다리자. 창밖으로 보면 되잖아."

그들은 카페로 들어갔다.

"넌 가을인데도 아아냐? 안 추워?"

"속에서 천불 나. 회사 일 쌓인 거 보면. 주문표 작성할 거만 천 장 넘어. 아, 스트레스."

동인은 아이스 아메리카노를 빨대로 마시면서 천연덕스럽게 말했다.

"후후, 누구나 그렇지. 넌들 난들. 공무원도 미친다. 그나저나 이 오피스텔 서치해보니까 청춘남녀들 동호회 비슷하게 단톡방이 활발하다는데?"

아람은 검색하다가 오피스텔 거주자들의 인터뷰 기사를 찾아냈다. 관리사무소가 일을 잘 못 하자, 거주자 중 한 명이 QR코드를 엘리베이터에 붙여 뜻을 모으고 오픈 채팅방이 개설돼 이삼십 대 직장인들 거주자 위주로 톡이 활발하게 오갔다고 했다. 관리사무소는 단체 항의를 받아들여 관리 일을 개선했고 대화방에 남은 이들은 화장품 공구 등을 해서 물건을 사기도 하고 오프라인 모임도 가졌다.

아람이 기사에서 특이사항이라고 본 것은 단톡방에서 몇 호 거주자인지 밝히지 않고 오프라인에서도 끝까지 안 밝혀서 서로 어디 사는 누구인지, 진짜 이름은 무엇인지도 모른다는 것이었다. 공구로 주문한 물건들은 관리사무소에 맡겨두고 카카오계좌로 돈을 받았다고 했다.

아람의 설명을 들은 동인이 고개를 주억거렸다.

"그나저나 나, 너 쫓아다니다 완전 시간 다 간다. 오늘 운동 수업도 못 갔어."

"뭐 배우는데? 같이 하자."

"있어. 하는 거."

"야, 유동인 작가님. 불평 말아. 이 사건 너네 서점과 연관된 사건이고 게다가 완전 밀실사건 소재감 아냐?"

"밀실 아니거든. 그날 북토크 홀에서는 사람들이 화장실이나 카페나 자유롭게 다녔어. 이런 경우에는 제한된 인원과 한정된 공간으로 보아 클로즈드 서클 소재감이라고 볼 수 있지. 하지만 실제 사건을 1도 못 쓰는데 무슨 도움? 게다가 소설은 객관적 입장에서 묘사해야 되는데 이건 내가 근무하는 서점에서 일어난 일이잖아."

"너 원래 유동인 탐정님이라고 불리는 게 소원이잖아. 그렇다면 앞으로 탐정이라 부를게. 이 사건 직접 추리해!"

"어릴 적부터 셜록이 꿈이긴 하지. 추리소설 얘기가 나와 그런데, 밀실트릭 간단한 거 쉽게 썼다가는 완전 욕먹어. 추리작가로서 밀실은 로망이지만 함부로 쓰긴 힘들단 말이야."

"쉬잇, 저기 유선영 씨 온다."

"어디 어디."

"파트 타임 시간이 저녁인가 봐. 야야, 저기, 저기 인영미. 대박 지금 여기로 걸어온다. 고개 숙여! 담당 형사 아닌데 개인적으로 사찰하다 걸리면 큰일 나!"

아람은 자신도 숙이면서 동인의 머리를 손으로 푹 눌러 커피 컵에 거의 코를 박게 했다.

"아야야. 아파."

"쏘리. 히익? 여기 카페로 들어오는데? 더 숙여."

인영미는 카페에 들어와 커피를 사서 나갔다. 동인과 아람은 몇 초의 시간차를 두고 뒤따랐다. 인영미가 혼자서 엘리베이터에 탔다. 올라가는 층을 살피다 11층에 멈춘 걸 보았다.

"11층 사나 보다."

"응. 아람 형사야. 아까 나 완전 코 깨지는 줄. 유리잔 깰 뻔했다. 콧등으로."

"엄살은. 일단 편의점으로 가보자. 니가 뭐 사는 척하면서 들어가. 난 밖에서 대기탄다."

"알았어. 과자나 먹을까."

동인은 백팩에서 선글라스를 꺼내 쓰고 편의점으로 들어갔다. 과자와 음료수를 골라 카운터로 가며 유선영이 알아볼까 궁금했다. 유선영은 그를 보자 씩 웃었다.

"오호라, 대리님, 맞죠. 그날 뵌 서점 대리님. 제가 눈썰미가 있어 한 번 온 손님도 거의 기억해요."

동인은 쑥스러워하면서 카운터 옆의 시집을 집어 들었다.

"헤헤. 요즘 편의점에서 뭐가 팔리나 시장 조사 중입니다. 과자도 사고요."

"정말요? 에이, 거짓말. 형사님하고 같이 왔잖아요. 들어오라 해요. 저기 보이네. 들여다보는 거."

동인이 문 열고 손짓하자 아람이 배시시 웃으며 들어왔다.

"지금 집어 든 시집 절대로 서점에서 홍보하지 마세요.

왜, 'MD 픽'이나 '오늘의 책' 같은 거로 밀어주시면 안 됩니다."

동인이 갸웃했다.

"왜요? 이 시인이 뭐 잘못했어요?"

아람이 끼어들어서 표지를 들춰봤다.

"누군데? 어 잘생겼다. 연예인 같아."

유선영이 썩소를 날리며 말을 이었다.

"'멋진남자 리'라는 필명의 시인인데 이름값해요, 팔로워도 수십만이고. 그 사람이 자기는 퀴어 시인이라고 하는데 사실은 그게 조작이다 뭐다 말도 많죠. 원래 사람을 안 좋아하는데 그러는 척하면서 퀴어 생활을 시로 쓴다는 둥, 아니면 애인이 하도 많아서 모두 그 애인들과 겪은 일들을 짜깁기해서 쓰는 퀼트 집필을 한다는 둥 말이 많죠. 사진도 다 보정 어플입니다. 성형에 뽀샵에 소품이나 촬영 각도 고려해서 연출해요. 기술은 끝장나죠."

아람이 코웃음 쳤다.

"아니, 멋진남자 리 시인이 무성애자든 폴리아모리든 무슨 상관이에요? 다들. 잘생겨서 시샘하는 거 아니죠?"

"왜요? 저는 못 생겨서 인스타그램 팔로워가 없나요? 외모는 주관적인 거 아니에요? 요즘 주작이 얼마나 무서운데요. 조작하는 거 일격에 까부셔야 한다고 시인 갤러리 같은

데서 난리예요. 생각해봐요. 지네들은 설정으로 뭐나 된 거처럼 조작하면서 돈 쓸어 담고 인스타그램 팔로워 몇만 금방 되는데, 우리는 아무리 노력해도 시시각각으로 시를 올려도 뻘짓이고 팔로워가 3백 명이야. 어쩌겠어요?"

아람이 날카롭게 지적했다.

"그래서 지정민 시인한테 첨에는 팬심인 척 접근하다 나중에 괴롭힌 거예요?"

유선영이 잠시 침묵하다 입을 열었다.

"아뇨. 시구가 제 마음을 콕콕 찌르더라고요. 실연당해서 한참 괴로웠던 시절에 접했거든요. 그분 시를 접하고 이심전심 통했는데 어느 날 소문을 들었어요."

"어떤 소문인데요?"

"지정민, 구가인 기획 커플이라는 거. 책의 시인과 뮤즈로 만나 서로 관종 짓 하려고 생쇼한 거죠. 그래서 일부러 더 귀찮게 해보았어요. 가끔 실연해서 괴롭다 어쩐다 거짓부렁 하길래 너도 당해봐라 하면서."

동인이 몰랐다는 척 눈을 크게 떠 과장하며 말했다.

"정말입니까? 그 기획이라는 거 그런 게 실제로 있어요?"

"아니 서점 MD라면서 그런 것도 몰라요. 연예인들도 어그로 끌려고 기획 커플 하듯이 그게 일반인 유튜브나 인스타그램까지 들어왔어요. 한 마디로 기획이면서 비즈니스 그러니까 비즈 커플인 셈이죠. 뭐 돈 벌려고 하는 짓이니까 뭐라 말은 못하지만."

"아니 유선영 씨는 지정민 시인 팬이었잖아요."

"팬이니까 잘못된 거는 잘못됐다 지적질, 관리질 해주는 거죠."

"근데 그런 거 비밀일 텐데 어떻게 알았어요?"

"후후. 여기 오피스텔 사는 분이 저번에 일러줬어요. 그 분이 원래 구가인하고 절친이고 룸메이트였는데 불편해서 지금은 여기 오피스텔에 따로 방 얻었대요. 근데 하필 구가인 바로 아래층이라 재수 없대요. 지금도 열을 받게 만드는 하나가 구가인하고 걸려 있대서 자세히 물으니까 내막은 말 안 하더라고요. 뭐, 관리사무소랑 집주인 연락해서 해결한다는 데 아직 멀었나. 하여튼 뭐 그런 얘기도 하다 지정민 시인의 비즈니스 커플에 대한 비밀도 말해줬어요."

아람이 놀라서 물었다.

"그 사람이 누군데요?"

"편의점 자주 오셔서 친했지 실제로는 잘 몰라요. 기획 커플도 절대 비밀이래서 어디 말 못하고 조금은 팬심으로 북토크도 간 거지, 별 뜻 없었어요."

아람이 다짜고짜 부탁했다.

"정말 수사에 필요해서요. 피해 안 가게 할게요. 혹시 그분 이름이나 몇 호 사는지 아세요?"

"아뇨. 말만 섞어 봤어요. 직업도 몰라요. 근데 여기 엊그제도 왔어요. 그날 북토크 홀에서 구가인 쓰러졌을 때 의리로 응급실도 같이 갔대요. 행사장에서 구가인 옆에 앉아 있었대요."

"뭐라고요?"

동인이 놀라는 아람에게 조용히 속삭였다.

"여기서 컵라면 먹으면서 기다릴까? 그분?"

"언제까지 기다려. 혹시 유선영 씨, 그분 폰 번호 아세요?"

"네에? 아뇨. 전혀요. 말 섞는 손님일 뿐인데, 지 시인과 연관돼 조금은 더 친한."

아람이 그날 중요한 참고인 중에 하나를 빼놓은 것이다. 과거 룸메이트였다는 그 사람은 구가인과 병원에 같이 가서 못 만났던 것이다.

동인은 들고 있던 과자와 음료수를 내려놓았다.

"이거 계산요."

"비닐 하나 드려요?"

아람이 대신 답했다.

"아뇨, 들고 갈게요."

"과자 세 개랑 음료수 세 개 다요?"

"네. 환경을 생각해야죠."

동인과 아람은 과자와 음료수를 껴안고 나왔다.

"야, 손이 없다. 봉투를 안 사서. 그냥 다 먹어 치울까."

아람이 과자 봉지를 뜯어 아그작 아그작 씹었다. 뭔가 생각하는지 얼굴도 긁어가면서 골몰했다. 동인이 물었다.

"아람아, 어떻게 생각해? 구가인 룸메이트였다는 사람에 대해서?"

"불편해서 이사 나간 건 왜일까? 막 뒷담화 흥도 보고."

"그날 그 사람이 북토크 왔다면 나 기억나는 사람이 있긴 있어."

"진짜?"

"어, 책 살 때 현금으로 냈어. 카드만 되는 포스기여서 얼른 매장까지 다녀와서 거스름돈 준비해 드렸던 거 기억나. 현금 낸 사람이 구가인 옆에 앉는 것까지 보았다고."

"잠깐 나 통화 좀 하고."

아람은 구가인의 가족에게 물어보려고 전화했으나 받지 않았다.

"아람 형사, 어서 알아보러 응급실에 가보자."

"오케이. 여기서 그 병원 멀지 않아. 근데 우리 지금 인영미 캐보러 온 거잖아. 이렇게 타겟을 갑자기 바꾸어도 되나?"

동인이 코를 킁킁거리면서 다 먹은 과자 봉지를 잘 접어놓고 마스크를 썼다.

"이 추리 전문 작가의 직감으로 보면 그 사람은 구가인과 원래 절친이고 같이 병원도 갔는데 알고 보니 사실은 뒤에서 지 시인과 구가인이 비즈니스 커플이라고 유선영에게 폭로했었어. 게다가 룸메이트였는데 헤어지고 나서도 같은 건물 위 아래층으로 얽혀 있어. 또 문제가 생겨서 관리사무소와 집주인과 만나서 해결해야 한다지. 굉장한 단서들과 의심들, 그리고 반전이 있는 듯이 묘해. 추리소설가로 필 받았어. 어서 가자. 병원으로."

아람은 동인과 강산병원 응급실로 급하게 갔다. 아람이 신분증을 꺼내 보여주고 스테이션에 문의했다.

"9월 9일 저녁 7시에서 8시 사이에 온 환자 진료 차트 좀 볼 수 있을까요? 환자 이름은 구가인이고요."

사십 대 간호사가 컴퓨터로 차트를 찾아보고 말했다.

"아, 이분 구가인 씨, 젊은 여자분요? 카페인 섭취로 인해 저혈압으로 쓰러지셨던 분. 제가 근무하던 날이라 기억나요. 차트는 아무리 형사님이라도 영장이나 관련 서류가 있어야 보여드리죠."

아람이 고개를 끄덕이다 질문을 던졌다.

"그럼 몇 가지만 물어볼게요. 차트에 특이한 점은 혹시 없나요?"

"이분 가족들 말이 몇 개월 전에도 쓰러진 적이 두 번 더 있다고 했어요. 기립성저혈압 증상이 갑자기 심하대서 의료팀이 단체로 달라붙어 치료했죠."

"그럼 이분 보호자로 온 사람 연락처 있죠? 그것만 알려주세요. 환자분 관련 수사로 급해서요."

"음, 보호자 사인에 허정선이라고 있네요. 친구 같던데 기억나요. 안경 끼고 머리 긴 여자분. 근데 정말 환자 본인이나, 대리인에 한해서만 정보를 알려드릴 수 있는데요."

아람이 사정했다.

"수사상 절실히 필요합니다. 그런데 영장 받아내려고 하면 시간이 너무 많이 걸려서요."

"알겠어요. 잠시만요."

간호사는 메모지를 건네면서 개인정보 유출로 병원이 피해 보지 않게 도와달라고 했다.

"네, 반드시 그렇게 할게요. 감사합니다."

"아냐. 아람 형사. 혹시 이걸로 불이익을 볼 수도 있으니 저 간호사 선생님한테 허정선 씨에게 전화해서 형사님한테 연락처 줘도 되는지 물어보라고 해."

아람은 동인의 말대로 다시 간호사에게 부탁해서 전화했고 허정선은 아람에게 연락처를 줘도 된다고 했다.

아람과 동인은 응급실을 나오면서 대화를 이어갔다.

"아람 형사, 구가인 씨는 이 병원에 있어? 만날까?"

"이틀 전에 깨어나서 퇴원해 본가에 내려갔어. 통화해봤는데 아직 말도 어눌하고 그날 기억도 잘 안 난대. 후유증이 있어. 그런데 확실한 건 자기는 일반 커피를 사서 마셨대. 그건 확실하대."

"자기 커피에 손댄 사람은 봤는지 물어봤어?"

"북토크 직전에 커피를 바닥에 놓고 화장실 한 번 다녀왔는데 누가 그랬는지 감이 전혀 안 온대."

"그렇구나. 알았어."

아람은 허정선에게 전화를 걸었다. 허정선은 아람이 다급하게 만나달라고 하니 일하는 직장을 밝혔다. 대학교 산하 연구소였다.

"허정선 씨 연구소에 있다니까 지금 가볼까? 퇴근이 늦나 봐."

"보통 그렇잖아. 우리 친구들 봐도 연구소에서 청춘이 썩는다 썩어."

"쇠뿔도 단김에 빼라니 당장 가보자."

아람이 주차장으로 가면서 제안했다. 동인은 고개를 끄덕였다.

광진구에 있는 K대학교 이화학 연구소는 호수를 끼고 언덕배기에 위치해 있었다. 아람은 허정선이 일러준 4층 402호로 들어갔다. 경비실에는 동인의 신분증을 맡겼다. 허정선이 경찰 방문이 아니라 업체 방문으로 해달라고 신신당부했기 때문이었다.

허정선은 가녀린 체구에 긴 머리카락이 어깨까지 내려왔고, 무테안경을 꼈다. 차분하고 꼼꼼해 보였다.

"안녕하세요, 전화 드렸던 강아람 형사입니다. 여기는 제 친구 유동인이고요."

동인은 굳이 서점 직원임을 밝히지 않았다. 오히려 형사처럼 강하게 보이도록 눈에 힘을 주고 부리부리하게 뜬 채 인상을 쓰고 있었지만 그의 노력과는 다르게 허무하게도 아람이 정식으로 소개했다.

"북토크 열렸던 서점에서 일하는 친구인데 만났다가 같이 왔어요."

"아. 네."

"구가인 씨 사건 관련해서 물어볼 것이 있어서 왔습니다. 조용히 얘기할 곳이 있을까요?"

"지금 연구원들 식사하러 나가서 여기서도 괜찮아요. 물어보세요."

"그날 구가인 씨 커피에 고용량 카페인을 탄 사람이 있어서 알아보는 중입니다. 원래 기립성저혈압이 있는 구가인 씨가 더운 날씨에 탈수 증세까지 있었는데, 누군가 커피에 고용량의 카페인을 타서 기절한 것으로 보고 있죠. 증세가 심해서 의식불명 상태까지 이르렀던 거죠. 혹시 누가 그랬는지 보셨나 해서요. 그날 구가인 씨와 북토크 같이 오셨죠? 응급실에 보호자로 적혀 있던데요."

허정선은 고개를 끄덕였다.

"네. 같이 갔고 응급실도 따라갔어요. 거기서 제 연락처 얻으신 거잖아요."

"확인차 물어보는 겁니다."

동인은 아람의 탐문 수사를 건성으로 보다가 일어났다. 그는 수많은 플라스틱 시험관과 삼각 플라스크, 비커와 현미경과 여러 화학약품을 둘러보았다.

"무슨 연구하세요?"

동인이 뜬금없이 물었다.

"모 화장품 회사와 협업하는 프로젝트가 있어서요, 피부에 영향을 미치는 유해물질을 연구해요. 자세한 건 밝힐 수 없고요."

동인이 눈썹을 구기며 물었다.

"동물 실험도 진행하나요?"

"아니요, 여기는 식물성 성분만 쓰고 동물 실험은 지양하는 회사입니다."

아람이 다시 사건으로 돌아와 포인트를 짚었다.

"혹시 구가인 씨 커피에 무엇인가 붓는 사람을 못 보셨나요?"

허정선이 아람의 눈을 직시하며 반문했다.

"거기 CCTV 조사하면 다 나오잖아요."

동인이 고장 났다고 말하려는데 갑자기 아람이 눈짓으로 막았다.

"아직 조사 중이라 그 부분은 말할 수 없습니다. 일단 보거나 아시는 것만 말씀해 주세요."

"잘 모르겠어요. 가인이가 화장실에 한 번 다녀온 것 말고는 별 거 없었던 거 같아요. 그리고 책 사려고 줄 서고 그랬던 정도? 그런데 북토크 중간에 갑자기 가인이가 어지럽다면서 일어나려다가 바닥으로 몸을 축 늘어뜨리더니 기절해서 꽤 놀랐어요."

"두 분이 예전에는 룸메이트였다가 현재는 이사를 하셨다고 들었는데 무슨 일로 나오셨죠?"

허정선이 불쾌한 얼굴로 되물었다.

"누가 그래요?"

"그건 말할 수 없고요. 답변만 해주세요. 구가인 씨랑 요즘 연락해보셨나요?"

허정선이 고개를 저었다.

"퇴원한 것만 알아요. 갑자기 프로젝트를 빨리 진행해야 해서 바쁘거든요. 여기 연구실에서 거의 밤새요. 이사 나온 거는 별거 아니에요, 저는 연구실에서 실험하고 새벽에야 집에 들어가는데 가인이는 밤에는 무조건 자야 하니까 서로 사이클이 안 맞아서 그런 것뿐이에요."

"그렇군요. 최근에도 구가인 씨와 불편한 점이 혹시 있었나요?"

"누가 그래요? 아하, 편의점 그 알바 남자가 그랬죠? 내가 미쳤나 봐. 괜하게 말을 섞고. 아무것도 아니에요."

허정선은 거기서 침묵했다. 동인이 입을 뗐다.

"누수 문제 있었죠? 오기 전에 관리사무소 전화해보니 누수 문제가 생겨서 구가인 씨 집 바로 아래층에 피해를 줬다는데요."

동인이 폰을 가리키며 말했다.

허정선이 뜨끔한 얼굴로 정색했다.

"물이 새서 누수 공사를 해야 되는데 가인이가 저렇게 되고 보니 늦어지고 있어요."

"가인 씨가 집주인도 아니잖아요? 수사 차 뗀 등기부등본을 보니 주인은 김 씨던데요."

아람이 말하니까 허정선이 대꾸했다.

"집주인이 공사하려는데 가인이 갑자기 집을 비우고 그랬었어요. 지금은 아프고 그러니까 또 공사한다고 귀찮게 하기도 그렇고. 이제 그만 돌아가 주세요. 연구원들 들어오면 형사님이 찾아왔다고 말하기 곤란해요."

동인과 아람은 연구실을 나와 캠퍼스 호숫가 벤치에 앉아 사건에 대해 이야기를 했다.

"동인아, 정말 관리사무소에서 누수 공사 말해줬어?"

"아니. 때려 맞췄어. 편의점에서 유선영이 말해줬잖아. 허정선이 구가인과 룸메를 청산하고 바로 아래층으로 이사했는데 일이 걸려 있어서 사이가 안 좋았다잖아. 뭐겠어? 층간 소음 아니면 누수 문제, 둘 중 하나겠지."

"흐음, 그럼 층간 소음을 먼저 말하지 않고 왜 누수를? 정답을 맞춘 단서는 뭐야? 추리작가님의 노하우를 읊어봐."

"히히. 둘이 서로 아는 처지에 층간 소음 문제로 이의제기하기는 좀 그렇잖아? 그것보다 누수는 확실하게 잡아야 하니까 때려 맞춰 봤는데 얼어 걸린 거지. 집주인 얘기까지 나오니 확실히 누수라 봤어."

"동인아, 허정선 말이야. 솔직히 까놓고 말해서 카페인 원액 타기에 가장 적합한 사람 아니야? 저렇게 피펫이나 스포이트를 구하기 쉬운 환경인데 말이지."

"우하하하하. 사실 일본 추리 드라마 보면 탐정 갈릴레오 시리즈도 그렇고 연구원들이 탐정인 경우가 더 많아. 범인이라기보다는 말이지. 하지만 범인일 가능성도 있기는 해."

"거 뭐 어쩌자는 뜬구름 같은 소리야? 그래서 허정선이 어때 보이는데?"

"있잖아. 저번에 방가방가 사장님이 흘리듯이 말한 게 있어. 코로나 때문인지 라텍스 장갑을 끼고 커피 사 갔던 사람 얘기를 하셨거든. 그게 좀 걸리네."

"그게 왜?"

"아무리 코로나라 해도 라텍스 장갑까지 낀 사람은 드물지 않아? 그게 잊히지 않아. 머리 뒤통수를 긁는 듯이…."

"야! 유동인!"

아람이 벌떡 일어났다.

"이 허당 탐정! 그 중요한 얘길 왜 지금 해. 누가 봐도 관련 있어 보이는구만. 어서 방가방가 사장님 만나러 가자고!"

아람은 서둘러서 차를 빼고 카페로 가는 동안 내내 동인을 구박했다. 그들은 열심히 달려 방가방가 영업 종료 직전에 간신히 카페에 도착해 사장님과 마주 앉았다.

"그러니까 그때 라텍스 장갑을 끼고 커피를 샀던 사람 애기를 다시 해달란 말이지?"

동인과 아람이 마주 앉아 고개를 동시에 끄덕였다.

"그게 산 건 아니고. 카드를 준 사람은 다른 여자이고 빨대를 저기 놔두었는데 그 빨대를 컵에 끼우던 사람이었지. 내가 눈썰미는 타고 났거든. 장사하면서 익힌 습관인데…."

동인이 애타게 애원했다.

"제발 기억을 다시 잘 더듬어보세요. 저는 북토크를 준비하러 책을 진열하고 있었을 거고 사장님은 커피를 손님에게 팔면서 여기저기 살피셨을 거구요."

"근데 그게 정말 그날인지는 확실치 않아서…."

"잘 좀 기억해보셔요."

아람도 간곡히 부탁했다.

"그래, 아마도 북토크 날이었을지도 몰라. 장갑 낀 손님을 본 건. 북토크 날 내가 저기 휴지통 위 트레이에 빨대를 가져다 두었거든."

"아, 맞다. 그랬었죠? 그랬던 거 같아요. 사장님."

동인이 맞장구쳤다.

"그날따라 미장원 원장이 개업 1주년 선물로 국화 화분을 많이 받았다고 그러면서 잠시 맡아 달라 했거든. 청소해 놓고 찾아간다고. 그래서 카운터에 화분을 두고 빨대는 저리로 치워 두었었지."

"아, 플라워 미장원 원장님요?"

아람은 하마터면 꽃무늬 원장이라고 할 뻔했다. 동인도 기억을 더듬으니 국화가 있었던 것 같기도 했는데 가물가물했다.

"얼핏 한 여자가 라텍스 장갑을 낀 손으로 빨대를 두 개 빼서 컵에 넣는 걸 보고 코로나 때문인가 했지. 그리고 다른 사람 주문을 받았어. 보통 마스크는 철저히 해도 장갑까지는 안 끼잖아. 그냥 손 소독제를 사용하지. 하여간 그날이 분명 국화 화분이 있던 날 같아. 행사도 있어서 손님이 많아 분주하기도 했었고."

사장은 손님이 오자 응대를 하러 갔다.

동인은 너무 늦지 않았기를 바라며 얼른 미장원으로 전화를 걸어 개업 1주년이 언제인지 알아보았다.

"아람 형사! 맞대! 북토크 한 9월 9일이 개업 1주년이래. 대박!"

"그러면 동인아, 그 사람이 범인일까? 그 사람이 장갑을 끼고 커피에 카페인을 넣은 걸까?"

"근데 그 장갑 낀 사람이 범인일 수도 있지만 그 사람이 허정선이 아니라 단순하게 바이러스가 걱정인 사람이었다면 어쩌지?"

"뭐 그렇다 해도 상관없지. 진짜 범인이라 해도 어차피 그 장갑을 집에 가져가거나 몰래 처리했겠지. 혹시 여기다 버렸다면? 동인아, 서점 쓰레기통이나 화장실 쓰레기통 살펴볼 수 있어?"

동인이 고개를 저었다.

"쓰레기는 매일 비우고, 수거 차량이 가져가는 날이 매주 월수금 밤이니까 이미 가져가시고도 남았어."

"그럼 어떻게 한다."

아람과 동인은 카페를 나와 서점으로 들어갔다. 영업은 끝났지만 아직 퇴근하지 않고 책 정리를 하던 이해성이 다가와 눈인사만 하고 책 카트를 끌고 가는데 동인이 불렀다.

"잠깐만요, 해성 씨."

"네. 유 대리님."

"보통 손님이 마스크는 착용해도 라텍스 장갑까지 낀 사람은 드물죠?"

"네. 별로 많이는 못 본 거 같아요."

동인은 해성을 세워둔 채 계속 질문을 던졌다.

"해성 씨. 왜 9일 북토크 날 쓰러지셔서 병원 실려 가신 분 있잖아요? 그거 관련해서 강 형사님 도와드리고 있어요.

191

우리도 해결돼야 좋죠. 뭐 특별히 기억나는 거 있을까요?"

"글쎄요. 그날 확실히 이상했던 건 있어요. 대리님께 말
씀드려야지 하고는 잊어버렸는데 제가 복도를 지나갈 때 어
떤 여자분이 뭔가를 떨어뜨렸어요. 떨어진 줄도 모르고 그냥
지나가길래 제가 주워서 드리려고 했는데 그분이 북토크 홀
로 들어가서 못 전했어요. 행사 끝나고 그분을 찾아서 전하
려 했었죠. 그런데 사건 터지고 소방관들 오고 환자 이송하
느라 정신없었잖아요. 그래서 아직도 제가 보관하고 있어
요."

"그게 뭔데요?"

"잠깐만요. 가지고 올게요."

해성은 사무실 안쪽 탈의실에 들어갔다 나왔다.

"그날 이거 주워서 제 사물함 서랍에 뒀거든요. 분실물로
프런트에 맡기는 거 깜박했어요."

이해성은 비닐 지퍼백을 건넸다.

아람이 지퍼백 채로 들어서 보는데 작은 스티커가 붙은 스
포이트가 들어 있었다.

"뭐지?"

아람은 스티커에 프린트 되어있는 'bo project' 글자를
뚫어져라 쳐다봤다.

"해성 씨 고마워요. 이렇게 꼼꼼하게 보관해주고. 동인이 너 나중에 해성 씨와 탐정 사무소 꼭 하나 내야겠다. 대박인데?"

"다행이네요. 스티커까지 붙어 있어서 중요한 거 같아 일단 가지고 있었어요."

아람은 스포이트를 떨어뜨린 여자의 인상착의를 물었다. 이해성은 검은 치마에 하얀 블라우스를 입은 것만 봤고 얼굴은 못 봤다고 했다.

다음날, 아람은 동인과 허정선이 근무하는 연구소 건물 앞에서 만났다.

"그러니까 이 연구소와 협업하는 회사가 자체 제작 도구만 제공해서 쓰게 한다는 거지?"

"응, 포털에 검색해서 K대학 이화학 연구소가 플리플라 화장품 회사와 식물성 화장품 원료 만드는 실험을 협업하는 걸 알아냈어. 회사에 전화해 여청과 소속을 밝히고 조사했지. 실험도구는 어떻게 관리하는지 물어보니까 스티커를 붙여서 연구소에 준대. 식물성 화장품이라 보태니컬에서 따와서 'bo project' 스티커를 모두 붙인다는 거야. 사용 후 폐기하도록 연구소와 약속했대."

"뭐어? 그럼 폐기품을 밖으로 가져나와서 사용했다고? 설마 그렇게 허술할 리가."

아람은 코웃음 쳤다.

"야, 전과 수십 개인 사람들도 결국엔 실수하고 꼬리가 잡혀. 내 경험상 그래. 하물며 일반인이야. 어쨌든 허정선이 제일 의심 가는 용의자니까 물어는 봐야지."

그날 오전에 허정선에게 전화하고 득달같이 달려간 그들은 연구소에서 실험 테이블을 사이에 둔 채 허정선의 건너편에 앉았다.

"잠시 말씀 좀 나눌까요?"

"네. 형사님. 무슨 일이시죠?"

"증거 다 나왔어요."

노트북을 덮는 허정선의 손이 파르르 떨렸다.

"네?"

"그날 서점에서 이런 스포이트가 발견되었습니다. 여기 연구실에서 쓰는 거라고 플리플라 회사에서 확인해줬고 허정선 씨에게 물어보러 왔습니다. 서점 직원이 이걸 주워뒀는데 하얀 블라우스에 검은 치마 입으신 분이 떨어뜨렸다고 하더군요."

허정선이 갑자기 억지로 웃음을 지었다.

"아, 제가 그날 백에 챙겨 갔는데 흘렸나 봐요."

아람이 매섭게 몰아붙였다.

"회사에서 폐기하라고 했는데 왜 외부로 가지고 나간 거죠? 연구실 밖으로 가지고 나가면 안 되잖아요."

"그게 저…, 어쩌다 실수로 가방에 떨어졌나 봐요."

동인이 날카롭게 지적했다.

"방금 전에는 백에 챙겨서 가져갔다고 하지 않았나? 근데 왜 실수죠?"

"아니 그게 아니라…."

허정선이 당황했다.

"그러니까 음… 그게 제, 말은, 제 방에 있는 디퓨저 용기에서 향수 용액을 스포이트로 덜, 덜어서 화, 화장실에 두려고 했, 했어요."

허정선이 말을 더듬자, 아람이 강한 표정을 지으면서 조곤조곤 설명했다.

"구가인 씨의 기억이 제대로 돌아오면 사건 현장을 재현할 겁니다. 일단 설명을 하자면 그날따라 더웠죠. 원래도 기립성저혈압이신 분이 생리도 했대요. 탈수 증세에 고용량의 카페인을 섭취해서 아예 기절하신 겁니다. 구가인 씨 혈액을 분석해봤는데 카페인 섭취량이 커피 30잔을 마신 것과 같은 양이 검출됐답니다. 저는 구가인 씨 생리 날짜를 알고 가까운 거리에서 커피에 무언가를 탈 정도의 친밀한 사람이 저지른 범죄로 의심합니다."

허정선은 아람의 부리부리한 눈을 피해 고개를 숙였다.

"저, 전 몰라요."

"그날 서점 옆의 카페 사장님이 라텍스 장갑을 낀 고객님을 기억한대요. 혹시 그 사람이 장갑을 끼고 스포이트로 카페인을 구가인 씨 커피에 슬쩍 탄 거 아닐까요? 스포이트는 실수로 떨어진 것이고요. 우리 서 형사들이 서점 쓰레기장과 재활용 분리수거장을 몽땅 뒤지는 중입니다."

아람은 거짓을 말하면서 동인과 찡긋 시선을 맞췄다.

허정선이 두 손을 덜덜 떨다가 고개를 떨군 채 가만히 있었다. 그러다 실험 테이블을 마구 밀치며 아람의 앞으로 다가와 앉았다. 그리고 애타게 아람의 손을 붙잡았다.

"어, 어떻게 하죠. 도, 도와주세요. 형사님."

"이럴 때는 진실을 말해주시면 도움이 되죠. 일이 커지는 걸 막을 수 있습니다. 그러니 진실을 말해주세요."

"우리 서점의 명예를 위해서도 말씀해주시죠!"

동인도 고개를 끄덕이면서 아람 옆에 떡 버티고 앉아 있었다. 아람은 허정선이 침묵하는 동안 기다려주었다. 잠시 후, 허정선은 찬물을 마시고 진정하면서 입을 열었다.

"다 말할게요."

"녹취해도 될까요? 반드시 이 사건이 잘 해결될 수 있게

돕겠습니다."

"네. 하세요. 하는 수 없잖아요."

아람이 음성 녹음 버튼을 눌렀다.

"2020년 9월 18일, 10시 20분 K대학교 이화학 연구실, 녹취하는 사람은 강동경찰서 여청과 여청수사팀 강아람 형사입니다. 9월 9일 19시 35분 일어난 미림문고 북토크 참석자 구가인 씨 음독사건과 관련해 허정선 씨 진술을 녹취 중입니다."

허정선은 긴장한 티가 역력했다. 동인이 녹음을 도와주려고 폰을 들고 아람은 메모를 병행했다.

"허정선 씨, 구가인 씨가 9일 쓰러진 거 기억나시죠?"

"네."

"그날 무슨 일이 있어 구가인 씨가 쓰러진 거죠?"

잠시 침묵하다 드디어 말문을 열었다.

"제가 가인이 커피에 카페인을 탔어요."

허정선은 담담하게 진술을 했다.

"허정선 씨. 어떻게 카페인 용액을 구한 거죠?"

"직접 만들었어요. 사케라토 커피와 콜드브루 원액 그리고 에너지드링크를 섞어서요."

"구가인 씨 커피에 어떤 방식으로 고용량 카페인을 탔습니까?"

"스포이트를 사용했습니다."

"스포이트는 근무하는 이화학 연구소에서 가져온 겁니까?"

"네. 원래 과학 도구 사이트에서 산 게 있는데 그날 그걸 집에 두고 와서 연구소 걸 들고 갔어요."

동인이 아하, 하는 표정을 지었다.

"어떻게 커피에 탄 건지 말씀해주시죠."

"가인이가 커피를 샀어요. 계산하는 동안 장갑 낀 손으로 스포이트를 잡고 용액을 타려 했지만 카페에 사람들이 있어 겁나서 못 했어요. 그러다 가인이가 화장실 간 새에 몰래 넣었어요. 장갑은 화장실 쓰레기통에 버리려고 했는데 생리대 폐기물 박스만 있기에 마음을 바꿔먹고 카페 쓰레기통에 버렸어요. 스포이트는 어디로 갔는지 안 보였어요. 그게 마음에 좀 걸렸는데 이렇게 형사님이 들고 오실 줄은 몰랐어요."

아람은 몇 가지 더 범행 과정을 확인한 후 동기를 물었다.

"대체 왜 그러셨죠?"

"그, 그건⋯."

그녀가 침묵했다. 아람은 잠시 화제를 돌렸다.

"만든 방법부터 말해 봐요. 카페인 용액요."

아람이 자세하게 진술할 것을 요구했다. 허정선은 분별 깔

때기에 커피와 에너지드링크를 넣고 포화소금물, 촉매제 약품을 넣어 카페인이 촉매제와 가라앉은 후 비커를 데웠다고 했다. 그 후에 수분을 증발시켜 순수 결정 가루를 얻고 그것을 증류수에 녹여서 몰래 지니고 다녔다고 했다.

그러다가 그날 구가인이 화장실에 갔을 때, 몰래 주변을 살피고 집어넣었던 것이다.

"대체 왜 그러신 거죠?"

아람의 물음에 그녀는 눈을 둥그렇게 뜨고 반문했다.

"걔가 저를 살찌웠어요. 자기가 샐러드를 주문해 놓고는 늘 안 먹어요. 나보고 먹으라 하죠. 둘이서 생활비를 모아 음식을 샀는데 맨날 샐러드만 잔뜩 사서 제가 억지로 먹었어요. 근데 샐러드가 8백 칼로리가 넘는 거였어요, 소스 때문에. 날 돼지로 만들고 저는 유명 시인의 뮤즈다 이 지랄하는데 얼마나 기분이 나쁘던지. 원래 청소도 반반씩 하기로 했는데 나만 매번 하고 열받아서 룸메 청산한 거라고요!"

아람이 고개를 갸웃했다.

"그래서 이상하다는 겁니다. 왜 같이 살 때 안 넣었어요? 아! 범인으로 오해 받을까봐 그래서 이사 나오고 공식적인 북토크 자리에서 저지른 거예요?"

허정선은 잠시 심호흡을 하고 말을 이었다.

"룸메 청산하고 오피스텔을 새로 얻어서 들어갔어요. 몸무게는 정확하게 7킬로가 불어 있었어요. 같이 살 때 구가인 그년 머리카락을 수챗구멍서 손가락으로 건져내느라 스트레스 받아서 살이 더 쪘다고요!"

"그럼 구가인 씨 때문에 살이 찐 데다 머리카락까지 집어내느라 받은 스트레스가 이유네요."

동인이 허정선을 보고 말했다.

"천장 누수 문제는 어땠어요?"

허정선은 한숨을 크게 내쉬고 허심탄회하게 말했다.

"하필 방을 얻은 게 그년 밑에 방이었어요. 부엌에서 물이 새서 곰팡이가 피는데 그년한테 주인에게 연락해서 고쳐 달라고 해도 아무 말도 없었어요. 톡방 읽씹. 문자를 해도 답도 없고 전화도 안 받아요. 마침내 제가 관리사무소를 통해 주인을 불러서 해결하려 했는데도 누수 공사하는 날 걔가 갑자기 집을 비워서 결국은 공사 못 했어요. 그런 식으로 매사 사는 년인데, 제가 너무 큰 걸 바랐나 봐요. 곰팡이 꽃이 잔뜩 핀 천장을 보다가 갑자기 정말로! 화! 화가 나서 그랬다고요! 제가 그렇게 많이 잘못한 것도 아니에요. 치사량은 10그램이지만 고작 그거 절반만 넣은, 그냥 장난에 불과한 거라고요!"

허정선이 마지막에 미친 듯 격노했지만 그것은 오히려 아람의 화만 돋웠다.

"이것 보세요, 허정선 씨! 지병 있는 사람한테 그러면 죽을지도 몰라요!"

이때 동인이 아람을 진정시키면서 귓가에 뭔가를 속삭였다. 아람의 눈빛이 비상해지면서 갑자기 치고 들어왔다.

"허정선 씨, 이번이 처음은 아니죠? 음료수에 뭔가 타는 거? 그날 갑자기 그렇게 고용량을 탔을 리는 없고. 가족들 말이 사건 전에도 두 번이나 쓰러졌댔어요. 아까 제가 같이 살 때 왜 안 넣었냐고 물었을 때 대답 안 한 걸 봐도 의심스럽고 이번 사건도 그렇고. 사실을 말하세요!"

허정선의 목소리가 덜덜 떨렸다.

"모, 몰라요. 저는 상관없어요. 모른다고요. 걔 지병 있다잖아요!"

허정선에게 더 캐물었으나 더는 입을 열지 않았다.

아람이 후, 하면서 진술이 잘 녹취되었는지 살폈다. 범죄 동기를 들어보니 어떻게 생각하면 이해가 되다가도 다른 방법은 없었을까 하는 생각도 들었다. 허정선이 오열했다.

"녹취 종료할게요. 수고했어요."

"흐흑 형사님, 저 구치소 가게 될까요. 얼마나 들어가 있을까요."

"그거야 판사님들 결정이죠. 그나저나 계획범죄인 건 사실이네요. 카페인 가루를 용액으로 만들어 그날 들고 간 거니까요."

"그, 그렇지만 정말 기절시키려던 건 아니었어요. 단지 조금만 혼, 혼내주려던 거였어요."

아람이 소리를 질렀다.

"저기요! 허정선 씨! 기립성저혈압 알고 카페인 가루 추출해서 몰래 커피에 넣은 거 솔직히 살인미수 수준입니다."

"아, 아니요. 일부러 만든 게 아니라 실험실 논문 과제였어요. 실험 중 하나라고요! 제발요. 강아람 형사님. 흐흑."

"하, 참. 어떡하라구요."

"형사님 같으면 내내 스트레스 주다가 이사를 나왔는데도 물이 새는 문제로 저 지랄났는데 참을 수 있겠어요?"

"차라리 가서 따지고 소리 지르고 해보시지 그랬어요."

동인이 조심스레 말하자 허정선이 답했다.

"그, 그게 문제였어요. 전 단 한 번도 가인이한테 불평이나 불만을 말한 적이 없다는 거. 친구니까, 좋은 애인데 그냥 저런 부분이 좀 맘에 안 드는데 그런다고 함부로 친구한테 소리 지르거나 따지는 건 안 되잖아 하면서 속으로 되뇌었다고요. 천장 누수 공사 때 집 비운 것도 어떤 사정이 있어 저러겠지 하면서 한 번도 싫은 소리 못했어요."

"허정선 씨. 말을 하셔야 해요. 타인 기분 안 나쁘게 한다고 혼자 끙끙 참다가 결국 이 사달이 났잖아요. 이제는 부모님께 말씀하셔서 변호인도 선임하고 재판 준비하세요. 구가인 씨한테도 진심으로 사죄하고요."

"알겠습니다."

아람은 강력팀 선배에게 허정선 녹취 파일을 보내고 전화해서 사건을 인계했다. 형사들이 연구소로 달려와 허정선과 임의동행해서 경찰서로 갔다.

아람과 동인은 연구소를 나와 식사하러 국숫집으로 자리를 옮겼다.

동인이 수저를 꺼내면서 말했다.

"아람아, 너는 내가 힘들게 하면 꼭 말해주라. 저렇게 몰래 카페인 타지 말고."

"알았어. 너 이 사건 밀실이다 뭐다 괜하게 갖다 붙이고 추리소설에 쓰지 마라. 큰일 난다."

"알겠어. 너야말로 함부로 밀실, 입에 올리지 마! 알았지?"

"왜 갑자기 화 내?"

"뭔 화래? 러블리하게 설명한 건데? 밀실사건은 아무나 갖다 쓰는 게 아니라고."

"무슨 밀실 오마주야. 난 그런 것 없이 추리소설 자체가 재밌으면 그것으로 장땡인데. 좋은 글이나 써주삼."

"하아. 아람 형사님아, 너 때문에 우리나라 추리소설 발전이 더뎌지고 있다. 글 좀 써서 공모전 내려는데 니가 자꾸 불러싸니까! 뭐 이번 사건이야 우리 서점에서 일어난 일이긴 했지만."

"유동인 추리작가님, 형사 만나고 싶어 하지 않으셨습니까? 내가 너 도움 되라고 만나주고 수사에 참여도 시켜주는데 말이지."

"이 모든 거 소설에 1도 못쓰게 하면서 무슨 말이십니까?"

"오케이, 알았어. 대신 뭐 사줄게. 뭐가 갖고 싶어요? 유동인 대리님."

"뭐 시계 같은 거?"

아람이 발끈했다.

"야, 뭐? 요즘 시계가 얼마인지 알아?"

"에구, 카시오 전자시계 다시 유행이더라. 그 정도는 되지?"

아람은 카시오 시계를 검색해보고 가격을 확인한 후 고개를 끄덕였다.

며칠 후, 아람은 선배 형사들과 마장동 축산물시장에서 회

마치고 택시를 잡아탔다. 기사님이 틀어 놓은 라디오에서 들리는 이야기가 아람의 관심을 끌었다. 방송에서는 개그맨들이 나와서 연애 사연에 대해 대화를 주고받았다.

"그러니까 남사친을 남친으로 만들고 싶은데 여자가 그렇게 자주 찾아가고 톡을 하고 선물을 주고 그러는 데도 그 남자는 사연자 분의 마음을 모른 척한다는 거죠?"

"글쎄요. 남사친이 일부러 모른 척하는 건 아닐까요?"

게스트들의 웃음이 터져 나왔다.

"보통은 여자분의 마음을 눈치 채고 선물을 거절하거나 말을 해서 희망 고문을 중지하는데 말이죠. 차라리 사연자 분이 다이렉트로 말해보세요, 좋아한다고요, 남사친서 남친이 되었으면 한다고요. 후후."

육십 대의 택시 기사는 아람에게 말을 걸었다.

"손님, 저런 무딘 새끼는 사귀지 말아요. 죽을 때까지 고마운 줄도 모르고 눈치도 없다니까. 만약 내 딸이 저런 놈한테 매달리는데 저렇게 모른 척하면 저 자식은 그날로 내 손에 죽었어."

아람은 연예인 흉내를 내는 기사를 보면서 깔깔댔다. 잔잔한 발라드가 흘러나왔다. 아람은 음악을 들으며 차창으로 한강 야경을 보다가 피식피식 입가에 웃음이 걸렸다.

동인의 얼굴이 떠올랐다.

이상하게 요즘 동인이만 보면 괜히 화를 내고 시비를 걸었다. 아니면 수사 핑계를 대고 시시콜콜히 물어보러 톡을 하거나 서점으로 마구마구 달려갔다.

사건 때문에 밖에 있을 때나 길을 걷거나 심지어 경찰서 사무실에서도 시도 때도 없이 그가 생각나고 동인아, 동인아 하고 조용히 불러보고 싶었다. 사람은 없는데 그의 목소리가 들리는 것 같았다.

왜 그럴까. 어디 목소리뿐인가. 비슷한 옷차림의 남자만 보면 그인 줄 알고 마구 달려가 앞을 확인하기도 했다.

동인에게 실제로 수사 도움을 받기도 했고 친한 사이기도 하지만, 그래도 요즘 자신의 행동이 좀 오버하는 것 같다는 건 인정.

오늘 회식 자리에서 수사 관련 정보를 함부로 일반인에게 유출하면 안 된다고 주의를 받았다. 아람은 새삼 찔려서 눈을 크게 뜨고 "넵!" 하고 대답했지만, 맨날 동인과 수사 자료를 공유하고 서점으로 달려가 만나고 싶었다. 솔직히 수사 핑계를 대야 명목이라도 선다. 어떤 때는 첩보 정도만 들어온 사건도 들고 가서 심도 깊게 자문을 구했다.

이상했다. 10년 넘게 알아온 친구, 모든 것을 다 아는 절친이고 그 이상으로는 아무 사이도 아니다. 오랫동안 그렇게만 생각했다.

그런데 요즘 그랬다.

아람은 가슴이 이상하게 쓰리고 저렸다. 진로 이즈백이 술
술 넘어가더니 과음했나 보다 싶었지만 숙취는 아니었다. 그
것과는 전혀 달랐다.

가슴이 저릿저릿하면서 쓰렸다.

'뭐지? 설마 내가 유동인을? 그 동인이를? 말도 안 돼!
나는 동인이를 좋아하지 않는다. 아니 좋아해도 친구다. 추
리 자문을 받는 입장이니까. 말이 안 된다. 나는 동인이를
절대로! 네버! 에버! 남자친구로 생각하지 않는다. 그런데,
왜! 지금 이렇게 보고 싶고 떠오르는 걸까. 이유가 뭘까. 사
건도 해결됐는데 왜?'

아람은 속으로 강하게 외쳤지만 답이 없었다. 고개를 흔들
었다. 여전히 저 밤하늘 높이 뜬 달에는 동인이가 웃는 모습
이 담겼다.

'나도 동인이랑 같이 운동이나 배울까.'

동인이랑 더 자주 자주 만날 수 있는 방법은 무엇일지 심
각하게 고민하다보니 어느덧 집에 도착했다.

그날 밤 아람은 자신이 수사를 빙자하여 동인에게 달려가
고 있는 건 아닌지를 심각하게 고민하며 양치를 하고 잠들었
다… 아니 잠이 오지 않았다.

침대 위 천장에 동인이가 아이스 아메리카노를 천연덕스럽

게 마시면서 고개를 갸웃하는 모습이 떠올랐다.

뭔가에 꽂혀 골몰히 생각하는 그의 얼굴.

아람은 이불킥을 하면서 그대로 얼굴을 침대에 파묻었다.

'안돼! 안돼! 동기 녀석들이 내가 동인이 짝사랑하는 거 알면 뭐로 보겠어. 절대 네버. 우리는 안돼.'

그러다 아람은 이불을 발로 뻥 차고 벌떡 일어나 눈을 크게 떴다.

'아니 안 될 건 또 뭐 있어? 우리가 불륜도 아니고. 청춘 남녀에 직장도, 집도 가까운 편이고. 흐음. 계책을 세워야 한단 말이지. 수사 계획 짜듯이 말이야….'

아람은 다시 스르르 침대에 모로 누워 두 손을 모으고 벽을 보며 상상의 나래를 펼쳤다.

동인과 놀이동산을 가는 걸, 카페에서 손을 잡고 시선을 마주치는 걸, 그의 어깨에 머리를 기대고 영화를 보다 눈이 마주치는 걸, 손이 스치듯 걷다가 손이 잡혀 깍지를 끼는 걸, 수영장을 가서 물장난치는 걸, 헬스장에서 동인에게 PT를 시키면서 가르쳐주는 걸 미칠 듯이 상상하다 그만 눈을 감아버렸다.

동인의 얼굴이 점점 가까워지며 그의 입술만 커다랗게 클로즈업 되어 보이는 상상에 몰입하다 어마맛, 으아 하며 누가 보기라도 하듯이 이불을 올려 그대로 얼굴을 다 감싸버렸다.

머리에는 온통 그의 얼굴만, 그의 눈동자만, 그의 입술만 가득했다. 행복감이 밀물같이 밀려들었다. 히죽히죽, 헤헤거리며 눈을 감고는 웃었다.

아람은 새근새근 자다 뒤척이다 히죽거리다 몸을 빙그르 돌려 대짜로 누워 팔은 위로 들어 올린 채 그대로 깊이 깊이 잠들었다.

겨울, 뱀특별 화장품회사 사건

동인은 퇴근하고 나서 고덕동 집으로 택시를 타고 돌아왔다. 곧 재개발될 빌라들 안쪽에 동인의 집이 있다. 빈집들 사이에 위치한 3층짜리 단독주택 문을 열고 들어갔다. 열쇠로 철 대문을 열자, 잔디가 죽은 정원이 드러났다. 부모님은 베트남에 사는 누나네 집 근처로 이사를 가시고, 동인은 큰 집에 혼자 살았다.

1층에 들어서서 현관 입구의 불을 켜자 대리석으로 장식된 벽난로가 보인다. 그 앞에는 가죽 소파와 도자기 비둘기가 넓은 수반에 앉은 조각상과 암염으로 만든 스탠드가 있다. 벽에는 운치 있는 수묵화 100호 그림이 걸렸고 바닥은 스웨덴 원목 마루가 깔려 있다.

동인은 2층으로 가서 드레스룸의 스타일러에 코트와 카디건을 걸어두고 옷을 갈아입고 지하로 내려갔다. 지하에는 와

인셀러와 세탁기, 건조기 그리고 대형 냉장고와 주방이 있었다.

냉장고를 열었다. 생수와 탄산수 같은 음료수, 쇠고기, 닭고기 팩과 야채, 오렌지와 사과, 귤 등의 과일이 들어있었다.

그는 서랍을 열고 앞치마를 꺼내 두르고, 와규 쇠고기 팩 하나를 개봉해 구웠다. 팬을 돌려 냄새를 빼면서 굽고 당근은 썰어서 브로콜리와 같이 데쳤다. 햇반 하나를 돌려 절반을 먹고 나머지는 잘 싸서 냉장고에 집어넣있다.

설거지를 깨끗이 마친 후에 주방을 정리하고 계단으로 올라갔다.

구석에 노래기 한 마리가 보이자, 얼른 잡았다. 동인은 조만간 방역업체를 불러야겠다 마음먹으면서 1층을 지나, 2층을 지나 3층으로 갔다. 루프탑으로 꾸민 옥상으로 나가자, 찬 바람이 뺨에 스쳤다.

동인은 옥상에서 기지개를 한 번 펴고 발목을 조금 돌려 준비운동을 한 후 '헛, 둘. 헛, 둘' 외치면서 인공 잔디트랙에서 운동을 했다. 한참을 돌고서야 땀을 닦으면서 2층으로 내려갔다.

샤워를 한 후, 계단 중간에 숨겨진 벽장을 열고 육포 하나를 꺼냈다. 벽장은 마른 음식 저장고로 동인은 그곳에 과자

나 컵라면, 건어물이나 견과류를 보관했다.

2층 거실 소파에 몸을 파묻으며 아이패드로 음악을 틀자, 블루투스 스피커에 연결돼 마시밀리아노 그레코의 피아노 연주곡이 흘러나왔다.

음악을 듣던 동인은 다리를 모아 도약하는 시손느와 미끄러지는 파드브레 같은 부드러운 동작을 했다.

다음날, 전날의 발레 연습으로 근육이 풀려 상쾌함을 느끼는 동인은 오늘도 어김없이 홀에서 근무 중이다. 책들의 진열 상태와 광고판 슬림라이트 조명이나 배너 상태를 점검하고 북토크 행사장이 정돈된 것을 확인했다. 홀로 다시 들어가려는데 엘리베이터에서 허겁지겁 내리면서 두리번거리는 아람을 발견했다.

"아람 형사님! 오늘은 무슨 일로?"

동인이 활짝 웃으며 능쳤다.

"안녕 동인! 다단계나 방문판매 피해, 보이스 피싱이 관내에서 많이 일어난다는 첩보가 들어오고, 사건 접수가 꽤 되어서 탐문 나왔어. 어디 사람들 모이는 곳에서 염탐 좀 하게. 가게 사장님들한테도 물어보고."

아람은 이런 말을 하면서 엉망이 된 머리카락을 손으로 쓰다듬어 다시 머리를 묶었다.

'무슨 말을 주저리는 거냐, 강아람. 괜히 왔어. 에혀.'

솔직히 오늘은 핑계라도 대고 만나러 온 거였다. 별일도 없는데.

아람의 그 말을 들은 동인이 눈을 둥그렇게 뜨고 고개를 크게 끄덕였다.

"그렇다면 가볼 곳이 있지. 일단 건물 1층으로 가야 돼. 새로 생긴 카페가 있는데 마침 점심시간이니까 가보자. 조금만 책보면서 기다려."

잠시 후 아람과 동인이 1층 방향으로 올라가는 에스컬레이터를 타려는데 방가방가 사장님이 그들 앞을 가로막았다.

"어디들 가시는지?"

동인이 당황했다.

"아아, 그게 저, 저, 저기 플라워 미장원 갑니다. 사장님."

"그럼 다행이군, 후유. 대리님 머리는 자른 지 얼마 안 된 것 같은데, 흠."

아람은 속으로 요즘은 너도나도 추리인가 싶었다.

"무슨 일이신데요?"

동인이 물었다.

방가방가 사장이 분노하면서 말했다.

"아니 1층에 그놈의 그린 커피숍이 들어와서 나도 다 망했어. 동네 단골손님들이 사장 젊다고 모두 그리로 간단 말이지. 내가 그리 늙어 보여요?"

방가방가 사장은 휑한 머리를 더듬으면서 되물었다. 아람은 웃음을 꾹 참고 엄격, 근엄, 진지한 얼굴로 보았다.

솔직히 방가방가 카페는 인테리어도 오래돼서 공룡이라도 나올만한 태세였다. 서점이 들어서기 전부터 대도빌딩 지하에 있었던 암모나이트 화석이나 시조새 같은 존재이다.

그에 비하면 1층에 모퉁이 돌면 나오는 새로 생긴 그린 카페는 매우 달랐다. 아람도 지나가다 봤지만 인테리어도 아기자기하고, 초록색 간판도 예뻤다. 가게 앞 미니 화단에는 예쁜 꽃도 한가득이다. 한번 들어가 봐야지 하면서도 매번 동인을 보려는 마음에 서둘러 서점으로 향했다. 지하주차장에 차를 대면 굳이 1층으로는 가지 않았고.

"사장님 때문에 그러겠어요? 설마요. 단골들인데. 그러다 말겠죠. 새로운 거 생기면 다 우르르 몰려가잖아요."

동인의 말에 사장은 고개를 끄덕였다.

"그럴까? 대리님, 다시 돌아들 오겠지?"

"그럼요. 사실은요, 서점도 요즘은 스테디보다는 신간빨이더라구요. SPA 옷 브랜드도 그렇지만 워낙 트렌드가 빠르잖아요."

방가방가 사장이 고개를 떨어뜨렸다.

"역시 그런가?"

아람이 조심스레 말을 했다.

"사장님, 상호를 바꿔보시면 어떠세요? 방가방가는 PC 통신 시대 용어잖아요. 너무 올드한 느낌이 살짝. 그거 대신에 최신 유행어 같은 거로요."

사장이 한숨 쉬었다.

"라떼는 말이야 같은 간판으로 바꾸고 라떼는 말이야 같은 메뉴나 팔까 봐요. 휴우."

사장은 자조적으로 말하고 가게로 돌아갔다.

동인과 아람은 건물 밖으로 나왔다.

1층에서 카페를 찾아 약국, 화장품 가게, 미장원과 과일가게를 지나치려는데 여자들의 고성이 들렸다.

"나잇값 해! 이 여자야! 그 나이에 미니스커트냐?"

보통 큰 목소리가 아니었다. 아람은 치안센터를 호출해야 되나 싶어 주의 깊게 보았다.

자글자글 주름 잡힌 겨자색 블라우스에 검은 구스 점퍼, 하의는 종아리까지 오는 통바지를 입고 안에 레깅스를 받쳐 입은 오십 대 여자가 삿대질하며 소리를 지르고 있었다.

"아고, 그 치마 똥꼬 보이것다! 니 나이가 몇이냐? 딸 거 입었어?"

키가 작고 마른 체구의, 미니스커트에 민트색 페이크 퍼

재킷을 입은 다른 오십 대 여자가 지지 않고 일갈했다.

"아니 이 여편네야. 그 세상 포기한 통바지에 레깅스 차림으로 무슨 그린 카페 드나들면서 사장님헌테 난리여 난리가. 편하게만 입으면 다여?"

"남이사 통바지를 입든 말든 니가 십 원 한 장 쥐 봤냐?"

이때 그린 카페 문이 열리고 꽃무늬 원장이 손에 커피 텀블러를 들고서 유유히 나섰다.

아람은 싸움을 지켜보다 원장과 마주쳤다.

"어머나 어머, 아람 형사님~~. 펌 하러 온다믄서요. 맨날 다듬거나 두피 스케일링만 하구."

"일이 바빠서요."

'형사'라는 말에 싸우던 여자들이 슬금슬금 아람을 쳐다보다가 어디론가 사라졌다.

"쉿! 형사라는 말 불편해요, 원장님. 그냥 아람 씨 어때요? 손님이라 하셔도 되고요."

"언니라고 할까요?"

"헉스. 원장님보다 제가 나이가 어린 것 같은데."

"어머, 나 그렇게 안 많아요. 사십 초인데."

아람이 허탈하게 웃었다.

"저는 삼십 초입니다."

"그럼, 아람 씨라 할게요. 그나저나 언더커버 위장 잠입 중? 영화〈신세계〉에서 나온 이정재 같이요?"

"꼭 그런 건 아니고 커피 마시러 왔는데요. 그런 카페 사장님도 궁금하구요. 동네 손님들이 모두 단골 커피숍을 바꿨다는데 손님 많은 카페에서 첩보나 캐려고요."

"흠, 언더커버 맞네요. 방가방가 아재가 난리칠 걸요? 유 대리님도 여기 와서 커피 마신 걸 알면요."

동인이 시선을 허공으로 돌리면서 피했다.

"비밀로 해주세요, 원장님."

"넵, 대리님. 전 진즉 갈아탔는데요, 뭐. 커피 값도 같고 그래서요. 청년 사장이 얼마나 환경주의자이고 예의도 바르고 커피 로스팅도 매일 한다구요. 근데 방가방가는 로스팅도 안 하고 어디서 오래된 커피콩으로 커피 내리잖아요. 냄새만으로도 알아요. 거긴 그냥 커피숍이고 여긴 완전 카페야~."

"그렇구나. 근데 원장님, 그런 카페 드나드는 분 중에 다단계나 방문판매 같은 거 하시는 분 아세요? 보이스 피싱 피해자라든지요."

"글쎄요? 몇 달 전에 우리 미장원에도 그런 사람이 하두 드나들어서 내가 딱 출입금지 하니까 사라지더라. 누가 당했대요? 나도 소문 들리면 전화할게요, 형사님."

"일단 알았습니다. 담에는 예약 잡고 펌하러 갑니다."

"네~. 형사님, 아니 아람 씨."

꽃무늬 원장의 해바라기 무늬 원피스 뒷자락이 바람에 펄럭거리며 돋보였다.

"아람아, 어서 그린 카페로 고고씽."

"동인아, 방가방가 사장님이 의리 저버린다고 뭐라 하시는 거 아냐?"

"여기가 강호 무협이냐? 의리 따지게. 그냥 상가들일 뿐이야. 내일은 내가 방가방가 갈 테니 오늘은 신상 그린 카페로 가자."

그린 카페에 가까이 가보니 앞마당에는 겨울인데도 예쁜 화단을 만들어 놨고 카페 안에는 녹색 벽지로 인테리어를 했다. 벽에는 캘리그라피로 환경 캐치프레이즈를 써서 장식했고 수족관의 돌고래나 유기견 관련 기사를 팝업으로 꾸며서 붙였다.

마침, 기리보이의 〈교통정리〉가 경쾌하게 흘러나왔다.

"와, 나 이 노래 좋아하는데. 헤이즈 피쳐링이 절묘하거든. 여기 완전 내 스타일이다, 동인아."

"아까는 방가방가 사장님 걱정했으면서."

"안녕하세요, 어서 오세요."

녹색 티셔츠를 입고 타탄체크 문양이 들어간 앞치마를 두른, 중간 정도의 키에 단정한 이미지의 남자가 다가와 다정하게 인사했다.

아람은 눈이 휘둥그레졌다.

엄청나게 훈훈한 이미지, 적당한 체구에 매너가 깊게 배인 몸동작이었다. 흠, 어서 빨리 방가방가에서 이리로 갈아타야 한다는 생각이 굴뚝같았다.

"따뜻한 아메리카노 두 잔 주세요."

동인이 아람의 옆구리를 찔렀다.

"난 아아잖아. 겨울에도. 친구라면서 그런 것도 모르냐"

"네, 그럼 그렇게 드릴게요."

청년 사장은 마스크 위로 은은한 미소를 지으면서 당부했다.

"커피 드실 때만 마스크 벗으시고 대화는 마스크 쓰신 채로 해주시길 부탁드려요. 입구에 손 소독제 비치해 두었으니 사용하시고요."

"네에."

아람은 입가에 웃음을 걸고 홀린 듯이 시키는 대로 했다.

테이블에서 커피를 마시면서 청년 사장을 흘끔흘끔 보던 아람이 인테리어를 살피면서 입을 열었다.

"야, 여기 분위기 진짜 괜찮다. 녹색 벽지도 새롭고, 음악도 딱 내 취향이고 환경과 관련한 캘리 글씨도 진짜 매력 있어."

"그래? 그럼 선배 형사님들하고 와. 난 다시 방가방가로 갈 거다."

"야아. 우락부락 중년 아재들인 형사님들 모시고 오면 되겠냐? 너 볼 때나 와야지."

"난 방가방가의 라떼는 말이야 메뉴가 좋단 말이지. 유일하게 그건 따뜻하게 먹는 커피인데도 참 좋아."

"후후, 그 간판으로 바꿔 단다더니, 신메뉴였어?"

"시제품을 시음해 봤는데, 조만간 야심차게 출시한다나."

아람은 그린이라 적힌 머그컵을 내려놓고, 만족스러운 미소를 지으면서 창을 내다보는데, 저만치에서 벤츠가 급가속을 해서 빠른 속도로 달려오더니 이내 카페 유리창을 거세게 들이받았다. 아람의 눈이 등잔만큼 커졌고, 엄청난 파열음과 함께 어마어마한 진동이 느껴졌다.

쾅쾅!! 콰콰카쾅!!!

카페의 전면 유리창이 깨지면서 채챙챙 소리가 크게 났다. 아람은 엄마얏, 하면서 동인과 함께 뒤로 물러나다 넘어졌다. 동인은 아람을 감싸서 보호했고, 커피를 내리던 청년 사장은 카운터 아래로 몸을 숨겼다. 차량이 카페 안에 들어와 가까스로 멈추자 그는 일어나서 놀란 눈으로 거의 다 파괴된 유리창을 보았다.

"히익!"

동인과 아람, 그리고 카페에 있던 손님 몇이 깜짝 놀랐다. 다행히도 손님들은 창가와 멀리 떨어져 앉아서 다치지는 않았다.

"아, 안 다치셨어요?"

청년 사장이 벤츠에서 내리는 운전자를 보고 물었다. 오십 대 정도의 중년 여성은 안전벨트를 풀고 에어백을 밀면서 간신히 차에서 내리자마자, 그대로 정신을 잃고 쓰러졌다.

"동인아! 어서 119 불러. 난 112 센터 신고할게!"

"알았어."

구급대원들이 달려와 오십 대 운전자를 살폈다. 핸드백에서 신분증을 꺼내보니 정남숙이라는 이름이 적혀있었다.

아람이 크게 외쳤다.

"정남숙 씨! 정신 차리세요!"

정남숙은 정신이 들었는지 고개를 들고 눈을 살포시 뜨며 말했다.

"괘, 괜찮아요. 안전벨트 했어요."

아람은 정남숙을 이리저리 살피고 나서 몸에 이상이 없다는 걸 확인한 후, 카페 내부에 있던 손님을 살폈다. 손님 중 한 명이 크게 아픈 데는 없지만 너무 놀랐는지 병원에 가서 정밀검사를 하고 싶다기에 일단 구급차에 태워 갔다.

정남숙은 구급차에 타고 병원으로 갔다가 검사를 마치고 아람과 함께 강동경찰서 교통조사계로 향했다. 아람이 나중에 확인해보니 벤츠 차량은 교통조사계 조사 후에 견인차가 와서 끌고 갔다고 했다.

강동서에 도착한 아람에게 교통조사계 형사들이 1차적 사고 목격자 겸 형사로서 정확한 진술을 받아내라고 했다. 아람은 정남숙과 둘이 진술실에 들어갔다. 노트북을 열고 진술조서 파일을 만드는데 정남숙이 아이처럼 엉엉 울었다. 아람은 물을 가져다주고 차분하게 말했다.

"정남숙 씨. 우실 것이 아니라 왜 차로 들이받으셨는지 진술해 주셔야죠. 병원에서 정밀검사 받는 손님도 그렇고 카페 사장님한테도 피해 보상해 드려야 합니다! 그리고 정남숙 씨도 더 검사 받으세요. 교통사고가 처음에는 아픈지 모르다가 나중에 난리난다고요. 사고 어떻게 난 겁니까?"

"엉엉, 죽, 죽고 싶었거든요, 그, 그래서 운전하다가 그냥 욱, 하는 마음에…. 제가 들이받았어요."

아람은 난감했다.

"흠, 일부러 그러신 거군요. 알았습니다. 이제부터 묻는 말에 하나하나 답해주세요."

아람은 정남숙의 인적사항과 진술을 그대로 노트북에 입력했다.

한참 진술을 받는 중에 톡이 왔다.

꽃무늬 원장이었다. 아람에게 장문의 톡을 보냈다. 방가방가 사장이 그린 카페 청년 사장을 시샘해서 벤츠 차주 아줌마를 시켜 카페를 들이받아 죽이려 했다는 소문이 떠돈다고 했다. 아람은 황당한 표정을 애써 지우면서 큰 소리로 또 울고 있는 가해자를 차분하게 봤다. 아람은 잠시 심호흡을 했다.

진술실로 교통조사계 선배가 들어왔다.

"아람 형사, 잠깐만."

아람이 진술실 문을 닫으며 나왔다.

"진술 받기 힘들지. 내가 할까?"

"아닙니다. 선배님, 제가 1차는 끝까지 받을게요."

"일단 좀 진정시키고 이것저것 말 붙이면서 친밀하게 다가가. 당장은 진술 다 받기 힘들더라도."

"네. 알겠습니다."

"남편은 연락했는데, 와이프 안위보다 차 망가졌다고 더 난리더만. 하여간 가정사나 자녀 때문에 스트레스를 받는지도 물어보고. 그 카페 사장하고도 친분이 있는지 차근차근 물어보도록."

"네. 그렇게 하겠습니다."

정남숙에게 설렁탕을 제공하고 나서 진술은 다시 이어졌

다. 정남숙은 마음이 안정됐는지 과거 이야기를 슬슬 꺼냈다. 심리적 라포 형성은 진술자와 형사 사이에서 좋은 결과를 이끌어 낸다.

"그게 처음에는 그 사람을 동해에 있는 동산사에서 만났어요. 독실한 불교신자라 해서 믿었거든요. 나보고 삼십 대 같대서 기분도 무척 좋았고요."

정남숙은 기억을 더듬었다.

남편이 자신에게 뚱뚱하다, 돈도 못 번다, 친구도 없다는 등 시시콜콜 잔소리를 하는 데 폭발해 졸혼을 하네 마네 몇 년 동안 매일같이 싸웠다. 게다가 남편이 퇴직하고 집에 있으면서 외출할 때마다 매번 트집을 잡았다. 결국 세끼 밥 차리는 문제로 시비를 걸어서 싸움이 연달아 있다가 대폭발했다.

정남숙은 남편이 퇴직금으로 뽑은 벤츠 C클래스를 몰고 고속도로를 타고 예전에 와본 적 있던 동산사에 들렀다. 템플스테이를 신청하고 머물던 중 같은 방에 배정된 삼십 대 여성이 다가왔다. 이름은 신미정이고 직업은 컬러 테라피스트라고 했다.

무료로 심리상담을 해준다기에 그녀가 내민 컬러 카드를 고르기를 여러 번 반복했다. 처음에는 빨간색 그리고 노란색, 주황색을 순서대로 골랐다. 신미정은 하나씩 차례대로 설명했다.

"빨간색은 속에서 울화가 치미는 걸 의미해요. 스트레스가 쌓이면 매운 떡볶이를 찾는 걸 생각하시면 돼요. 노란색은 위로와 변화를 바라는 겁니다. 그런 심리적 배경이 있으신가요?"

신미정은 정남숙의 손을 잡으면서 어루만지고 다정하게 말을 이어나갔다.

"마지막으로 주황색은 새로운 무언가를 시도하거나 찾는 거죠, 제 판단이 어떠세요?"

정남숙은 그만 눈물을 흘렸다.

"남편이 저, 저를… 무시만 했어요. 평생. 이날 이때껏. 엉엉. 살 빼라, 돼지다. 밖에 여자들 좀 따라 해 봐라. 돈 좀 벌어 와라. 누구는 와이프 덕에 잘 먹고 잘산다는데 넌 퍼질러서 동네 여편네들과 수다나 떤다…, 궁뎅이 옆구리 살 좀 빼라. 엉엉. 여기 몰고 온 차도 내가 알뜰살뜰 화장품이나 옷 안 샀으니 살 수 있었던 건데…."

신미정은 정남숙의 손을 잡고 차분하게 위로했다.

"인생 바꾸는 거 쉬워요. 무서워서 결단 못 내리고 불안하니 안 해서 그렇지요. 저도 남편 사업 실패하고 한동안 신용불량 상태였지만, 지금은 컬러 테라피스트로 강연도 많이 다니고 또 부업도 해서 제법 쏠쏠해요. 남숙 씨만큼은 아니지만, 괜찮아요. 나이가 서른다섯도 안 됐죠? 제 동생뻘 같은데."

정남숙이 오십이 넘었다고 하자 신미정은 깜짝 놀라면서 사모님이라고 호칭을 바꿨다.

"어머나, 저는 열 살도 더 아래인데요. 죄송해요. 피부가 반짝거려서 몰랐어요. 근데 자세히 뵈니, 눈가가 약간 나이를 말해주네요. 그거 빼고는 완벽하세요."

정남숙은 신미정과 어울려서 바다도 보러 다니고 회도 먹었다. 신미정은 정남숙이 돈을 내려할 때마다 자신이 돈을 더 잘 번다면서 먼저 계산했다.

절을 떠나기 전 마지막 날이었다. 신미정이 밤마다 찍어 바르는 화장품과 특이한 마사지 기계가 궁금하던 차에 물어봤다. 신미정은 망설이다 마지막이니까 특별 마사지를 해준다면서 정남숙을 눕게 했다.

"언니, 이건 꼬마방울뱀의 독으로 만든 화장품인데 세계 각국에 특허를 내는 중이에요. 꼬마방울뱀 독은 보톡스 독처럼 주름을 펴는 효과가 있거든요.

뱀특별 화장품회사라고 신생 스타트업인데, 전 세계에 보습 라인 론칭을 진행 중이고, 대기업 투자금을 받아서 앞으로 엄청 클 회사예요. 이 스페셜 꼬마방울뱀 에센셜은 뱀특별회사에서 나온 기계로 마사지해야 효과를 극대치로 봐요."

마사지 기계가 뱀처럼 똬리를 튼 게 신기하게 생겼다.

"뱀특별회사라, 이름 독특하네요."

"남숙 언니. 사실 언니한테만 알려주는 건데, 뱀특별회사 조만간 코스닥 상장한대요. 그래서 저도 목돈 모아둔 거로 회사 지분 샀어요. 상장하면 아시잖아요. 대박치는 거."

정남숙은 긴가민가하면서도 신미정의 소지품을 유심히 보았다. 샤넬 지갑에 에르메스 가방 그리고 프라다 신발까지 명품 아닌 것이 없고 얼굴도 귀티가 나 보였다.

신미정은 정남숙이 화장품 회사에 관해 꼬치꼬치 캐물어도 정보를 알려주면 안 된다고 하면서 화제를 돌렸다. 그 모습이 꼭 자기만 돈을 벌려고 하는 것처럼 여겨졌다.

정남숙은 다음날 헤어지기 전에 신미정이 벤틀리에 오르는 것을 보고 얼른 뱀특별회사를 포털에서 검색해봤다.

집으로 돌아오자마자 또 남편과 한바탕 말다툼을 했다. 정남숙은 방으로 들어가 인터넷으로 뱀특별회사 홈페이지를 비롯해 각종 언론에서 나온 관련 뉴스를 살폈다. 수많은 블로거들이 스페셜 꼬마방울뱀 에센셜 등 제품과 회사를 극찬했고, 마사지 기계를 내 돈 주고 샀다고 인증한 사진들이 끝도 없었다.

남편이 벤츠에 홈집이라도 났는지 주차장에 가서 살피는 와중에, 정남숙은 뱀특별회사에 전화를 걸어 투자에 관심 있다고 하며 여러 가지 정보를 확인 차 물어봤다.

다음 날부터 그녀는 신미정과 기나긴 톡과 전화 통화를 했다. 홈페이지를 샅샅이 반복해서 살펴보고 다시 신미정이 소개한 회사 관계자에게서 전화로 상세한 설명도 들었다.

마침내 정남숙은 확신이 들자 돈을 보냈다.

투자자 마감이 얼마 남지 않은 데다 특별히 이달 내로 들어오면 매출의 인센티브를 1퍼센트 더 높게 쳐 준다고 한 것이 그 이유였다.

하지만 2천만 원을 보내고 나서 그들은 연락이 뚝 끊겼고 전화를 받지 않았다. 신미정의 번호는 결번이라는 음성 녹음만 흘러나왔다.

그제야 사기당한 걸 깨달았다.

정남숙은 과거를 더듬어보고는 힘없이 말을 이어나갔다.

"형사님, 사실 늙어서 외모에 자신감 없어진다는 게 어떤지 모르시죠? 제가 다니는 요가 학원의 강사들이 저보고 선생님이라고 불러요···. 다른 젊은 회원은 누구 씨나 회원님

하고 부르는데. 대접받는 느낌보다는 나이 먹었다는 뜻이라 불편하죠. 남편한테는 나이 먹을수록 대접은커녕 무시만 당해요. 카페 주인과 손님들 놀라게 해서 정말 죽을죄를 지었는데…. 오히려 차가 파손된 건 시원해요. 남편이 애지중지하던 거라서요. 그 여자 좀 꼭 잡아주세요. 저 이렇게는 못살아요. 돈도 돈이지만 사기 당했다고 하면 남편한테 더 무시당해요!"

"알겠습니다. 일단 카페 사장님과 손님들과 합의부터 진행하시고 많이 정성 들여 사과하세요. 저도 형사라 별일 다겪어봤는데, 진짜 너무 놀랐어요. 1부터 10이라면 한 7정도의 놀라움이랄까요."

"미안해요, 형사님. 최선을 다할게요."

정남숙은 신미정의 인상착의나 말투와 성격, 옷차림과 소지품이나 차에 대해 상세히 진술했다. 그리고 차량 번호 네 자리를 기억해냈다.

정남숙은 마지막으로 이렇게 회상했다.

"그 사기꾼 년이 정말 이상했던 게 탑돌이나 대웅전 공양에는 절대 안 나오고 꼭 숙소에서만 만나지는 거예요. 바빠서 그런가 했는데 이제 보니 불심은커녕 사람들 만나서 사기치려고 온 거고 제가 낚인 거였죠."

아람은 다음날 서점으로 동인을 찾아가 사건 진행 과정을 알렸다.

"그러니까 그 벤츠 차주 분이 사기당하고 너무 화가 나서 순간적으로 카페를 들이받았는데, 합의는 다 하겠으니 원하는 건 그 사기꾼을 잡아달라는 거지?"

"응, 맞아. 일단 지능범죄수사팀에 서류는 넘겼는데 직접 얘기를 들어보니까 너무 안 되어 보여서 뭐 더 알아볼 게 있을까 해서."

동인은 긴 다리로 성큼성큼 미림문고 홀 중앙에서 뒤로 한참이나 들어가더니 범죄학 코너에서 책을 빼 들었다.

"이 책 재밌어. 《사기꾼의 세계》라고 전직 형사와 경찰수사연수원 교수들이 쓴 책인데, 실은 나도 사기꾼 탐정을 구상 중이거든."

"뭐어? 사기꾼 탐정? 그런 탐정도 있어? 정의의 편이 아니고?"

"작가들이 하도 별 기상천외한 탐정을 많이 개발해놔서 나도 특이한 걸 써야 공모전에 당선되지."

"글쿠나. 그래서 이 책 요지는 뭐야?"

"사기꾼의 특성을 보자면 그들은 떳떳하지 못하니까 가명이나 대포폰이나 렌트카를 이용해. 일단 투자하면 남보다 더 많이 챙겨주고 좋은 걸 준다고 하지. 그리고 뒤처지면 놓친다고 슬쩍 불안하게 하면서 시간을 정해놓고 그때까지 빨리 투자자로 들어오라 해. 특이사항은 자신은 늘 명품이나 비싼 차로 온몸을 치장하고 다녀."

"맞네, 정남숙 씨가 말한 것과 비슷하다. 그 뱀특별 화장품회사도 홈피만 있고 주소도 가짜고, 그 신미정이라는 사람의 폰 번호도 결번, 대포폰에다가 차량도 정남숙씨가 번호를 기억해내서 조회해보니 렌트한 것에 불과했어. 그렇다면 어떻게 잡지?"

"동산사에서 재미를 봤다면서. 그 다음엔 어떻게 할까?"

"정남숙 씨가 사기당하고 나서, 동산사에 전화로 물어보니 스테이 신청할 때 전화번호만 받았대. 그게 지금 대포폰이라는게 밝혀졌지."

동인은 팔짱을 끼고 잠시 생각하더니 서가에 몸을 비스듬히 기대고 아람을 보았다.

"아람아, 연말에 쓸 연가 남아 있어?"

"쓸 거 많지. 여기저기 사건만 쫓다 보니 하나도 못 썼어."

"나도 그렇거든. 연말에 유럽 가고 싶었는데, 코로나로 불발. 우리 가자. 동해로."

"동해?"

"응, 사기꾼들 거기서 재미 봤으니까 분명 또 갈 거야.

피해자 정남숙 씨 스타일의 돈 있는 중년 부인들 찾으러. 비싼 외제차 임대해서 온갖 명품 휘감고서. 동산사는 한 번 했으니 그 근처에 있는 다른 리조트나 템플스테이로 갈 거 같아. 나 회사 창립기념일 행사 때 받은 사은권 있거든. 동해 동산사 근처 콘도 숙박 할인권. 거기 묵으면서 탐문하러 다니자. 어때?"

"야, 그런다고 범인을 잡을 수 있을 거 같아?"

"형사님들 발품 수사 기본 아냐? 집 하나하나 다 가본다는데?"

"어떻게 알았어? 팀장님이 매일 나가서 수사하라고 하는데. 컴퓨터 들여다보고 있으면."

"쿠쿠. 김복준 형사 유튜브에서 봤지."

"그건 선배님들 얘기고 나 이하 후배들은 아마 다시는 그렇게 안 할 거 같아. 나는 낀 세대이고. 나조차도 포털 서치나 SNS, 폰이나 메일 계정 감식을 더 중시해. 지난 여름에도 인스타그램으로 사건 해결했잖아."

"모 아니면 도인데 뭐라도 해봐야지. 가 보자고. 사기꾼 특성상 특정 구역에서 재미를 봤으면 크게 한탕 더 해 먹으려고 근방에서 다시 시도해볼걸. 알지? 발바리 같은 연쇄 성폭행범 심리. 직장이나 자기 집처럼 근거리에서 자주 시도하잖아. 잡히지 않으면 심리적 빗장이 풀려서 점차 가까운 곳

235

이나 용이한 장소에서 범행을 저지르지."

"흠, 좋아. 오케이. 언제 떠날 준비하면 돼? 나 휴가니까 수영복도 가져간다."

"콘도에 실내 워터파크 있어. 코로나 단계도 낮아졌으니까 방수 마스크 쓰고 수영해볼까?"

아람과 동인은 그날 당장 휴가계를 올리고 여행 일정을 잡았다.

아람은 수영복을 찾아봤지만 좀 늘어난 것 같아서 맘에 들지 않았다. 하나 새로 살까 하는 마음으로 핸드폰을 들어 수영복을 검색하다 모노키니 수영복이라는 글자에서 손가락이 딱 멈췄다.

가슴 부분과 옆구리 부분이 확 파인 흰색 모노키니.

바로 이거야!

'동인이가 깜짝 놀라려나.'

누구 하나 의식하지 않고 자존감도 높은 아람이지만 이건 아니었다. 도저히 소화해 낼 수 없을 것만 같은 불안감. 아람은 차선으로 바로 그 옆의 조금 덜 야하지만, 그래도 하이레그여서 허벅지가 확 드러나고, 가슴골도 살짝 보이는 브라운 모노키니로 결정, 결제까지 일사천리로 해치웠다. 배송일은 예쁘게도 이틀 후, 휴가 날짜 전까지는 무조건 도착이었다.

"오홍~."

며칠 후, 동해로 떠나기 전날 정남숙이 미안하다면서 문자를 보냈다. 지금 보석으로 풀려나 재판 중인데 도와주시면 정말 감사하겠다고 구구절절한 문자를 보냈다.

아람은 일단 지능범죄수사팀 형사님들을 믿으라고 하고 동해로 간다고 밝히지는 않았다. 하지만 신미정에 대해서 이것저것 특징을 상세히 묻고 정보가 더 생기면 언제든 알려달라고 했다.

여행 당일 아침, 아람은 차를 끌고 동인을 픽업하러 서점으로 왔다.

"땡큐."

"넌 차를 집에다 모셔두고 왜 나보고 맨날 운전하래? 실력 안 는다."

"동해까지 못 몰아. 나 동네만 몰아. 평소에도 운전하는 거보다는 택시 타거나 전철 타고 회사 가는 게 더 편해."

"알았다. 니 차 타면서 편하게 다니는 건 먼 미래겠구나."

"강아람, 왜 이래? 활동적인 형사님이. 운전 좋아하는 거 아니었어?"

"야, 운전 좋아하는 사람 드물어. 그냥 하는 거지. 형사 앞에 '활동적인'은 빼. 편견이야! 참, 방은 바다 뷰야?"

"당근. 그리고 방이 하나라서 한 명이 거실 쓰면 돼. 화장실은 하나다."

"야, 그럼 내가 거실 쓸게."

동인이 미소 지었다.

"당연한 거 아냐? 내가 카드 계산했어요."

"뭐, 사은품이라면서."

"할인권이라 잔금은 내야 해. 니 수사 일정인데도 내가 희생했다. 그리고 미리 말하지만 나 누구랑 화장실 같이 쓰는 거 불편하거든. 웬만하면 머리카락은 꼭 주워서 버려주라."

"알았습니다. 혼자 여행 다니는 걸 즐기시는 깔끔한 유동인 대리님. 음악 하나 틀어줄게요, 릴렉스 하세요."

PREP의 〈Cheapest Flight〉가 블루투스 스피커로 흘러나왔다.

아람이 운전하는 차는 올림픽도로를 시원하게 빠져나가 서울양양고속도로 방향으로 달려 나갔다. 차는 2시간 조금 넘어서 동산사에 도착했다. 평일이라 차가 막히지 않았다.

바다가 바라보이는 절벽 위에 높다란 관음상이 보였다.

템플스테이를 관리하는 사무소는 대웅전 앞에 있었다. 아람은 동인과 바로 사무소로 갔다.

직원이 신청자 명단을 관리하는 여성을 소개해주었다. 사십 대의 후덕한 인상의 여성으로 연심 보살이라 했다. 아람은 템플스테이를 신청한 명단에 신미정이라는 이름이 있는지 확인 차 물었다.

"신미정 씨라. 어? 저번에도 누가 전화로 문의하셨는데요. 다시 온 적 있냐구요. 가만있자… 여기 이름 써 있죠? 전화 건 사람이 이 사람 전화번호도 물어봤었는데."

"물어본 분이 저희 이모세요. 중요한 일인데 다른 인적사항은 없나요? 저희 이모가 여기서 이분을 꼭 찾아야 한대요."

동인이 천연덕스럽게 말했다.

"여기 전화번호로 걸어 봐요."

"결번으로 나와요."

"그럼 우리도 모르는데, 현장 접수로 오신 분이라 더 이상의 개인정보는 없다고 말씀드렸는데요."

아람이 끼어들었다.

"지금 여기 머무는지 어떻게 알아볼 수 없을까요?"

"음. 지금은 살짝 성수기가 지났고, 평일이라 머무는 분도 적은 편이라 거의 다 아는데 삼십 대 여성인 그런 분은 없어요. 이 시간에는 스테이 하시는 분들이 모두 마당에 나오니까 보러 가십시다."

보살을 따라 동인과 아람이 사무실을 나왔다.

대웅전 앞마당에 마스크를 쓰고 승복을 입고 돗자리 위에 가부좌를 튼 사람들이 8명 정도가 있었다.

"저기 봐봐요. 야외 명상 수련 중이신데, 다들 칠십 대 이상 할머니이거나 젊은 남성들 아닌가요? 남자들은 불교 대학 학생들인데 지원받아 온 거구요."

아무리 봐도 신미정의 프로필에 흡사한 사람은 없었다.

"여기 가명으로 적는 사람도 꽤 있고요. 근처의 양양 시내에 있는 다른 절도 그럴걸요? 연등에 소원 올릴 때는 죽어도 본명 적으면서 왜 템플스테이 신청서에는 거짓으로 적나 몰라. 담에 또 오시라고 전화할까 봐 그런가? 근데 형사님이세요?"

연심 보살이 아람을 보고 말했다. 아람이 깜짝 놀라 되물었다.

"네? 무슨 말씀이세요?"

"검은색 정장 바지가 그렇게 보여서요. 칙칙한 코코아색 파카도 형사님들이 입을만한 거 같고요."

아람이 동산사를 나오자마자 동인에게 물었다.

"야. 이 파카 열심히 돈 모아서 산 몽클레어 신상인데도 무슨 형사 같다니. 말이 돼?"

"아람아. 안의 그 검정 바지랑 재킷은 이제 그만 입자. 여기서는 휴가 중에 놀러 온 걸로 위장잠입 중인데 관광객과 너무 언발란스야. 얼른 속초시장 가서 밥 먹고 옷 사 입자."

"하는 수 없지, 후우. 티가 얼마나 나기에. 형사라고 소문나면 절대 안 돼. 지금 휴가 중인데, 담당 사건도 아니고 개인 수사하다 큰일 난다."

아람은 동인의 옷차림을 훑었다. 베이지색 코트에 셔츠와 청바지. 서점과 다른 것이라고는 청바지뿐이었다.

"흥, 넌 어떻고. 너무 서점 근무 복장이다. 서른 넘어 무슨 떡볶이 코트냐?"

"야, 레트로가 유행이야. 나름 신경 썼는데. 근무할 때랑 다르게 입느라고."

"어서 가서 옷부터 구해야겠어. 형사라고 소문낼 것도 아닌데."

그들은 부랴부랴 속초시장에 도착해 오징어회를 먹고 옷가게를 찾아 두리번거렸다.

"저기 가보자."

동인은 속초시장 중간 즈음에 있는 구제 옷 파는 곳으로 아람을 끌고 갔다.

거의 노인들 옷만 있는 가운데 그 속에서 동인이가 간신히 젊은 여성이 입을만한 옷을 골라잡았다. 하필이면 여름 원피스였다. 허리를 끈으로 여미는 랩 원피스인데 붉은 바탕에 하얀 꽃무늬가 자잘한 프릴이 달린 옷이었다.

"춥지 않을까?"

"다른 건 넘 올드해. 원피스 위에 파카 걸쳐. 사장님, 얼마예요?"

"만 원입니다. 여름옷이라 싸게 주는 거예요."

동인은 깎지도 않고 현금으로 돈을 주고 계산했다. 아람에게 바로 갈아입고 나오라고 해서 마땅치 않았지만 어쩔 수없이 안으로 들어가 겨우 칸막이만 가려 놓은 데서 갈아입었다. 아래에는 주인이 건네는 스타킹을 하나 사서 신었다.

"오케이. 거기에 이 털모자 써봐."

모자는 5천 원이었다.

"이제야 놀러 온 연인 같구만."

아람은 동인의 말에 설렜다. 랩 원피스의 네크라인이 자꾸 벌어져서 가슴이라도 보일까 신경도 쓰였지만, 그래도 지금 상황이 무척 좋았다. 비록 구제지만 아빠 아닌 남자한테서 옷 선물도 처음 받아보는 거였다.

동인은 옷가게를 나오기 전 구석에 걸린 회색 승복에 시선이 꽂혔다.

"가만 있자, 사장님! 이거 얼마예요."

"뭐야? 동인아. 나 그건 절대 안 입는다."

"아, 그 옷은 알던 스님이 사이즈가 작아서 파신 건데,

이 모자랑 세트예요. 싸게 줄게요."

사장은 베이지색 벙거지를 꺼내들어 흔들었다.

아람은 고개를 좌우로 도리질하는데, 동인은 승복을 비롯한 벙거지도 값을 계산하고 가게를 나왔다.

겨울치고는 날도 따뜻한 편이라 여름옷이라 해도 그리 춥지 않았다.

동인과 아람은 속초시장을 돌면서 카페나 식당 등지에서 신미정이 벌인 사기에 대해서 신분을 드러내지 않은 채로 슬쩍슬쩍 탐문했으나 별로 쓸 만한 정보는 얻지 못했다.

그날 밤 아람은 동인이 가져온 미니 칠판에 분필로 신미정의 프로파일링을 적었다.

"그러니까, 신미정이라는 사람은 정남숙 씨보다 열 살 넘게 아래라 하니 삼십 대 후반일 것이고, 명품을 둘렀고, 차도 엄청 비싼 벤틀리를 임대했어. 컬러 테라피스트라 심리 테스트도 할 줄 알고 그렇단 말이지. 동산사에서 한 건 물었으니 우린 이 근방에서 단서나 종적을 찾으러 내려온 건데, 오늘 허탕이야! 동인, 니가 틀렸다."

"기다려 봐. 내가 책을 다 정독했거든."

동인은 책을 한번 보고 분필을 받아서 칠판에 적었다.

"먼저, 피해자를 속이는데 기망의 핵심요소는 엔티서(ent

icer:유혹하는 사람)가 중요해. 그러니까 낚시 미끼 즉 떡밥
이지. 피해자가 떡밥을 물면, 그때 콘빈서(convincer:설득시
키는 사람)가 나와야 하는데 이번 케이스에서 정남숙 씨는
먼저 신미정의 컬러 테스트 같은데 낚였고, 명품과 외제차를
보고 두 번째 낚였고, 신미정이 보여준 가짜 홈페이지가 콘
빈서 역할을 했지. 게다가 회사 관계자도 나오고 말이지. 그
러니까 정보와 직원 등 콘빈서에 낚여서 그냥 투자금을 보낸
것이 결론임."

"홈피에 나온 회사 주소나 사업자 등록증은 가짜인데 전
화로 회사 관계자와 말을 주고받다 완전 걸려들었지. 관계자
가 회사로 오라고 했다는데, 정남숙 씨가 코로나에 남편 밥
차리느라 가지는 못했고 말이야. 게다가 신미정과 엄청 친해
지고 그러다 딱 낚인 거야."

"그렇지. 신미정이 심리적으로 깊게 파고들어서 애착 관
계를 형성하고 결국 투자를 이끌어낸 것으로 추정함."

"그래서 이 책에서 사기범은 어떻게 잡는대?"

"그건 우리가 해봐야지. 책은 예방책이나 수법 안내 위주
라고. 강아람 형사님의 수사 실력을 믿습니다. 브레인스토밍
해서 뭐라도 좀 내놔봐."

동인은 폰으로 라벨의 〈볼레로〉를 틀고, 에어팟을 아람
의 귀에 꽂아 주었다.

"내가 추리 삼매경에 빠져들려고 듣는 음악인데 반복되는 리듬과 선율이 무아지경에 이르게 한다. 구찌 2020 F/W 패션쇼에서 나온 배경음악인데 매료됐어. 거실에서 발레 연습할 때도 듣고 말이지."

"뭐? 너 발레 배워? 운동한다는 게 그거야?"

"응, 있어. 가는데. 어서 머리나 굴려. 빠르게 회전시켜 봐! 입에는 모터를 달고!"

음악이 반복적인 선율로 흘러나오자 아람은 눈을 감고 집중하다가 갑자기 눈을 딱 떴다.

"우리가 통장을 지급 정지해 놔서 돈을 더 인출은 못하고, 홈페이지는 닫도록 했는데…."

"수사 진행 상황 말고 앞으로 우리가 해야 할 일들과 연관되는 것들 말해봐, 강아람 형사님."

동인이 무슨 최면술을 거는 것처럼 손가락을 탁 튕겼다.

"레드썬."

아람은 다시 눈을 감았다가 갑자기 음악이 높은 음으로 흐르자 또 번쩍 떴다.

"예전에 수사연수원에서 배우기로는 수사에 감은 직접감이나 간접감이 있어. 직접감은 범인과 직접 관련 있는 것이야. 간접감은 범인과 간접적 연관성 있는 것이고. 그러니까 범인은 타인에게 배운 것을 수법으로 쓴다. 간접적으로 배운 걸 그대로 쓴다."

동인이 손가락을 연속으로 튕겼다.

"또 레드썬!"

아람의 입이 모터를 단 듯이 빨라졌다.

"홈페이지도 버젓이 만들어놓은 화장품회사니까 꼬마방울뱀 독이라는 성분도 누군가 깊게 생각해서 나온 아이템일 수 있어. 그렇다면 집중적으로 수법을 배운 거야. 컬러 테스트나 마사지를 해주는 기술이나 화장품 설명도 다 외워서 한 거고. 공범이 분명히 있어. 그날 피해자가 사기당한 동산사에도 같이 있었을 거고. 정남숙 씨는 눈치 못 채도록 주변만 빙빙 돈 거겠지."

"흐음, 공범이라!"

"동인아, 범인을 잡아서 뺏긴 돈을 돌려드리려면 신미정을 잡는 수밖에 없어. 공범도 같이 잡아야 하는데 일단 신미정을 먼저 잡자고. 아까 동산사에서 일 보시는 보살님 기억나지?"

"응. 아주머니? 연심 보살이라는 분?"

"그분 말씀이 연등은 진짜 이름을 적는다는데 연등 등록 명단을 보러 갈까?"

"신미정 본명을 모르는데 그건 별로 비추한다."

동인이 잠깐 생각해보다 입을 열었다. 〈볼레로〉 음악은 어느새 높은 음을 향해 달려가면서 빠르고 웅장하게 바뀌었다.

"아람아, 만약 이런 경우 지능범죄수사팀에서 차후에 어떻게 수사해?"

"일단 돈을 빼간 인출기의 CCTV를 확인해서 인물을 파악하지. 보통 마스크에 모자는 기본이니 알아보는데 시간은 걸려. 홈페이지의 도메인을 등록한 사람도 알아보고 하는데 이것도 우회하거나 외국 사이트서 등록하면 무용지물. 신미정의 번호도 대포폰이니까 이것도 폰을 개통한 대리점에 가서 인상착의를 알아봐야 하고. 그나저나 요즘은 누구나 어디에서나 마스크를 쓰고 다니니까 어느 카메라에 잡혀도 얼굴이 절반은 넘게 가려져 있어. 운이 좋아서 얼굴이 CCTV로 잡혀 알아낸대도 주민등록번호는 알 수가 없지. 얼굴만 알 뿐이야."

"한 마디로 통신이나 전산 혹은 은행에서 연루된 계좌나 CCTV 수사를 통해서 연락책이나 인출책을 알아본다는 거지?"

아람이 피식 웃었다.

"꼭 선배들하고 수사 관련 회의하는 것 같은데? 인출책이나 연락책이라니. 후후."

"나도 추리소설 쓰려고 꽤 많은 자료를 읽으니까. 다시

돌아가 보자. 아까 그 보살님 말씀이 이름을 가짜로 적는다
했지."

"그랬지."

"그럼 이름은 가짜지만 정남숙 씨를 낚은 컬러 심리 테스
트 실력은 어때? 관련 협회에 신미정을 알아볼까? 회원인지?
배워서 써먹는 거라면서. 그건 진짜일 수도 있어."

"아니, 불가능! 신미정이 가명이라면 누구인지는 협회에
서도 몰라. 누구다라고 판명은 절대 불가."

동인이 곰곰이 생각하다 소리 질렀다.

"연심 보살님이 근처에 템플스테이 하는 곳 또 있댔지!"

"어. 그러셨지."

"가해자 신미정은 돈이 없어. 그래서 가장 싼 숙박업소
중에 템플스테이만 찾아다닐 거야."

"왜? 돈이 없어? 정남숙 씨한테 한탕 쳤는데."

동인은 고개를 갸웃했다.

"그, 그냥 돈이 없을 거 같아. 직감적으로. 공범이 있다
고 하면 2천만 원 중에 본인 인센티브만 가져가지 않아? 땅
투자 사기꾼들도 그런다는데. 하여간 돈이 있다 쳐도 호텔이
나 리조트는 안 갈듯해. 보는 눈도, CCTV도 너무 많고 확 트
여 있어."

"그럼 차에서 자도 되는데? 그리고 모텔은 어때?"

"아니. 모텔도 차도 안 돼. 범행대상인 돈 있는 주부를 물색하려면 그럴듯한 사찰이 더 낫지. 자연스럽게 컬러 테스트로 심리 검사를 해주면서 말을 걸고 접근할 수 있는 곳. 그러니까 탑돌이나 대웅전 공양에는 절대 안 나타난 거야. 그런 장소에서는 묵언으로 조용하게 있어야 하니까. 숙소는 절이지만 낮에는 절이든 명승지든 돌아다니면서 혼자 온 사람을 물색하고 정성을 들여 낚시해. 그러다 동산사에서 한 몫 봤어. 그럼 다른 절이나 기도원으로 옮겨갈지 몰라."

"기도원은 왜? 신미정은 불교가 종교 아냐?"

"종교가 무슨 상관있겠어? 무조건 외로운 중년 여성이 목표라 그런 데 가는 거야."

아람은 포털에서 동산사 부근 지도를 찾아보았다.

"기도원은 이 근처에서 100킬로 이상 떨어져 있어 일단 제외하고, 가까운 절은 보리사라고 30킬로 정도 떨어져 있다. 양양 시내에 있어. 어? 여기도 템플스테이 정기적으로 하는데?"

동인은 손가락을 탁 튕겼다.

"오늘은 자고 내일 아침 거기로 가보자."

"오케이."

동인은 거실을 정리하고, 아람은 샤워하러 옷가지를 들고 화장실로 들어갔다.

아람은 꽤 짧은 반바지를 가져왔는데 입으면서 고민했다. 대학교 때는 이런 노출 심한 옷도 잘 입었지만, 근래는 처음이다. 더군다나 동인이 앞에서다. 게다가 티셔츠도 조금 비쳐 보이는 것 같았다.

노크 소리가 들렸다.

"아람아, 빨리 나와. 나 화장실 가고 싶어."

"알았어."

아람은 하늘색 돌핀 팬츠를 입고 나왔다. 조금 부끄러웠는데 동인은 그러거나 말거나 신경도 쓰지 않은 채 수건을 말아 쥐고 칫솔을 귀에 꽂고 얼른 들어갔다.

"나 꼼꼼하게 오래 씻으니까 먼저 자."

아람은 내심 편의점에 가서 맥주라도 사서 오붓하게 둘이서 한잔 하려 했는데 동인이 그렇게 선포를 하니 김이 샜다. 대학교 MT 생각도 나서 보드게임이랑 우노 카드도 챙겨왔는데 말이다.

아람은 옷장에서 이불을 꺼내 거실에 깔았다. 거실은 씻는 사이 동인이 깨끗하게 치워놓았다.

아람은 이불에 누워 TV를 보다 어느새 잠이 들었다.

새벽 5시 즈음, 아람이 자리에서 일어나보니 전등과 TV는 꺼져 있고 동인이 자는 방에서 새근새근 숨 쉬는 소리가 흘러나왔다. 아람은 화장실에 다녀왔다가 열린 문으로 동인을 보니 목까지 끌어당겨 이불을 덮고 반듯하게 자고 있었다.

'야, 누가 아주아주 단정한 유동인 아니랄까 봐 자는 모습도 저런다.'

아람은 거실의 이불을 보았다. 자기가 자면서 끌고 다녀 절반은 구겨져 있고 난리도 아니었다. 아람은 동인의 방문을 닫아주고 폰을 들어 페이스북이나 인스타그램 피드를 조금 보다가 잠이 안 와서 일어났다.

베란다로 나갔다. 어둠 속, 희붐한 가로등 불빛에 바다 저 멀리 파도가 일렁거리는 것이 보였다. 추워서 조금만 있다가 베란다 문을 닫고 들어와 그대로 또 잠들었다.

아침 8시. 아람은 일어나 세수하고 옷 입고 TV를 켰다. 동인은 아직이었다. 가방에서 커피믹스를 꺼내서 포트에 물을 끓여 마시는데 부스럭 소리가 났다.

"아. 잠 한 번 전투적으로 잤다."

머리가 까치집이 된 동인이 체크무늬 잠옷을 입은 채로 나오면서 말했다.

아람은 동인을 살짝 노려보았다. 그에게 자신은 여자 사람 친구일 뿐이었다. 둘 사이의 역사를 보더라도 당연지사고 누가 뭐라 한 것도 아닌데 이상하게 조금 서운했다.

'하나도 나에게 안 끌리고 불편한 것도 전혀 없이 이렇게 신나게 잤다가 일어나는 건 뭐람.'

"나도 커피 한 잔만."

"니가 끓여 먹어. 여기 있다."

"우리 바다 산책 갈까? 아침 먹고."

"야, 수사하러 왔지, 놀러 왔냐? 아침 먹고 후딱 보리사 가보자."

"나 머리 이래서 샤워해야 돼. 기다려."

'저놈의 깔끔 단정 병병병!'

아람의 생각으로는 유동인의 입맛에 맞게 그의 정리벽을 받아주는 여자는 없을 거라 단정 지었다.

그리고는 고개를 절레절레 흔들었다.

'아무래도 내 이상형은 아냐. 근데 왜 요즘 동인이가 자꾸 눈에 밟히냐. 흑흑.'

동인은 주차장에서 차를 타기 전에 기지개를 늘어지게 폈다. 아람은 동인의 해맑은 얼굴을 노려봤다.

"왜?"

"난, 잠자리 바뀌면 무조건 첫날은 설쳐."

아람은 간밤에 잠이나 쿨쿨 자는 그가 얄미웠다는 얘기는 차마 하지 못했다.

"그래? 전에는 아무데서나 잘 자는 것 같았는데. 흠. 절에 가기 전에 강릉 커피거리 해안가부터 갈까? 모닝커피 한 잔 마시게."

"야. 여기서 강릉까지 1시간도 더 가. 조수석에서 부르는 대로 가는 택시가 아니라고, 나는."

"아, 알았어. 당연히 보리사 가야지. 어서 출발. 참, 보리사 근처에 숭어책방이라고 양양 시내에 책방이 하나있어. 거기는 꼭 먼저 들러야 한다. 알겠지?"

"아주 형사과 팀장님 모시고 다니는 것 같다."

"니 일이잖아. 나는 추리 자문 역할이고. 나도 얻는 건 있어야지. 어서 책방으로 갑시다. 수사 자문 외주비용 줬다고 생각하세요. 아람 형사님."

아람은 갑자기 액셀을 밟아 급가속을 해서 동인의 몸이 들썩이게 했다.

"어허, 천천히."

"아무리 친구라지만 너무 전투적으로 잠만 자더라. 난 우노 카드하고 보드게임도 챙겨 왔는데."

"아람 형사님. 크크. 우리 둘이서 무슨 보드게임을. 독서 토론하기에도 인원수가 너무 적어요. 그냥 잠 푹 자고 조사하는 게 맞아. 거기다 아까는 놀러왔냐며."

"에휴, 뭘 더 바라. 책방 들렀다가 보리사나 어서 가자고요, 유 대리님. 숙소는 내가 돈 정확히 반 보낼게, 서울 가서. 기름값은 모두 내가 지불하니 앞으로 세끼 밥 정도는 맛난 걸로 니가 쏴라. 나 휴가라 지금 이거 수사 활동비로 못 올려. 알지?"

"오케이 오케이. 소설 취재비 꿍쳐놓은 것 쓸게. 숙소는 내가 낸다니까. 그래도 주면 받지, 뭐."

"공모전 낸다는 건 잘 되어가?"

"소설의 세계관을 건설하는 대붕의 뜻을 어찌 참새가 알리오?"

"뭐어?"

아람은 브레이크를 밟았다. 몸이 앞으로 쏠리면서 동인이 두 손 모아 빌었다.

"쏘리. 쏘리."

"야, 내려. 다 왔다."

숭어책방은 간판에 거대한 숭어가 뛰어오르는 모습이 모형으로 달린 책방이었다. 관광객들이 드나들면서 책을 사고 전시된 책들을 구경했다.

동인은 백팩에서 비닐에 든 무언가를 꺼내들었다.

"아람 형사님, 이거 입고 돌아다니자. 니가 엔티서 역할, 즉 사기꾼 범죄자 역할을 체험해 보는 게 좋을 거 같아."

"뭐어? 야 혹시 그거 어제 산 승복이지? 아서라. 니가 입어라."

"비구니 스님용이야. 짧아."

"구제 가게에서 살 때 이 상황까지 계산한 거냐?"

"큼큼. 아무래도 수사를 진척시키려면 범인의 마음에 들어가 봐야지. 보리사에서부터 입히려고 했는데 여기서부터 해야 자연스러울 것 같아. 저기 공원 화장실 보이지. 다 너 수사를 위해서다. 정남숙 피해자 돕고 싶다면서."

"아니, 그런 게 아니고 신미정 씨는 명품 두른 부잣집 여자로 위장하고 사기 치는 거 아니었어?"

"그게 한 번 먹혔으면 이번에는 다른 시도를 할지 몰라. 그 사기꾼의 마음으로 들어가 보자고. FBI 수사관이 쓴《마인드 헌터》읽어봤지? 거기서 범인들의 마음을 읽으려면 그 심연으로 걸어 들어가라고 누누이 말하잖아."

동인의 말이 구구절절이 옳은지라 아람은 더 반박하지 못하고 화장실에 가서 승복으로 갈아입고 나왔다. 동인은 아람의 머리에 벙거지를 씌워 주었다.

"잘 어울린다. 정말 비구니 스님 같아."

"이런 망할 자식! 너 죽었어."

동인은 그러거나 말거나 아람의 긴 포니테일 머리를 잘 정리해서 벙거지 안에 꽁꽁 숨겨주었다.

동인은 창피하다는 아람에게 책방 주변을 살피게 하고, 혹시 누군가 접근하는 사람이 있는지, 아니면 아람이 스스로 다른 사람에게 접근해서 환심을 살 수 있는지 상황을 연출해 보라고 했다.

아람에게 지시를 한 후에 그는 책방으로 들어가 추리소설도 살피고 전반적으로 책들이 진열된 곳곳을 매의 눈으로 샅샅이 돌아보았다.

"흠, 진열 방법이 조금 독특하면서도 매력적인데….."

한편, 아람은 승복을 입고 사람을 낚으려고 돌아다니다 배만 고파져 호떡 하나를 사먹고 손을 승복 바지에 슥슥 닦았다.

"아이고, 동인이 자식 왜 이렇게 안 나와?"

아람이 사람들에게 들리지 않게 꿍얼거리고 있을 때 나이가 지긋한 중년 부인이 다가와 아람에게 뜨거운 커피를 건넸다.

"스님, 추우신데 이것 좀 드세요. 손이 너무 차시다. 나무아미타불 관세음보살."

"네?"

"어머나, 아직 젊으신데. 어? 그러고 보니 머리도 안 깎으셨네요? 어떻게 된 거예요?"

"아니 그게 저어."

아람은 하는 수 없이 중년 부인의 귓가에 속삭였다.

"사정이 있어 변장한 겁니다. 모른 척 해주세요."

"아, 네."

부인이 서점 옆의 자그마한 카페로 들어가고 아람은 서점

창가에 진열해놓은 크리스마스 워터볼을 바라보았다. 수십 개의 워터볼에서 캐럴 오르골 소리가 흘러나오는데, 눈이 날리고 산타가 루돌프를 쓰다듬고 발레리나가 턴을 돌고 꼬마 병정이 움직였다.

환상적이었다. 아람은 홀린 듯이 바라보았다.

이때, 큰 비명이 났다.

"어맛! 날치기야!"

은행 현금 자동 입출금기에서 돈을 뽑아 나오던 젊은 여성의 명품 백을 한 남자가 그대로 낚아채서 도망을 쳤다.

워터볼에 눈이 팔려있던 아람은 소리를 듣자마자 조건반사적으로 두 주먹을 쥐고 벙거지가 날리는 것도 아랑곳하지 않고 달려가더니 남자를 향해 몸을 날렸다. 남자의 손목을 탁 잡아채서 넘어뜨렸지만 남자가 아람을 잡고 늘어지는 바람에 같이 넘어져 버렸다. 아람은 도망가려는 남자를 유도의 조르기를 하듯이 두 팔과 다리로 꽉 끌어안고 버텼다.

"끙차."

"아이구야!"

"여기 경찰 좀 불러주세요. 112 신고해주세요!"

동인이 서점에서 뛰어나왔고, 부인도 카페에서 달려 나왔다.

"어머나, 잠복근무 형사님이셨군요!"

주변 사람들이 박수를 치고 조금 후에 경찰차가 도착해 날치기범을 검거했다. 여성은 핸드백을 돌려받고 아람에게 인사했다.

카메라로 영상을 찍던 사람들이 몇몇 있었고, 아람은 일어나 땅에 떨어진 벙거지를 주워 뒤집어쓰면서 고개를 숙이고 뒤로 빠졌다.

동인이 사람들 틈에서 나오더니 얼른 아람을 끌고 주차장으로 갔다.

"야, 형사인 거 광고하면 어떡해?"

"그럼 어쩌냐? 피해자가 눈앞에 빤히 보이는데. 아이고, 무릎 다 까졌네."

동인은 백팩에서 미니 구급상자를 꺼내고 알코올 솜, 연고와 밴드를 꺼내서 응급처치를 해주었다.

"괜찮아?"

"응. 동인 의사쌤이 치료해주니 다 나은 것 같다. 호~ 해줘."

"큼큼. 어서 출발. 더 늦기 전에 보리사 가야지."

아람은 운전대에 앉아 차를 빼면서 물었다.

"서점 관광은 잘 했어? 뭐 샀어?"

"책 몇 권. 왜 손님들이 좋아하는지 전시된 것들도 좀 살

피고. 배울 게 있었어. 아기자기하면서도 꼼꼼하게 큐레이션
해놨더라.”

“그렇군.”

아람이 차를 주차한 후 둘은 내려서 보리사를 보았다. 절
은 양양 시내 중심가를 벗어난 변두리에 위치해 있었다. 대
웅전 뒤로 야트막한 산을 끼고 있는, 동산사보다 규모가 작
은 절이었다. 관리사무소를 찾으면서 경내를 둘러보는 중이
었다.

아람은 벙거지로 긴 머리를 감추고, 승복을 입고 걷다가
관광객들이 합장하고 정중히 건네는 인사를 종종 받았다. 처
음에는 어쩔 줄 모르다가 나중에는 합장을 하고 같이 인사를
했다. 그런 아람을 보던 동인은 치켜 뜬 아람의 눈초리가 무
서워 차마 앞에서 크게 웃지는 못하고 뒤돌아서 쿡쿡 웃었
다.

아람이 범인을 꼭 찾겠다는 의지가 활활 담긴 매서운 눈으
로 대웅전과 명부전 등을 살피며 돌아다니던 중이었다. 동인
은 아람의 뒤를 따라다니다 화들짝 놀라면서 급하게 속삭였
다. 아람은 귀가 간지러웠다.

“야, 뭐, 뭐야.”

“저, 저 사람 봐봐.”

“왜?”

"저 승복 입은 여자. 날씬한 사람 말이야. 저분 에코백에 컬러 카드 삐죽이 튀어나온 거 안 보여?"

"저거? 연두색 막대기 같은 거?"

"응. 인테리어 디자이너들이 저런 거 들고 다녀. 저번에 서점에서 광고판 주문하는데, 저런 카드를 보여주고 색깔을 지정했었어. 펜톤 카드라고 하던데 저게 길어서 가방에 잘 안 들어갈걸. 저렇게."

"가보자!"

아람과 동인은 회색 승복을 입은 여성을 몰래 뒤따랐다. 여자는 요사채로 신을 벗고 들어갔다. 열린 문으로 보니 방에 아무도 없었다. 아람이 얼른 따라 들어갔다.

"저 여기 템플스테이 하는 사람들이 머무는 데죠?"

승복을 입은 여자는 하얀 피부에 눈코입이 단정한 미인상이었다. 여자가 환하게 웃었다.

"어머, 저도 신청했어요. 어서 들어와요. 승복 빌려 입은 거예요? 어려 보이시는데, 승가대학 대학생이신가요? 너무 앳되시다."

눈치가 빠른 여자는 아람이 비구니가 아닌 걸 쉽게 눈치 챘다.

아람은 여자의 립서비스에 웃음을 지어 보였다. 동인도 따라 들어갔다.

"남자 방은 건너편인데 일단 앉아요. 친군가 보다."

여성은 자신을 서른여덟의 화장품 회사 직원으로 소개하며 이름은 김미영이라고 했다.

아람은 서른둘의 직장인이라 했고 동인도 같은 회사를 다닌다고 거짓말을 했다.

"두 분 너무 사이좋아 보인다. 커플이죠? 그냥 동료 직원 아니고요. 호호. 신심이 깊어 승복을 빌려 입은 거군요? 기특해요."

여자는 무척 친절하게 굴면서 가방에서 초콜릿과 음료수를 꺼내 권했다. 아람이 슬슬 맞추어 주자 여자가 컬러 카드를 꺼내며 심리 테스트를 해준다고 했다.

"지금 아무 생각 하지 말고 직관적으로 고르고 싶은 색깔을 골라 봐요."

아람은 여자가 권하는 카드에서 분홍색 카드를 골랐다.

"어머. 이건 기러기 아빠들도 종종 택하는 색인데. 맘속에 내재된 외로움을 누군가 알아주길 원하는 마음이 깃든 거죠. 겉은 외향적이고 털털해 보여도 속은 안 그래요. 누군가 나에게 손을 내밀기 원하죠. 짝사랑하는 사람 있죠?"

아람은 뜨끔했다가 이내 웃으면서 여자의 손을 잡았다.

"네. 맞아요. 저는 지금 당신이 손 내밀기를 원합니다."

여자가 의아한 눈으로 아람을 보는데 아람이 크게 외쳤다.

"신미정 씨 맞죠? 정남숙 씨가 애타게 찾습니다. 가져간 돈 2천 내놓으래요!"

여자는 얼굴이 사색이 되면서 벌벌 떨었다.

"사, 사람 잘못 봤어요."

"저는 강동경찰서 강아람 형사고, 잘못 본 거 아닙니다. 동산사부터 여기까지 샅샅이 훑었어요. 어서 경찰서로 갑시다."

아람이 여자를 일으켜 세웠다. 여자가 팔을 빼며 도망치려는데 동인이 벌떡 일어나 여자를 잡고 있는 아람의 옆에서 인상을 쓰면서 팔짱을 끼고 떡 버텼다.

아람이 전술을 바꿔서 여자를 다독였다.

"말씀해보세요. 어쩌다 이렇게 된 거죠? 원래부터 정남숙 씨에게 사기 치려고 접근한 건 아니었을 텐데요."

아람은 연수원에서 배운 신문 기법을 쓰면서 신미정을 살살 달랬다. 전문 사기범이라서 녹취한 걸 증거로 내밀어도 오리발일 것 같았다. 어떻게든 구슬려서 선배 형사들에게 인계하고 제대로 진술을 받아내야 했다.

"처, 처음에는 진짜 저도 속, 속았어요. 뱀독 화장품에 속아서 상장한다기에 저도 천만 원 투자했죠. 시간이 지나니 인센티브는 몇 번 들어오다 끊기고 사기 친 사람에게 물어보니 다른 사람을 데려와서 메꾸면 돈을 나눠서 지급한다는 거예요. 사기가 아니라 합법적인 금융 사업이라서 법적으로도 문제가 없대요."

"그렇게 말한 사람이 누구인데요?"

"제 남편이요."

"네?"

"이혼했어요. 자꾸 이런 일에 불러내고 꼬드기고. 후우."

동인은 묵묵히 듣고, 아람은 진실을 이끌어내기 위해서 신미정의 이야기에 계속 맞장구치며 대답을 해주었다.

"전남편 얘기 좀 해보세요. 어쩌다 이렇게까지 됐는지 들어나 봅시다."

"첨에는 중국에 상장한다 하고, 세미나장 같은데 불러서 마사지로 주름이 사라지는 그런 실험도 보여주고 그랬죠. 저도 실제로 보니 혹해서 돈을 입금했고, 마사지 시연 장소에 모델로 서기도 했어요. 그러다 인센티브가 안 들어와서 보채니까 이번에는 동산사로 오라고 해가지고 그렇게…."

"그래서 정남숙 씨에게서 똑같은 수법으로 돈을 입금 받은 겁니까?"

"첨에는 정말 친언니 같아서 컬러 테스트하다 친해지고, 힘든 가정사도 알고 마사지해주다가 이 화장품이 대체 뭐냐고 묻기에 저도 본전 생각나서 그만 그런 거지 정말 나쁜 맘은 없었어요. 저도 그 자식만 아니면 이렇게까지는 안 되었을 텐데요. 흐흑."

흐느끼던 신미정이 울음을 그치고 허심탄회하게 말했다.

"누가 그랬죠. 사람은 고쳐 쓰는 게 아니라고요. 내 남편이 거기 해당할 줄은 꿈에도 몰랐어요. 남편이 원래 사기꾼이어서 결국 이혼했어요. 이후에도 건수 있으면 부르는데, 나도 돈벌이가 시원찮고 해서 일단 가요. 설마 나한테도 사기 칠까 해서요."

동인은 흥미롭게 경청했다. 아람은 메모를 했다. 신미정이 술술 불기 시작했다.

"사실 친언니니 뭐니 하는 건 그냥 하는 말이고 남편이 동산사에서 누구 하나 찍었다고 오라고 전화를 했어요. 짝퉁을 바리바리 들고 가서 꾸미고는 정남숙 씨를 홀렸어요. 차는 남편이 임대해 주고요. 정성껏 마사지도 해주고, 말벗도 해주고. 다 남편한테 배운 수작인데, 남자는 여자에게 접근하기가 어렵다고 나를 불러서 시켰죠."

"주민등록증 좀 봅시다. 본명이 뭐예요?"

아람은 신미정이 내미는 신분증을 보았다. 옆에서 동인이 놀라 입을 열었다.

"헤에! 아니, 66년에 태어나셨어요?"

본명은 한명자, 1966년생이었다.

"네. 만으로 54살이에요. 성형 시술도 좀 받았지만, 철이 안 들어 그런지, 남들이 어리게 보더라고요. 정남숙 씨보다 언니예요."

고운 목소리와 여성스러운 말투가 어려 보이게 했다. 누구나 친절하고 예쁜 모습에 선뜻 맘을 열어줄 것 같았다.

"옷도 가방도 절반은 짝퉁인데 남편이 혹시나 하면서 팔아준다고 싹 걷어가고, 정남숙 씨 사기 친 돈에서 딸랑 2백만 주고는 다시 연락 두절이어요. 저는 여기 머물면서…."

아람이 싸늘하게 말을 이었다.

"다시 사기 칠 대상을 물색하는 거겠죠. 남편이 하자 했다고 사기범죄에 가담하는 사람이 어디 있습니까? 본인이 안 한다면 그만이지. 이혼했다면서요. 안 보면 되지 왜 강원도까지 와서 사기 칩니까? 남편분 이름하고 주민등록번호 대세요. 얼른요."

아람은 신미정이 불러주는 사람의 신원을 강동경찰서 지능범죄수사팀 선배에게 불러주었다. 그리고 형사들이 내려올 때까지 신미정과 같이 있다가 인계했다.

신미정을 선배 형사들에게 인계하고 나서 시간이 남아 아람은 동인에게 콘도의 실내 워터파크에서 스파를 하자고 했다. 아직 휴가이지 않은가. 내심 새로 산 브라운 모노키니를 입고 놀라게 해 줄 속셈도 있었다.

'흥, 유동인 너의 마음을 시험해보겠다. 흑화해서 나에게 덤벼드는지 아니면 그냥 평상시의 그 고고한 모습을 계속 유지하는지 알아봐야겠어. 내가 너를 테스트 해보겠단 말이지.'

워터파크에는 코로나바이러스로 인한 건지 사람이 그다지 많지 않았다. 겨울방학 기간이지만, 학생들도 적어보였다.

아람은 모노키니 수영복을 입고 미끈한 허벅지를 드러내 다리를 뽐내며 남자 탈의실에서 나오는 동인에게 다가갔다. 동인은 손에 구명조끼를 가지고 왔다.

"이거 입어. 실내 파도풀에서는 반드시 착용해야 한대."

"그래? 난 별로. 스파나 할 거라 필요 없을 거 같은데."

"아니지. 그래도 입어야지. 기본 매너에 안전수칙인데."

아람은 하는 수 없이 구명조끼를 받아서 입었다. 퉁퉁한 주황색 조끼가 가슴골은커녕 온몸을 죄다, 싹 다 가렸다. 게다가 동인이 하얀색 수영모도 가져와 아람의 머리에 꾹꾹 눌러가며 씌웠다.

아람은 머리가 망가지는 게 싫어서 안 쓰겠다고 투덜거렸지만, 동인은 실내 풀에 떠다니는 머리카락이 얼마나 해로운지 알려주겠다면서 누누이 설교 아닌 잔소리를 하니 결국 아람이 졌다. 아람은 워터파크 입구의 거울에 몸을 비추어 보았다. 하얀 수영모를 써서 꼭 스님 같아 보였고, 구명조끼는 사이즈가 너무 커서 엉덩이까지 내려왔다.

아무리 봐도 퉁퉁한 산타클로스로 보였다. 이래서야 몸매로 위태로운 유혹은 물 건너 간 채 안전하게 물놀이만 하다 갈 것 같았다. 아니나 다를까 동인이 이끄는 대로 워터 슬라이드도 타고, 파도풀에서 튜브를 붙잡고 같이 몸을 파도에 맡기고 다녔다.

지칠 때쯤 돼서 저 멀리 건너편의 스키장 설원을 바라보면서 따뜻하고 달달한 달고나 라떼를 마셨다. 역시 노는 것도 이십 대에 하는 거다, 삼십 대는 다르다며 이야기 하던 둘은 온몸을 따뜻한 물에 담그고 노곤노곤해지는 것을 느꼈다. 스파의 자쿠지 풀은 커플용으로 사이즈가 작아 살짝만 움직여도 동인의 몸이 닿았다. 아람이 슬쩍 동인을 쳐다봤지만 그는 목석이었다. 말 그대로 돌, 나무나 마찬가지였다. 아람은 스파나 즐기기로 했다.

"와, 살겠다. 이게 사람 사는 거구나. 그동안 형사님들하고 돼지국밥집 같은 곳만 다니고, 피의자들 신문조서 쓰면서 내 청춘을 너무 낭비했다."

아람이 푸념하자, 동인이 고개를 갸웃했다.

"그래도 넌 그게 더 어울려. 머리 꽉 묶고 찰랑거리면서 서점으로 사건 물고 들어와 상담하는 게 참 잘 어울려."

"혜성 씨는 잘 있지?"

"뜬금없이 그건 왜 물어봐?"

"그냥, 갑자기 생각이 나서. 저번에 나한테 대시 한 번 했는데 그 이후론 감감 무소식. 생각해 봐. 나랑 나이 차이가 얼마나 나는데."

"어쩐지, 저번에 밥 먹을 때 너 어떤지 슬쩍 물어보더라니."

"헤에. 진짜? 그래서 뭐라고 했는데?"

"남친 자리 비어있으니까 사귀고 싶으면 생각해 보라고 그랬지. 대신 성격은 장난 아니라 했지."

"야 유동인!"

아람은 자쿠지 풀 위에 놓아둔 튜브를 들어서 동인을 쳤다.

"넌 나한테 그 얘길 왜 이제야 하냐? 그리고 내 성격이 뭐 어떤데?"

"그냥, 그렇게 말했을 뿐이야."

"넌 어떤데? 넌 나 어떻게 생각해?"

자쿠지 풀에서 갑자기 물방울 마사지가 시작되면서 거센 물줄기가 허리를 감쌌다. 물은 참 따뜻한데 아람의 마음은 이상하게 시렸다. 스파나 즐기려고 했는데 한순간에 쑥 뺄어버렸다.

아람은 지금 이 말을 동인이가 물줄기 소리에 못 들었을 거라 생각했다. 아니 그러길 바랐다. 진심으로.

동인이 고개를 돌려 아람을 똑바로 바라보았다.

"너? 우린 그냥 친구잖아."

'들었구나. 어떻게 생각하느냐는 말.'

아람의 마음에 돌덩이가 쿵하고 떨어져 퉁퉁 소리를 내면서 굴러갔다.

"그, 그렇지…, 친구지."

아람은 싸늘하게 한 마디하고 자쿠지 풀에서 나왔다.

"나 샤워하러 갈게. 1시간 후에 워터파크 입구에서 만나."

혼자 남겨진 동인은 손가락으로 물살을 맞으면서 뭔가 곰곰이 생각을 했다.

사우나에 들어간 아람은 땀을 흘리면서 생각을 했다.

'나는 동인이를 정말 어떻게 생각 하는 거지?'

정리가 필요했다.

하지만 정확한 건 단 하나, 지금은 동인이 없이 일상을 보내는 건 무료하고 보람이 없다는 생각이었다. 그렇다면 나는 동인이를 좋아하는 것이다!

유레카!

아람은 그걸 깨닫고 결론을 내린 후 사우나를 나와 샤워를 하고 일사천리로 머리를 말리고 옷을 입었다. 마음이 급했다. 동인이와 만나기로 했던 워터파크 입구로 나갔다.

저만치 동인이 먼저 나와 기다리고 있었다. 늘 꼼꼼하게 정돈된 머리를 한 그가, 남들보다 훌쩍 큰 키의 그가 손을 번쩍 들어 아람을 불렀다.

"강아람. 이리로 와."

아람은 동인에게 걸어가면서 이제는 말할 때라 생각했다. 하지만 여전히 망설였다. 망설이기만 했다. 손가락만 달싹거렸다.

그날 밤, 동인은 방에서 조용히 이불 위로 두 손을 포개고 단정하게 잠들었고, 여전히 잠을 못 이루는 아람은 그런 그를 보며 내일 할 말을 머리로 되뇌고 손으로 수첩에 써보기도 하면서 정리했다.

한편 동인의 행동도 생각해 보았다.

분명히 그는 아람이 핫팬츠를 입거나 수영복을 입어도 동요하거나 웃는 법이 없고 여전히 침착한 미림서점 유 대리였다.

반면 아람은 달랐다. 베란다로 나가서 밤하늘을 보니 동인이가 달 표면을 넘어서 온 밤하늘에 가득 넘쳐났다.

여행 오기 전부터 가슴이 시린데 동인이는 달라지지 않고 추리 얘기만 하고 사건만 쫓고, 장난이나 치고 마구마구 야! 라고 부르면서 애처럼 떠들기만 한다. 아람을 여자로 보고 신경을 쓰거나 가리는 게 전혀 없다. 아까 워터파크에서도 그랬다.

유레카라고 소리쳤지만, 말할 때라고 생각했지만 망설인 데는 다 이유가 있는 법이다. 만약에 내일 진짜 진지하게 고백했다가 차이기라도 하면 동인이의 얼굴을 다시 볼 수 있을까. 하늘 아래 단 하나뿐인 친구관계마저 깨지고 다시는 안 보게 되는 건 아닌지 걱정도 됐다.

수첩에 앞으로 해야 할 일과 동인이 앞에서 안 해야 할 일을 적어보았다.

저어기, 세상모르고 자는 아이를 위해 자신은 밤이 새도록 온갖 경우의 수를 따져보고, 이것저것 지나온 과거를 더듬고 수첩에 적고 있는 게 한심하기도 했다.

아람은 한숨을 내뱉었다.

과거의 기억을 떠올려봤다. 자신은 엄마와 사이가 좋지 않다. 그럴 수밖에 없다. 아람이 어릴 적부터 추리소설을 쓰던 엄마는 아이를 돌봐주는 분을 고용해서 아람을 맡겼다. 아람의 기억 속에는 항상 문을 쾅 소리 내고 들어가서 일만 하는 사람이었다. 닫힌 방에서는 늘 키보드 소리만 흘러나왔다. 어린 아람은 엄마와 놀고 싶었지만 고사리 손으로 방문을 열 수 없었다. 엄마라고 부르고 싶었지만 엄마 얼굴도 보기 힘들었다.

아람은 자신의 뜻과 상관없이 기숙형 자사고에 들어갔다. 일방적인 엄마의 결정이었다. 밤 12시부터 새벽 5시 사이에만 잠을 잘 수 있었고 개인 시간이 허용되었다. 다른 시간은 모두 공부였다. 영어나 철학 토론, 테스트, 논술, 독서 등을 위한 시간이었다. 어떤 학생들은 1등급만 떨어져도 자살 시도를 했다. 그래도 부모들은 그들을 전학하지 못하게 가로막았다.

아람은 고등학교 때 엄마가 원망스러웠다. 자신을 귀찮게 여겨 이런 곳에 보낸 것이라는 생각을 한순간도 하지 않을 때가 없었다. 엄마에게 자신은 불편한 존재일 뿐이었다. 대학교 때도, 유학 가서도 그 생각은 변함없었다.

유학생활을 끝내고 귀국한 아람은 어느 날, 뼈해장국이 먹고 싶었다. 엄마는 못 먹는다며 억지로 식당에 데려가서 먹으라고 하는 건 폭력이라고 했다. 아람은 그 말을 듣자 오기가 나서 엄마를 더 데리고 가고 싶었다. 가기 싫다는 엄마를 데리고 기어이 식당에 갔다.

아람은 뼈해장국을 시켜 살점을 하나하나 발라서 엄마 앞에서 보란 듯이 쪽쪽 빼먹었다.

"넌 내 속으로 낳고 20년 훌쩍 넘게 봤지만 이제는 타인 같다."

엄마는 그렇게 말했다. 별다른 뜻 없이 한 말이겠지만 아람은 서운하기보다는 오히려 속이 시원했다. 타인 같다는 말이 당연했다. 그래서 좋았다. 자신은 이미 오래전부터 그랬으니까. 20년 넘게 봤다고 했지만 엄마가 언제 자신을 본 적이 있기는 했을까.

경찰 특채 시험에 붙은 후 아람은 독립을 선언했다. 그 이후로는 절대로 엄마에게 무엇이라도 요청하는 일은 없었다.

가끔 엄마가 예전에 했던 가슴을 후벼 판 말들이 떠올랐다. 방학 기간에 기숙사를 나와 집에 오면 이러저러하게 엄마와 싸우곤 했는데, 그때 엄마는 이렇게 말했다.

"어구, 저런 사납쟁이를 어떤 남자가 좋아할까."

아람은 코웃음을 쳤지만 지금은 그 말대로 자신을 좋아해 줄 남자는 아무도 없는 건가 하는 생각도 들었다. 심지어 동인도 자신을 여자로 보지 않으니까.

괜하게 분이 차올랐지만 후우, 한숨도 나왔다.

새벽 3시. 여전히 동인은 잠을 자고 아람은 답도 없는 그와의 연애과정 아니지, 그냥 교우과정만을 더듬어보다 최근의 일까지 곱씹고 있었다.

혹시 해성 씨 사진을 프로필에서 지울 때 나한테 관심이 있었던 건 아닐까? 동인이가 오수정과 꽁냥꽁냥 인스타그램 댓글 주고받는 거 내가 싫어할 때 혹시라도 신경 쓰이는 표정을 했었나? 내가 오랜만에 서점에 찾아갔을 때 애타는 얼굴로 맞이했었나? 의미 없는 선톡을 보내면서 내 의중을 떠본 적이 있었나?

아람은 '남자가 여자에게 관심 있을 때 하는 행동' 등 연애심리에 관한 유튜브 영상을 몇 개 돌려보다가 폰을 손에 쥐고 잠들어버렸다.

라면 냄새에 끌려서 일어나보니 동인이는 이미 나갈 준비를 다 하고 라면을 끓여서 먹고 있었다.

"뭐, 뭐야. 의리도 없이. 혼자서만 먹고."

"끓여주고 싶은데 하나 밖에 없어서."

"치사하다. 유동인."

아람은 풀이 죽었다. 역시 그는 아람이 먹을 라면을 챙겨놓지 않았다. 그는 자신에게 관심이 그다지, 아니 아예 없을 수도 있었다.

아람은 밤새 골라놓은 고백 문구를 적은 수첩을 그냥 가방에 쑤셔 넣었지만 한편 이렇게 끝낼 수 없다는 오기도 생겼다.

이곳을 떠나기 전에 아람은 승부수를 내기로 했다. 서울까지 가지고 갈 일이 아니었다. 콘도에서 짐을 챙겨 나오면서 마지막으로 겨울 바다를 보고 가자고 제안했다. 동인은 고개를 끄덕였다. 그가 입은 베이지색 더플코트가 오늘따라 고등

학생의 떡볶이 코트가 아닌, 박보검이 입은 코트처럼 세련돼
보였다.

동인의 얼굴에서 오로라 같은 후광까지 비치니 아람의 심
장은 조여들었다.

'과연 동인이가 내 맘을 받아줄까?'

묵묵히 백사장에서 파도가 세차게 바위를 몇 번이나 후려
치는 걸 보다가 마침내 아람이 입을 열었다.

"나, 할 말 있다."

동인은 파도에 시선이 쏠려 아무 대답도 없었다.

"할 말 있다고."

"해 봐."

"넌 어떤 여자 좋아해?"

"글쎄 말이다."

"무슨 말이 그래? 회사나 대학교 동기 중에 좋아했던 여
자 없었어?"

아람이 알기로 동인을 짝사랑했던 여자 동기는 있었으나,
동인이가 사귄 여자는 거의 없었다. 있었어도 몇 번 같이 밥
먹는 걸 보았을 뿐이었다.

"왜 물어? 이 너른 바다 앞에서? 것도 겨울 바다인데?"

"그, 그냥."

"넌?"

"아, 몰랑. 난 선배 형사와 한동안 붙어 다니다 짝사랑하기도 했는데 이어지진 않았어. 그냥 그렇게 끝나고 발령이 나서 헤어짐. 됐냐?"

"나도 그 비슷할 걸. 별로 없어. 지금은 여친 없는게 더 편해. 비혼이 트렌드야. 수많은 책에 적혀 있어."

"그럼 난?"

"어?"

동인이 허를 찔린 듯 아람의 얼굴을 놀란 눈으로 직시했다. 아람은 화를 내면서 소리 질렀다.

"야, 유동인! 넌 나한테 정말 아무 맘도 없는 거야? 아무 감정도 없냐고!"

동인은 아람을 지긋이 봤다. 아람이 화를 낼수록 동인은 침착해졌다.

"진정해. 강아람."

"그동안 내가 너 추리실력만 보고 조언만 구하려고 뻔질나게 하루에도 몇 번씩 미림문고에 간 줄 알아? 너 말이야 내가 너 좋아하는 거 알지. 그러면서 모른 척 애쓰는 거지. 차라리 말해! 단념하라고 말이야. 나한테 희망 고문 따위는 하지 말라고."

아람의 얼굴이 붉어지면서 온몸에서 열을 발산했다. 만화 《드래곤볼》에서 나오는 초사이어인이 되어가는 것 같았다.

차가운 겨울 바다 바람이 영상 30도의 여름 햇살 같았다.

"희망 고문이라니?"

"그렇지 않아? 내가 서점에 가면 너는 방글방글 웃으면서 책도 권하고, 사건 조사도 도와주고 같이 늘 붙어 다니고 그러잖아. 그러면서도 넌 나 좋아하는 마음이 1도 안 드냐고! 그런 마음도 없으면서 계속 만나주는 건 희망 고문 아냐?"

아람은 오늘 밤 이불킥을 겁나게 수백 번 찰 각오를 하고 당당하게 외쳤다.

"옷 사준 것도, 같이 여행 온 것도 다 나 좋아해서 그런 거 아니냐고?"

동인이 눈을 둥그렇게 떴다.

"나 울 엄마도 옷 사주고 같이 여행 다니고 그랬는데?"

"그니까. 좋아하니까 엄마한테 옷 사드리듯 나한테도 그런 거잖아. 난 말이지, 남자한테 옷 선물 받아본 게 니가 첨이야! 가족 빼고."

"응?"

"나 그러는 사이에 너 좋아하게 됐다고. 그니까 이제 연애하는 사이로 만나자고 말하는 거야. 여사친 아닌 여친으로 말이야."

동인은 아람을 쳐다보던 눈길을 돌렸다.

"그럴 수 없어, 절대."

아람의 가슴이 저렸다. 맘이 무너졌다. 갑자기 열기가 싸늘함으로 다가왔다.

"왜? 나 싫어?"

동인은 침묵했다. 그러다 입을 열었다.

"그건 아니야."

"아님 뭐, 동인이 너 감정 없는 소시오패스야?"

아람은 동인의 가슴을 주먹으로 마구 때렸다.

"것도 아니면 미장원 원장님도 좋고, 나도 좋고 여러 명을 사랑하는 다중지향 연애관이야?"

"아람아, 진정해!"

동인이 아람의 손을 잡고 진정시켰다. 겨울바람이 동인의 머리를 날리고 아람의 뺨을 갈겼다.

"아니. 다 아냐."

동인은 고개를 돌려 바다를 보았다. 끊임없이 치고 나가는 물결을 보면서 담담하게 말했다.

"탐정은 연애금지야."

아람은 순간 뭔가 잘못 들은 줄 알았다.

"뭐?"

눈이 화들짝 커졌다.

"일찍이 우리나라 추리 시조인 김내성 선배님의 《마인》 소설에 나오는 말이야. 탐정은 절대로 사건 중의 이성과 연애를 해서는 안 되기 때문에!"

동인은 무성영화 변사처럼 목소리를 가다듬어 말했다.

"우리나라 최초 현대 추리소설에 나오는 말이지. 그리고 셜록이나 포와로를 봐. 마플 여사도."

"야! 됐어. 차라리 러브라이브 캐릭터랑 결혼한다는 말을 더 믿겠다."

"진짜라니까."

"에에. 거짓말. 그러다 나보다 더 어리고 더 예쁘고 베이글 같은 여자 나타나면 그 여자랑 연애할 거면서!"

투덜거리는 아람을 두고 동인은 저 멀리 있는 커피 트럭으로 다다다다 달려가더니 따뜻한 라떼 두 잔을 사와 건넸다.

"내 말 믿고 진정해. 진정시켜주는 부드러운 라떼야. 이제 서울로 가자."

"아, 알았어."

아람은 바다를 보면서 조용히 커피를 마셨다.

"오늘 내가 한 말들 다 비밀이다. 우리 엄마나 선배 형사나 미장원 원장님, 방가방가 사장님 모두에게. 알았지? 너 얘기하면 죽어!"

"알겠다. 커피나 마시고 가자. 음악 들으면서."

아람은 고개를 끄덕이면서 그대로 무릎을 깍지 손으로 붙잡아 모래사장에 앉았다.

"어? 없어."

"뭐가?"

"에어팟. 콘도에 두고 왔나 봐."

"야, 유동인. 니 귀에 있어. 이 칠칠이. 귀에 꽂힌 에어 팟은 뭐야? 그건 장식품이야?"

"어, 놔두고 온줄 알았는데 귀에 꽂혀 있었네?"

"이 털털이 바보야!"

아람은 동인을 원망스러운 눈으로 보다가 밤새 생각했던 말을 간신히 꺼냈다. 정말 하기 힘들지만, 최대한 털털하게 보이도록 연출해서 말을 토해냈다. 고백을 해도 동인이 거절 하거나 꿈쩍도 하지 않으면 이 말로 한 방 먹이고 마음을 녹 이려 했었다.

"야아! 유동인 나 휴가 이틀 더 남았는데 같이 갈래? 직, 직, 직, 진 여행."

직진 여행이란 말을 밤새도록 입에 되뇌어 연습했지만 역 시나 더듬었다.

"직진 여행? 그게 뭐야?"

"독서회에서 들었는데 직진으로만 계속 고고씽하는 거. 좌회전이나 우회전 없이 죽 가는 거야."

"그러다 경부 타고 부산 가면?"

"거기서 즐기는 거지."

아람은 그 말을 하고 괜하게 부끄러웠지만 이내 동인의 옆모습을 보고 진지하게 말했다.

"무슨 소리인지 당최?"

아람이 동인의 대답에 다시 화를 버럭 냈다.

"그냥 해운대 가서 회도 먹고 대게도 먹고 바람도 쐬면서 놀자고. 즐기자고. 별 뜻 없어."

"휴가 끝났다. 출근해야 해."

"아, 알았어. 가자 가자."

주차장으로 향하는데 스니커즈가 모래사장에 서걱서걱 소리를 내면서 빠졌다. 자신이 생각해도 이 거지같은 고백에다가 직진 여행은 너무 이상한 조합이었다. 완전 망했다.

아람은 고속도로를 타고 운전하면서 가끔 한숨을 쉬었다. 동인은 조수석에서 암말 없이 꼼짝 않고 아람의 눈치만 슬금슬금 살폈다.

긴 침묵이 이어졌다. 라디오에서 핑클의 〈루비 : 슬픈 눈물〉이 흘러나왔다. 울적한 기분이 들어 괜히 동인이만 찔러 보았다.

"동인이 너 요즘 다른 때와 달라. 너 바람났지?"

동인이 쿡, 했다.

"바람이라니? 우린 지금 싱글이고 또, 음. 탐정은 연애금지라니까."

"그냥 그렇다는 거야. 다른 때와 다르게 뭔가 달라졌어. 난 알겠어."

아람은 그렇게 말했지만 결국 변한 건 자신이라는 것을 깨달았다. 그것을 동인에게 전가한 것이다. 동인에 대한 마음이 애틋해졌다. 고백 후 바로 차였다. 오늘 아침부터 널뛰듯이 마음이 이랬다저랬다 하면서 천 번 만 번 변했다. 자신이 변한 것이다.

그렇게 대화는 끝나고 차는 어느덧 서울로 접어들었다. 아람은 동인을 집 앞에 내려주고, 동인이 밝게 웃으면서 뭐라 말했지만 아무 말도 귀에 들어오지 않았다.

아람은 귀찮다는 듯 손을 내젓고 바로 차를 출발했다. 그제야 눈에서 눈물이 흘렀다. 혹시라도 동인이 볼까 차를 세우지도 못하고, 눈물이 고여 가지도 못하고 결국 앞에 보이는 아무 골목으로 들어갔다. 차를 세우자마자 바로 엉엉 소리 내어 울었다.

그 순간, 눈이 내렸다.

올해 첫눈이다.

첫눈은 사랑하는 사람과 같이 맞아보고 싶다고 성인이 된 이후 10년 넘게 생각했지만 한 번도 이룰 수 없었다. 물론 동인과 같이 맞은 적도 없었다.

서른둘, 싱글녀의 일상은 건조하고, 친구한테 고백했다 차여서 가슴이 시리게 아프고, 첫눈은 혼자서 차창으로 보고 있다. 마음속에 와이퍼가 있다면 아픔을 지우기라도 할 텐데 관계가 개선될 가망성은 전혀 없고, 무지막지하게 큰 돌덩이만 가슴 속에 쿵, 하고 떨어졌다.

'유동인, 이 나쁜 놈. 내 맘 아픈 것도 모르면서 자기가 무슨 탐정이라고.'

며칠 후, 아람은 서점 근처에서 일을 보고 나서, 발길이 서점으로 향하는 걸 자꾸 몸을 되돌리고 다시 서점으로 향하고 다시 되돌리고를 반복했다. 그렇게 건물 앞에서 서성이던 그때 싸움하는 소리가 귀를 비집고 들어왔다.

"맨날 게을러서 요리는커녕 사 먹기나 하고 말이지. 요가 배우러 다니지 말고 요리나 배워, 이 미장원 여자야."

과일가게 사장님이 꽃무늬 원장의 원피스 깃을 잡아당기면서 소리 질렀다.

"니가 보태준 거 있어요? 왜 난리야. 그래, 나는 너처럼 남편도 없고 아이도 없어서 나 혼자 속 편히 사 먹는다, 왜! 커피 살 돈으로 너네 사과 하나 안 사줘서 그러냐?"

"뭐라고? 어디서 좆나 데시벨 크게 외치네!"

"뭐어? 좆나 개씨발? 어디서 욕이야?"

꽃무늬 원장이 난리를 치자 과일가게 사장은 꽃무늬 원장의 머리끄덩이를 잡아당기면서 소리 질렀다.

"귓구녕 뚫어! 어디서 잘 못 알아듣고 이 지랄이야!"

아람은 쿡 웃었다. 데시벨을 욕으로 들은 게 분명하다.

두 여자가 머리채를 잡고 싸우자, 청년 사장이 카페에서 튀어나왔다.

"그만들 두세요!"

청년 사장이 말렸지만 두 여자는 아랑곳하지 않고 계속 싸웠다.

"어머니들, 제발 그만들 두시라니까!"

꽃무늬 원장이 놀란 눈으로 청년 사장을 보았다.

"뭐어? 어머니? 지금 나보고 그랬어요?"

"아, 아니. 원장님⋯. 어머니가 아니고요."

꽃무늬 원장은 큰 충격을 받고 천천히 원피스의 옷매무새를 단정히 하더니 미장원 안으로 들어갔다. 장바구니를 들고 뒤에서 몰래 지켜보던 방가방가 사장은 흥, 그럼 그렇지 하는 얼굴로 건물로 들어갔다.

"아람아, 이게 다 무슨 일이야? 대체?"

동인이었다. 입가에 설탕이 묻은 걸로 봐서는 도넛이라도 사 먹고 들어오는가 싶었다.

아람은 동인의 입가를 엄지로 닦아주려다 말았다. 예전과는 다르다. 이제 둘 사이에는 거리가 생겼다. 그래서 서점에 가려다가도 못 간다. 아람이 싸늘히 말했다.

"상황 종료니 난 서로 복귀하렵니다. 유 대리님."

과일가게 사장이 구경하던 이들 들으란 듯 크게 외쳤다.

"흥, 그럼 저 나이에 여기 카페 사장님과 어떻게 해 보려 했냐? 아무리 결혼을 안 했다 해도 그렇지 저 미장원 원장 완전히 정신 나간 거 아냐? 사위 볼 나이에, 참나. 앞으로도 그냥 어머니라고 부르세요, 알았죠?"

남편이 지켜보고 있다가 다가와서 다독이자 과일가게 사장은 손을 홱 치우고 가게로 들어갔다.

"어, 어떻게 하죠?"

청년 사장이 낙담하는데, 동인이 다가가 어깨를 쳐주며 달랬다.

"저러시다 말겠죠들."

아람이 말했다.

"뭐어. 두 분 언젠가 화해하겠죠."

"참! 형사님, 정말 감사합니다. 저희 카페 수리비 다 보상받고, 거기다 더 얹어 주셨어요. 창도 싹 갈아서 예전과 변함없어요."

동인이 그린 카페를 가리키면서 오케이 사인과 함께 고개를 끄덕였다.

"다행이네요. 유 대리님이 도와주셔서 사건이 잘 해결됐
어요."

"후후, 근데 가끔은 환경을 생각한다는 사람이 이렇게 테
이크아웃 커피를 매일매일 팔아도 되나 하는 생각이 들어요.
딜레마예요."

"네?"

아람은 반문했다.

"텀블러를 가져오시면 천 원 빼드린다 해도 그러시는 분
이 드물어요. 유일하게 그러시는 두 분이 방금 싸우신 과일
가게 사장님과 원장님, 이렇게 두 분인데 저 때문에 다툼 난
것도 미안하고요."

동인이 차분히 말했다.

"힘내세요. 일일이 신경 쓰면 아무 일도 못 합니다. 일단
두 분은 차차 화해하시겠죠. 다시 고객들에게 정성껏 커피
파세요. 저도 가끔 방가방가 가는 대신에 텀블러 들고 찾아
올게요."

청년 사장이 환하게 웃었다.

"내 정신 좀 봐. 어서 카페에 들어들 오세요."

"서점 들어가야 하는데. 형사님은 서에 들어가 보셔야 하
구요."

"아니요, 한 잔 주세요. 유 대리님은 직장 복귀하십시오.

전 텀블러는 없지만 싸게 주세요."

"푸하하, 일단 들어오세요."

아람이 들어가자 동인도 얼른 따라 들어갔다.

"화단에 있는 꽃 진짜 예뻐요. 재활용 병을 화분으로 사용한 것도 독특하고요."

"그래요? 봄이 오면 더 심을 거예요. 겨울이라 어쩔 수 없이 조화예요."

"엥? 진짜 같은데."

아람이 얼른 화단으로 가서 꽃잎을 만져봤다.

"이제 크리스마스가 가까우니까 가게에 리스나 포인세티아 들여놓으려고요. 자주 오세요, 형사님, 대리님."

"네, 알겠습니다. 저도 방가방가 사장님 몰래 오는 걸로, 후후."

청년 사장은 심각한 표정을 잠시 지었다.

"제가 코로나 때문에 손님이 줄어서 손님들 오게 하려고 톡도 개인적으로 주고받고, 친절하게 말씀드린다는 게 여러 단골들에게 오해를 불렀나 봐요. 앞으로는 그런 일 없게 하려고요. 결혼할 사람도 있고요."

청년 사장은 약지에 낀 금반지를 가리켰다.

동인은 마스크 위로 뺨을 손가락으로 긁고 아람은 웃으면서 고개를 끄덕였다.

"그랬군요. 어쩐지 갑자기 이 구역의 떠오르는 아이돌이 되어서 깜놀했어요. 원장님, 도도하신 분인데요. 뭔가 오해가 있었나 봅니다. 그린 카페 전에는 서점에 있는 유 대리라는 사람이 인기가 있었거든요."

동인의 농담 섞인 말에 아람과 청년 사장이 동시에 풋 웃었다.

아람과 동인은 커피를 마시고 카페를 나왔다.

"너 도넛으로 점심 되냐? 입가 좀 닦아. 커피를 마셔도 설탕이 그대로 붙어있어."

"배고프긴 해. 할 일이 있어서 허겁지겁 먹고 오긴 했는데 같이 밥 먹을까? 아직 안 먹었음?"

"형사는 늘 공복이지. 잠복근무하느라. 근데 너 서점 들어가야 하지 않아?"

아람은 실연도 잠시, 다시 친구 모드로 돌아가는 자신에게 그럼 그렇지, 하며 깜짝 놀랐다.

"괜찮아, 시간 있어. 김밥 먹고 갈래? 요 옆에 여사님 솜씨 기가 막혀."

"유 대리님, 아주 여기 지역 인사 되셨어요. 아주머니, 여사님들이 다들 너 예뻐라 하시지? 근데 서운하겠다. 그린 카페 사장님 쪽으로 많이들 몰려가서."

"왜 이래? 아직 내 팬들도 많아. 하아, 나도 내 모범생 이미지가 답답하지만 그래도 어떡해. 어른들한테 인기 폭발 인데. 술도 이곳에서 먹기는 좀 힘들다."

"푸하하. 술? 웃기네. 너 읽지도 않는 책 소품삼아 폼 잡 으며 들고 다니잖아. 멋져 보이려고."

"야, 난 그렇게까지 가식적이진 않고, 예전보다는 못하지 만 그래도 날마다 조금이라도 읽어보려고 해. 이렇게 가방에 책 들고 점심 먹으러 나간다니까."

동인은 어깨에 메고 있는 크로스 백을 가리켰다.

"괜히 이 직업 택했어. 책 좋아하는데 책 만지는 게 일이 되니까 조금 질려. 읽을 시간이 많이 없기도 하고. 후후. 자 아, 어서 두툼 계란 시그니처 김밥을 먹으러 갑시다. 계란이 마구마구 토핑된 김밥이다."

"땡기는데, 오늘은 동인이가 내는 턱 먹어볼까나."

비가 오려는지 하늘이 꾸물거렸다.

"비 올지 모른다."

동인은 가방에서 우산을 꺼내 보이며 말했다.

"걱정 마셔. 김밥집까지 에스코트 할 테니까."

"우, 대리님 에스코트란 말에 맘 놓이는데. 얼마나 맛난 지 가보자."

동인과 아람은 바삐 걸음을 서둘렀다.

김밥집을 가는 중에 비가 와서 동인이 우산을 폈다. 분홍색 체크무늬 우산이었다.

아람의 어깨가 동인의 팔에 닿았다. 동인의 숨결이 느껴질 만큼 가깝게 붙어서 걸었다. 아람은 용기를 냈다.

"동인아. 너 나에 대한 마음, 아직도 같아?"

"응? 마음? 같다니?"

아람은 동인의 대답에 기가 꺾였지만, 여행 후 이렇게 시간을 흘려보내고 다시 친구로 돌아가긴 싫었다. 자신에게 최면을 걸었다.

'난 용감한 형사다. 한 번 실연으로 무너지지 않는다. 다시 도끼를 들어서 동인의 발치를 열 번이고 백 번이고 찍어 본다. 다시 한 번 말하지만 난 정말이지 용감한 형사다.'

아람은 용기를 빡 냈다.

"바다에서 고백했잖아. 그게 거절인지 잘 모르겠어서."

동인은 말을 멈추고, 김밥집 앞에서 말했다.

"일단 시그니처 김밥 먹고 다시 생각해볼게."

그날은 더 말이 없고 그렇게 김밥만 꾸역꾸역 먹다가 헤어졌다.

아람은 밤마다 이불킥을 차고 주먹을 허공에 날리면서 욕을 퍼부었다.

"미친년! 미쳤어! 돌았어! 이제 동인이 얼굴 절대 못 봐.

죽어도 못 봐. 후하하. 히이이. 어엉."

근무를 하지 않는 휴일에 아람은 넷플릭스에서 로맨스 영화만 갈아타면서 보다가 웃다가 울다가를 반복했다. 옆집이나 아랫집에 소리가 들리면 아마 정신 나간 사람이 사는 줄로 알지도 모른다.

그때 폰이 울렸다. 동인이었다.

아람은 동인의 이름이 뜨자, 덜덜 떨면서 전화기를 붙잡았다.

"어, 동인아. 무슨 일이야?"

아람은 콧물을 휴지로 닦아내면서 최대한 평온한 목소리로 아무 일 없다는 듯 전화를 받았다.

"아람아, 만날래? 이제 곧 크리스마스고 연말이잖아."

"왜? 무슨 일인데?"

"친구가 무슨 이유가 있어? 그냥 놀자고."

아람은 화를 버럭 냈다.

"됐어. 나 마음 정리했는데 왜 전화해."

아람은 최대한 침착하고 담담하게 말했지만 속에서는 천불이 났다. 속으로만 중얼거렸다.

'내가 그동안 너랑 수사하고 같이 붙어 다니면서 유사연애 감정이 든 거야. 혼자 좋아하게 된 거지. 너는 나 1도 관심 없는 거 알아. 이제 안 만나. 수사도 선배님들과 의논해

서 할 거야. 넌 너대로 추리소설 써서 공모전 내. 이제 끝이
야.'

그러다 갑자기 폰에 대고 소리를 버럭 질렀다.

"가슴이 답답하고, 짜증이 와락 난다. 야, 경고하는데
유!동!인! 앞으로 비즈니스 아니면, 특별히 볼 일 없으면 연
락하지 마!"

아람은 그렇게 소리 지르고는 입을 막았다. 아무래도 정신
이 나갔나보다. 이럴 일이 아닌데, 왜 이러는 걸까.

"가슴이 답답하고 짜증난다고?"

"아, 몰라 몰라! 끊어. 받을 정신 없다."

아람은 전화를 끊었다. 무릎을 껴안고 침대에서 대굴거리
며 발로 이불을 찼다. 그러다 침대 밑으로 데구루루 굴러떨
어졌다.

"엄마얏!"

사건 수사를 하러 간 여행에서 마음이 동해 고백 비슷한
걸 했다. 김밥집 가기 전에도 한 번 더 떠보고. 이럴 수는
없다. 한 마디로 바보 됐다. 동기들이 알아도 놀릴 것이고,
동인의 마음은 다른 데 있는 것 같은데 괜히 불편하게 만들
었다.

아람은 책상 위에 둔 상자를 집어 들었다. 그 안에는 장갑
과 핸드크림이 들어 있었다. 책을 만지느라 손이 거칠어질까

동인에게 주려고 준비한 선물이었다. 하지만 이제 영영 줄 수 없을지도 모른다. 아람은 장갑에 손을 넣어봤다. 좀 컸다. 내가 써야 하나 싶은 서글픔이 밀려왔다. 괜하게 코가 찡했다.

이때 동인의 톡이 왔다.

- 아람아, 집 앞으로 갈게. 만나. 그리고 이거 꼭 봐봐. 도움 되는 영상 링크~~.

아람은 정말 답답해서 가슴을 쳤다. 동인은 유튜브 '가슴이 답답하면 먹는 약 종류에 관해서', '괜히 친구에게 짜증이 났을 때 대처법' 등의 영상 링크를 톡으로 보냈다.

아람은 동인이가 왜 깐족거리나 하는 생각이 들면서도 한편으로 동인이에게 좋아하는 여자가 생긴다면 정말 둘의 우정은 끝이 아닐까 하는 미래에 대한 걱정도 들었다.

정말 이렇게 끝낼 수는 없었다.

아람은 거울을 보았다. 집에 있다 그냥 막 나온 것처럼 하고 나갈 수 없었다. 차였다고 해도 자신의 마음속에는 아직 그가 남아 있었다. 관리 잘하는 여자 같은 이미지를 보여주고 싶었다. 기다리라는 톡을 보내고 얼른 옷장을 뒤졌다.

아람은 레깅스를 꺼내 입고 박시한 후드를 입어 집에서 필라테스라도 한 것 같은 분위기를 최대한 연출했다. 비비크림에 틴트를 바르고 눈썹을 그렸다. 머리도 다시 묶고 애교머리 몇 가닥을 꺼내 손가락으로 꼬았다. 전신거울 앞에서 셀카를 찍어 분위기를 보니 나쁘지 않았다. 그 위에 파카 하나만 걸치고 집 앞으로 나갔다.

저만치에서 동인이 아람을 살피며 쭈뼛거리면서 오는 게 보였다.

마침 아람이 서 있던 카페의 스피커에서 쿨의 〈아로하〉가 흘러나왔다. 그러려고 한 게 아닌데 그냥 눈물이 흘러나왔다. 자신이 가진 동인에 대한 마음 같았다. 울적했다. 동인은 그 맘을 아는지 모르는지 갑자기 화사하게 웃으면서 달려왔다. 얼른 얼굴을 닦는 척 눈물 자국을 지웠다.

"화 안 났어? 내가 보내준 링크 열어봤지? 짜증이 나거나 답답할 때 그렇게 하면 된대."

"됐어. 뭐하러 불러냈냐? 연말에는 연인이나 만나는 거 아냐? 나 넷플릭스 〈키싱 부스〉 시리즈 오늘 다 볼 거라 바빠. 할 말만 해."

아람은 동인의 떡볶이 코트가 오늘따라 잘 어울린다고 생각했다. 가르마도 잘 타졌고, 앞머리도 제대로 따옴표고 얼굴도 빛난다. 하, 겨우 마음 정리하려는데 잘생기고 귀여운

동인의 얼굴에 꽂혀 정신이 아른거렸다. 아람은 정신을 차리려 애썼다. 포니테일로 묶은 머리가 달랑거렸다.

"이거 봐봐. 대박이다."

"어?"

동인은 유튜브 영상을 보여주었다.

제목은 '숭어책방 앞에서 스님으로 변장한 날치기 잡는 형사'였다.

아람은 화들짝 놀랐다. 아람이 날치기범을 잡는 게 찍혀 있었다. 질끈 묶은 머리카락이 휘날리며 범인의 손목을 탁 잡아 넘어뜨리는 장면이 역동적으로 찍혀 있었다. 조회수는 2만 명이 넘었다.

"와, 놀랍다. 그게 올라갔네?"

"그렇지. 이거 보여주고 싶었다."

"그래? 그럼 다 봤으니 이제 가봐. 동인아, 링크나 보내주라. 안녕, 이만."

아람이 들어가려는데 동인은 무슨 망부석마냥 우뚝 서 있었다.

"어서 가라니까."

"잠깐 앉아 봐."

동인은 아람의 오피스텔 근처 벤치에 앉았다. 아람도 그 옆에 앉았다.

동인은 백팩을 내려놓고 지퍼를 열었다. 책이 가득 있었다.

"이 책들 다 뭐야?"

"누가 라면 받침으로 달래."

"진짜? 대박. 신간인데 라면 받침?"

아람은 잠시 저릿저릿했던 아픔이 사그라졌다. 역시 동인이하고는 친구 같은 느낌이 여전히 남아 있었다.

"아니, 농담했다. 소설 쓰려고 참조할 책들이야."

"넌 서점 책들 다 공짜야?"

"무슨? 열어본 티 나거나 그러면 반품할 때 출판사에서 난리나."

"그렇겠지. 형사도 권총 공짜로 가져가는 거 아냐. 다 서류 쓰고 반출해."

"여기 얼굴 갖다 대 봐."

"왜 무슨 내용인데? 뭘 보라고?"

"냄새 말이야. 냄새 맡아봐. 무슨 냄새인지 알아맞혀 봐. 추리다."

아람은 책 페이지에 코를 박았다. 나무 향이 그윽하게 났다.

"나무 냄새. 우드 향?"

"그럼 이번에는 이 책."

동인은 얇은 잡지를 꺼내 펼쳤다.

"이건 잡지 냄새잖아. 잡지들은 원래 이 냄새 나. 미장원서 잡지 볼 때 맨날 맡는 냄새."

"코팅지라 그래. 이번에는 이 책."

"이건 개똥 냄새?"

"후후. 약간 구리지. 근데 나 그 냄새도 사랑해."

"대체 뭐 하는 짓이야? 이게."

"아람아, 내가 왜 서점 MD를 직업으로 택했는지 알아?"

"아니. 몰라."

"책 냄새가 좋아서, 책마다 다른 그 고유의 시그니처 냄새가 너무 좋아서. 나중에 알았지. 코팅이나 가공으로 종이마다 냄새가 달라지니 책을 열면 다른 냄새가 난다는 걸. 난 어릴 적부터 부모님은 항상 외국에서 사업하시고 이모랑 같이 살았잖아. 늘 책만 봤어. 이모 직업이 번역가였으니까. 지금은 암으로 일찍 돌아가셨지만 날 길러주시던 이모의 따뜻한 맘은 평생 못 잊어. 그게 다 이모네 서가의 책들 냄새로 기억나. 도저히 못 잊겠어. 그래서 좋아. 책 냄새가."

아람은 언젠가 들은 말이 있었다. 동인이 어릴 적에 부모님과 떨어져 살아 그 상처로, 중학교 때 장기간 심리치료를 받았다고 했다. 그런데 그 상처가 아직도 책 향기를 맡는 보상심리를 요구할 줄은 몰랐다.

'그래서 서점에 취직한 거였구나. 심리적 안정을 갈구하니까.'

"기다려 줘."

동인이 갑자기 아람을 뒤에서 안으면서 정수리에 코를 대고 냄새를 맡았다.

아람의 심장이 쿵! 하며 두근두근했다.

"뭐하는 거야?"

"네 냄새가 좋아. 그러니 기다려 줘. 책보다 더 좋아할 수 있게."

"뭐어? 어렸을 때 우리 엄마가 맨날 정수리 냄새 맡고 머리 감아! 했던 게 기억난다. 안 떨어져? 그 냄새는 참고로 누구나 나는 인간 냄새다."

"아니, 너무 좋아. 니 정수리 냄새. 이제 사람 냄새가 더 좋아질 때가 된 건가, 책보다."

아람의 심장이 두근거리면서 심쿵심쿵 하는데 동인이 아람을 안은 채 가방을 당겨 책들 사이에서 선물상자를 꺼냈다.

"이거 뭐야?"

"크리스마스 선물."

아람은 상자를 열었다. 산타클로스와 루돌프 사슴 주변으로 눈발이 휘날리며 캐럴이 흘러나오는 워터볼이었다.

동인이 무드등 스위치를 켰다. 잔잔하게 불이 켜지면서 워터볼이 회전했다. 매혹적이었다. 제대로 크리스마스였다.

"이거 혹시?"

"맞아. 강릉 갔을 때 숭어책방에서 산 거야. 네가 아주 홀린듯이 들여다보기에. 마음에 들어?"

"물론이지. 근데 왜 지금 주는 거야. 미리 얘기했으면 더 예쁘게 꾸미고 나왔을 텐데."

동인은 고개를 절레절레 흔들었다.

"아니. 난 지금 그대로의 아람이 네가 편해, 좋아. 깊이 파진 수영복을 입어서 내가 놀라는 것도, 갑자기 레이스 달린 옷을 입고 얌전한 모습을 보이는 것도 다 불편해. 지금처럼 그냥 덤덤하게 조금씩 다가갈게."

아람은 동인과 시선을 맞추면서 생각했다.

'아, 장갑하고 핸드크림 가지고 올 걸.'

워터볼에서 배리 화이트의 〈Just The Way You Are〉 오르골 소리가 은은하게 울려 퍼졌다.

새해가 얼마 남지 않았다. 동인은 아람의 정수리에 머리를 파묻고 냄새를 맡고 있고 아람은 그런 그에게 기대어 음악을 들으면서 천천히 긴장이 풀렸다. 차가운 겨울 바람이 가시며 눈꽃송이가 하늘에서 하나 둘 내려왔다. 아름다웠다. 아람이 바라던 첫눈은 아니었지만 동인과 아람이 같이 맞는 첫 눈이었다.

* 참조

1. 사기범죄에 관해 《사기의 세계》(사기방지연구회 지음, 박영사 2020년 발간)에서 참조했습니다. 컬러에 대한 설명은 《색깔 하나 바꿨을 뿐인데 모든 게 변했다》(이현영 지음, 꿈공장플러스 2020년 발간)를 참조했습니다.
2. 교통사고 물리학적 감수는 윤자영 과학 선생님이, 의료 부분은 박상민 의사 선생님이 해주셨습니다.

집필 후기

이 소설은 제가 00문고에서 추리작가들과 '추리소설 쓰기 릴레이 특강'을 기획하면서 시작됐습니다. 서점 MD 분들을 그때 첨으로 뵈었는데, 무척 화려하고 아름다운 홀과는 달리 투박한 벽걸이 달력이 걸린 작고 소박한 사무실에서 묵묵히 근무하는 모습들이 인상적이었습니다.

문의하는 고객들에게 친절하게 안내를 하거나, 야간에 당직 근무를 할 때 홀 중앙의 자그마한 책상에 스탠드를 켜고 서류작업을 하는 모습도 흥미롭게 관찰했습니다.

그 모습을 보고, 아! 안락의자 서점 탐정 캐릭터가 떠올랐습니다. 그 후 서점에서 릴레이 특강이나 북토크 때마다 종종 참석해서 북토크 행사도 보고, 행사 준비하는 MD들을 보면서 탐정 이미지를 발전시켜 나갔죠.

그러고 보니 신촌의 미스터리 유니온 대표님도 서점 대표

이면서 MD입니다. 온라인 서점 MD분들은 이미 인스타그램 팔로우를 해서 종종 그들의 일상과 생각을 들여다봅니다. 그분들의 차분한 성격, 조용하고 지적인 이미지, 거기에 책에서 얻은 지식을 활용하는 모습으로 새로운 청년 탐정 캐릭터를 만들어 봤습니다.

그에게 콤비 탐정으로 강동경찰서에서 근무하는 강아람 형사를 붙여주어서 사건을 의뢰하고 같이 해결해 나가는 데 도움을 주는 역할로 만들었죠. 4개의 아이템을 잡아서 계절별로 봄 여름 가을 겨울 에피소드를 만들어 봤습니다. 안락의자 서점 탐정은 여성 형사와 함께 강동구를 종횡무진 오가면서 달려 나갑니다. 처음 생각했던 안락의자는 이미 없어졌죠.^^

사실 추리소설을 그간 써오면서 한때 경찰시험도 보고 싶었고, 프로파일러가 되고 싶기도 했습니다. 강동경찰서 로비의 커피숍은 자주 갔었죠. 그런 경험들을 돌아보니 남사친이 있고, 그 남사친을 귀찮게 하고 자주자주 찾아가는 당당한 여성 형사를 그려보고 싶었습니다. 물론 서점 탐정에게 사건을 물어다주는 역할을 해야겠죠. 저는 남사친도 있어본 적이 없고, 형사인 적도 없어 아람 형사의 행동에 신나는 쾌감을 느끼면서 썼습니다.

예전에 저의 첫 에세이집 《이상과 나 사이》에서 '경성 탐정 이상 시리즈'를 쓰면서 구보의 눈으로 이상을 관찰해 구보의 속은 속속들이 알겠는데, 탐정 이상은 영 모르겠더라고 썼습니다. 그런데 이번에도 서점 탐정 유동인의 행동이나 생각이 이해되지 않고 소설 속에서 홀로 살아 움직이는 적이 많았습니다.

이는 올해 2021년 프랑스에서 번역판이 나온 《섬, 짓하다》의 주인공 김성호 프로파일러도 집필 당시에 이해되지 않았던 적이 많았던 경험과 유사합니다. 역시 작가도 독자의 입장이 되어서 탐정의 속내는 영원히 알아낼 수 없는 건가 싶습니다. 그만큼 탐정은 위대합니다!

사실 이 소설이 나오기까지 특별한 인연이 있는데, 서평 블로거로 활동 중이던 분을 에디터로 새롭게 만나 작업을 하게 되었습니다. 그분이 《서점 탐정 유동인》의 봄 에피소드를 보고 너무나 재미있다고 어서 써달라고 하지 않았으면, 어쩌면 소설을 집필할 원동력을 잃었을지 모릅니다.

게다가 저만큼이나 유동인 탐정과 강아람 형사의 알콩달콩 달달구리 꽁냥꽁냥 쏘 스윗한 사건 수사를 좋아하지 뭡니까.

수사 빙자 연애소설을 쓴 것은 아닐까 걱정했는데, 에디터는 주인공들의 좌충우돌 동분서주 수사상황을 무척 흥미로워

했습니다. 이렇게 수정사항을 바랐습니다.

"작가님, 한번에 확 하트 뽕뽕말고 점진적으로 발전해 나가는 연애 시츄에이션으로 해서 더 넣어주세요~."

작가는 사실 에디터가 소설을 기다려주기에 쓰는가 봅니다. 크게는 독자분들을 만나기를 매일같이 기대하면서 쓰는데, 그 전에 처음으로 읽는 분은 에디터이니까요.

이 어려운 코로나 시대에 알콩달콩 탐정들이 추리하는 과정은 잠시나마 만사 잊고 쉴 틈을 줄지도 모르니 에디터 요구대로 달달한 메이플 시럽을 듬뿍 첨가했습니다.

소설을 쓰면서 처음에 유동인 과장이라고 설정한 것도 한 여성 MD분이 대리로 설정을 바꾸라 코치해주었습니다. 유동인의 이력인 삼십 대 초반 나이에 싱글은 반드시 대리 직책이어야 한다고 했거든요.

여성과 남성으로 구성된 청춘 콤비 탐정들의 재기발랄한 추리물은 처음 써봤는데, 그 안에 그들의 사랑 감정이 들어가고 질투와 사심을 통한 이성관에 대한 내면적 성숙이나, 타인에 대한 관심 영역 확장이 무척 즐거웠습니다. 이 책을 읽는 독자분들이 용감하게 현실을 뚫고 나가고, 아울러 썸에서 진지한 사랑으로 발전시키는 과정을 이 책으로 체화해보기를 권해드립니다.

이러저러한 재미있는 취재 일화들로 이 소설을 완성했는데, 사실 모든 게 허구이며, 이 소설에 등장하는 장소, 사람, 설정은 모두 픽션 임을 밝힙니다.

아울러 몽실북스에서 나온 《살롱 드 홈즈》와 《바리스타 탐정 마환》과 그리고 이 작품 《서점 탐정 유동인》까지 직업 탐정 시리즈가 하나의 브랜드화가 되어가는 것을 쭉 지켜봐 주십시오. 주변의 카페 사장님, 서점 직원, 회사 동료나 학교 선생님, 주부, 이웃집 할머니 등등 그분들이 탐정인지 아닌지 생각해보면 무척 이 책과 더불어 즐거울 것 같습니다.

모쪼록 앞으로 김재희의 추리월드 초대장을 보내드리면 언제고 또 만나뵙기를 희망하면서, 소설의 모티프가 되어주신 서점 MD 분들, 감수를 도와준 윤자영, 박상민 작가 그리고 몽실북스 박영심 에디터님, 주연지 대표님께 깊은 감사를 드립니다. 늘 지지해주신 카페몽실 사장님께도 감사드립니다.

2021년 이른 봄, 김재희 씀

서점 탐정 유동인 더 비기닝

1판 1쇄 인쇄 2021년 03월 3일
1판 1쇄 발행 2021년 03월 10일

지은이 · 김재희
발행인 · 주연지

편집인 · 석창진 **편집** · 박영심
디자인 · 김서영 **일러스트** · 백진연 이찬영
마케팅 · 허은정

펴낸곳 · 몽실북스 **출판등록** · 2015년 5월 20일(제2015 - 000025호)
주소 · 서울 관악구 난향7길52
전화 · 02-592-8969 **팩스** · 02-6008-8970
이메일 · mongsilbooks@naver.com
네이버 포스트 · post.naver.com/mongsilbooks_kr
인스타그램 · instagram.com/mongsilbooks

ISBN 979-11-89178-37-6 (03810)

이 책은 저작권법에 따라 보호받는 저작물이므로 무단전재와 무단복제를 금지하며, 이 책 내용의 전부 또는 일부를 이용하려면 반드시 저작권자와 몽실북스의 서면동의를 받아야 합니다.

● 잘못된 책은 구입하신 서점에서 바꿔드립니다. ● 책값은 뒤표지에 있습니다.

몽실북스에서는 작가님들의 원고를 기다리고 있습니다. 자신만의 이야기를 책으로 만들고 싶다 하시면 언제든지 mongsilbooks@naver.com으로 연락처와 함께 기획안을 보내주세요. 몽실몽실 하게 기대하며 기다리겠습니다.